塞王の楯　上

今村翔吾

集英社文庫

目次

下巻目次

主な登場人物

飛田《とびた》匡介《きようすけ》……穴太衆飛田屋の副頭
飛田《とびた》源斎《げんさい》……穴太衆飛田屋の頭。「塞王」と呼ばれている
段蔵《だんぞう》……飛田屋・山方小組頭
玲次《れいじ》……飛田屋・荷方小組頭。源斎の親類
花代《かよ》……匡介の妹
国友《くにとも》彦九郎《げんくろう》……国友衆の職人。三落の後継者
国友《くにとも》三落《さんらく》……国友衆の頭。「砲仙」と呼ばれている
行右衛門《ぎようえもん》……国友衆の職人。彦九郎の補佐役
京極《きようごく》高次《たかつぐ》……近江国の大名。大津城主
初《はつ》……高次の妻
夏帆《かほ》……初の侍女
多賀《たが》孫左衛門《まござえもん》……高次の家臣。作事奉行を担う
横山《よこやま》久内《くない》……蒲生郡日野横山村の武将

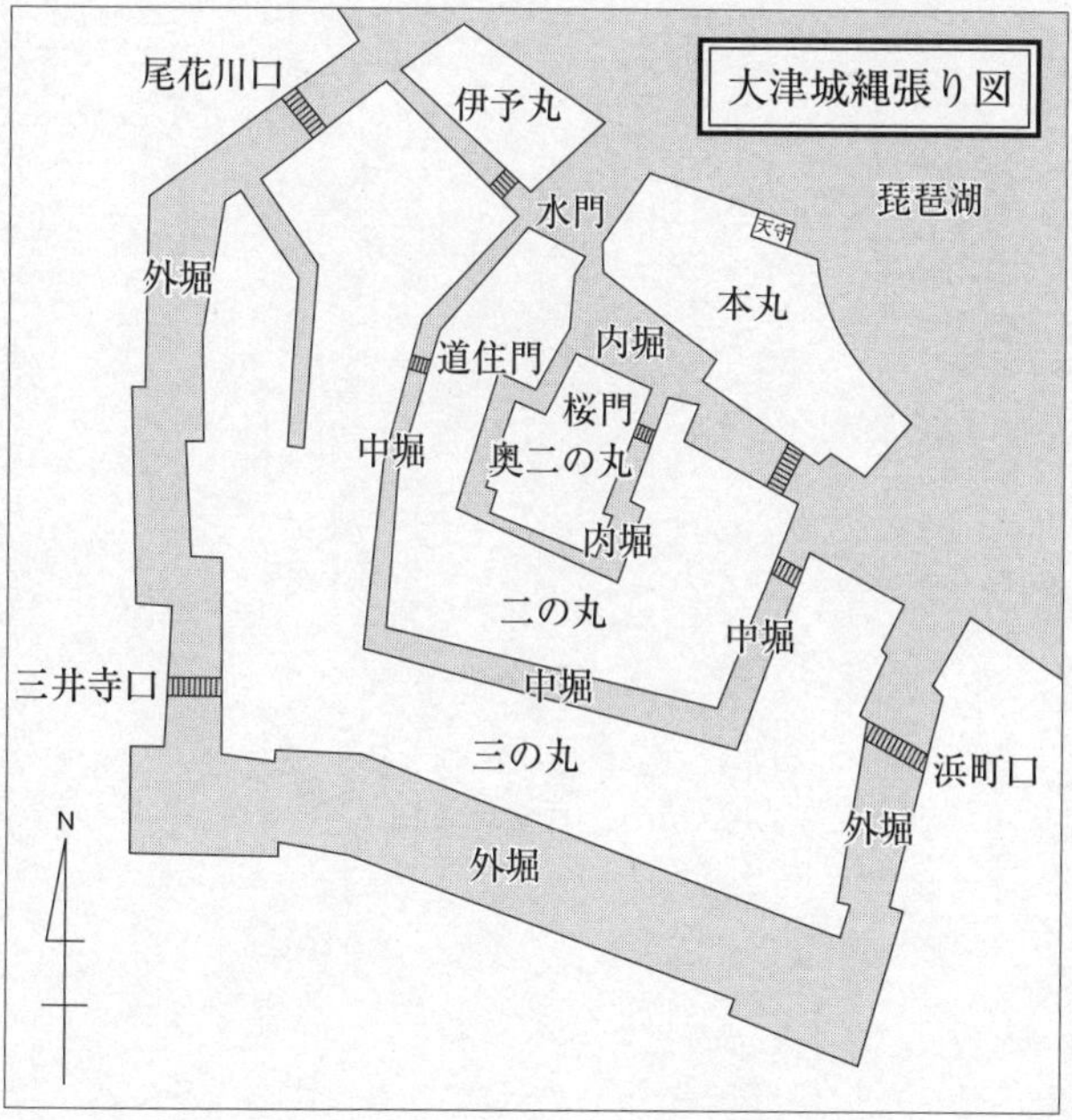
大津城縄張り図
尾花川口
伊予丸
水門
琵琶湖
天守
本丸
外堀
道住門
内堀
桜門
中堀
奥二の丸
内堀
二の丸
中堀
三井寺口
中堀
三の丸
浜町口
外堀
N
外堀

塞王の楯　上

序

男の嘆き、女の悲鳴が町中を覆っている。まるで町そのものが慟哭《どうこく》しているようであった。

皆が我先にと入り乱れて逃げ惑う。親とはぐれて泣きわめく幼子に見向きもしないならまだましというもの。老婆を突き飛ばしてその背を踏み越える者、娘を蹴り飛ばして道を開こうとする者。このような時、人は人であることをやめるらしい。

「諦めては駄目！」

母は骨が砕けんばかりに強く握って手を引く。こうでもしていないと、とっくに恐慌する人々の群れに呑《の》み込まれて離れ離れになっていたに違いない。一乗谷《いちじようだに》にはこれほどの人が暮らしていたのかと驚く。もう秋だというのに人が擦《こす》れた熱で、躰《からだ》は激しく火《ほ》照《て》り、息も出来ぬほどに苦しい。

「どこに――」

言いかけた時、追い越した男の肘が頬に当たり、声が途切れた。

「お城に」

母はそれに気付かずに、館の背後に聳《そび》える山城を見上げた。

一乗谷城と呼ばれるこの城が、陥落したことはこれまでない。こう聞けばさしも名城と思いがちだが実際はどうだか判《わか》らない。この城が戦で使われたことは、ただの一度もないだけなのだ。

越前《えちぜん》での朝倉《あさくら》家の威勢は強く、一揆《いっき》程度なら一乗谷に迫るまでに鎮圧されてきた。この地は朝倉家によって、百年の安寧が保たれてきたのである。

そんな一乗谷が騒然となったのは今日の夕刻のこと。朝倉家の当主、義景《よしかげ》は二万の大軍を率いて盟友である浅井《あざい》家の救援に向かっていた。それが這う這う《ほうほう》の体《てい》で戻って来たのだ。兵はどの者も酷《ひど》く窶《やつ》れ、目の下に墨を塗ったような隈《くま》を浮かべ、眼窩《がんか》は窪《くぼ》んで奥に怯《おび》えの色が窺《うかが》えた。躰に矢が刺さったままの者、兜《かぶと》を失って髪を振り乱した者。まるで白昼に幽鬼が現れたかと見間違うほどである。

そして放たれた一言によって、一乗谷は戦慄した。

――間もなく織田《おだ》軍が踏み込んで来る。

浅井家への救援が失敗し、朝倉軍は逆に追撃を受けた。越前の最南端である疋田《ひきた》城で踏《ふ》み止《とど》まろうとしたが、そちらも猛攻を受けて陥落したとの報が入る。義景は行き先を変えて本拠一乗谷への撤退を決めた。

その間も織田軍の追撃は苛烈を極め、重臣忠臣の多くが刀根坂《とねざか》で討ち取られ、ここまで戻った兵の数は五百にも満たないというのだ。

百年の平和というものは、人を弛《ゆる》ませるには十分だった。現実とは思えないのか、初め一乗谷の民はどこか夢の話を聞くような顔をしていた。しかし遠くから鬨《とき》の声や銃声が耳に届く段となり、民もようやく夢から覚めたように慌ただしく動き始めた。家財を纏《まと》める者、着の身着のまま逃げ出す者、まだその段になっても、

――お城があるから心配ない。

と、余裕を見せていた者も少なからずいたのも確かである。

織田軍が踏み込んで来たのはそれから僅か一刻《いっとき》（約二時間）後のこと。兵のみならず民も容赦なく襲われた。動くものあれば犬さえも撫《な》で斬《ぎ》りにせん勢いに、町は蜂の巣を突《つつ》いたような騒ぎになった。民は羅刹《らせつ》の如《ごと》く振る舞う織田軍に追われ、北へ北へと逃げ出した。

初めは父母と二つ年下の妹の花代《かよ》の家族四人で逃げていたが、芋を洗うような混雑の中、途中で父と花代とはぐれた。押し合いへし合いする肉の壁の狭間《はざま》から、顔を涙に濡《ぬ》らしながら救いを求めて手を伸ばす花代を見たのが、最後の姿となっている。

「花代は……」

「心配ないから」

振り返ろうとしたが、母は一層強く手を引き人の隙間に、身を捻《ね》じ込むように進む。

一乗谷とはその名の通り渓谷の盆地に造られた町。町の外へ出ようと思えば南北二つのどちらかの道を使わねばならない。南の道からは織田軍が肉薄し、さらにそれよりも早く焔《ほむら》が追いかけて来る。皆が北への道に殺到して、牛の歩みほどに滞っている。

「お城を目指せ！　朝倉様が踏み止まって下さる！」

別れ際、人込みの中、姿も見えない父の叫び声が聞こえた。全体から見れば己《おのれ》たちの位置は中ほどだろうか。このままでは逃げるより早く、炎に巻かれてしまうかもしれない。せめて先を進む母と己だけでも行かせようと考えたのだろう。

母はそれに従って城を目指しているのだ。こちらは北への道に比べれば、まだ人の数は少ない。

「館までもうすぐです」

朝倉家代々の当主が住まい、一乗谷の民が「館」と呼ぶ建物が近づいている。当然、中に入ったことはないが、入ることを許された町の長老の話によると、主殿や会所のほかに庭園や花壇まである大層華美な造りであるらしい。己のような子どもだけでなく、大人たちもまるで御伽噺《おとぎばなし》の竜宮城のようなところを想像して、いつか入る栄誉に与《あずか》りたいと胸を膨らませていた。

その館は四尺（約百二十センチメートル）ほどの高さの土塁《どるい》で取り囲まれており、その隅に櫓《やぐら》や門が備えられている。さらにその外側には幅五間《けん》（約九メートル）の堀が巡らされているものの、戦国大名の防備としては心許《こころもと》ない。これは家臣の謀叛《むほん》に備える程度のもので、万が一敵国の侵攻を許した場合は、館の背後にある山城に籠《こも》って戦うのだと幼い頃から聞かされていた。

館の西側の正門に近づいたが、門は貝が蓋《ふた》をしたように閉ざされている。加えてこれほど混雑しているのに、門の前に僅かな空間が出来ている。

館を守る武士が数人刀を抜いて、殺到する人々を近づかせぬように威嚇しているのだ。

「御屋形《おやかた》様はどこに⁉」

「織田軍を追い払って下さい！」

「退《さ》がれ、退がれ！」

民から悲痛な声が上がるが、汗に顔を光らせた武士たちが、刀や槍《やり》を向けて追い払おうとする。すぐ後ろに織田軍が迫っているのだ。一刻も早く館に逃げ込み、さらにその後ろの一乗谷城に籠りたい。そうすれば当主義景が守ってくれる。名家朝倉を救わんと各地の大名が救援を送ってくれる。一乗谷の民は耳に胼胝《たこ》が出来るほど聞かされており、この逼迫《ひっぱく》した状況でもそれを信じて疑わない。

「早く！　織田軍が――」

「お城に入れて下さい！」

再び縋《すが》るような声があちこちから起こる。押し問答をしている間《ま》はないと、民の一人が無断で館に踏み込もうとした。若い武士がその襟を摑《つか》んで引き倒し、胸元に刀を翳《かざ》した。

「退《ひ》けと申しておろう！　さもないと……」

倒された民は恐怖に顔を引き攣《ひっ》らせている。その時である。年嵩《としかさ》の武士が刀を素早く腰に納め、諸手《もろて》を突き出して止めに入った。

「やめよ！」

「しかし……」

「この場は儂《わし》に任せよ。皆の者、気を確かに聞いてくれ！」

年嵩の武士は人々に向けて高らかに呼び掛ける。何が始まるのかと皆が固唾《かたず》を呑んで見守る。一時静かになったせいで、銃声、怒号、悲鳴の入り混じった音が耳朶《じだ》に届いた。

「御屋形様はすでに落ちられた」

年嵩の武士が発した一言に皆が呆気《あっけ》に取られる。衆の中の一人が声を震わせながら尋ねる。

「今……何と？」

「織田軍の追撃が思う以上に速く、ここ一乗谷ではもはや守り切れぬと考え、先刻さらに奥へと退去された。皆の者も銘々落ち延びよ。すまない……」

捲《まく》し立てるように一気に言うと、他の武士に向けて合図を出す。武士たちは一斉に頷《うなず》き、その場を離れ始める。

「俺たちはどうなる!?」

「守ってくれるんじゃなかったのか？」

「今まで年貢を納めていたのに、何てことだ！」

怨嗟《えんさ》の声が渦巻くが、武士たちは見向きもせずに引き揚げていく。ただ先ほどの年嵩の武士だけが心苦しそうな顔でその場を離れようとしている。

「ふ、ふざけるな！」

民の一人が怒りを爆発させて武士に殴りかかった。武士は堪《たま》らぬと刀を抜いて斬り下げる。けたたましい悲鳴が上がる。

「仕方なかったのだ……こんなことをしている場合ではない。早く――」

言い訳をする武士が絶句した。他の民が体当たりして武士の腰の脇差を抜き、そのまま腹に捻じ込んだのである。武士は顎を震わせてその場に頽《くずお》れた。

これで人々の中に残っていた最後の箍《たが》が外れた。背後の織田軍など忘れたかのように、目の色を変えた民は叫びつつ武士に向かって行く。武士も槍や刀で応戦するが、圧倒的な数に押しつぶされ、散々に踏みつけられる。

この地獄絵図のような光景に躰が震えた。昨日まではきっと戦を嫌う温厚な民であったはず。それなのに武士を袋叩《ふくろだた》きにし、人の好《よ》さそうなあの年嵩の武士も倒され、血反吐《ちへど》を吐くまで殴打されていた。

次に民たちは塀を乗り越え館に踏み込む。誰かが閂《かんぬき》を抜いたのか、門が内側から開かれ、我先にとどっと館に踏み込んだ。館に逃げたところで、織田軍の猛攻を避けられるはずもないことは子どもの己でも解《わか》る。せめて集団で金品を奪って逃げようというのか。

いや何も考えていないのかもしれない。まるで集団が一個の荒れ狂う獣になったかのように館へ迫る。後ろからも人の圧が強まり、指一本動かすにも苦労するほどであった。銃声はさらに近づき、後ろでは悲鳴が連続する。織田軍が追いついて来たのだ。

「山へ……館を回って、山へ逃げなさい」

胸を圧迫されて顔を歪《ゆが》める母は、手を摑んでいるのもやっとという有様《ありさま》であった。館からは山城までの道が整えられているが、そこを通れるのはいつになるか判らない。山肌を駆け上がって行けというのだ。

「でもおっ母《かあ》は！」

「子どもなら足元を潜《くぐ》って抜けられる。早く……後で行くから！」

このような母の形相は見たことがない。剣幕に気圧《けお》されて頷くと、膝を折って身を揉《も》むようにして屈《かが》んだ。人々の脚が無数に並んで揺れている。その光景はまるで闇を抱えた森の如くに見える。己を突き動かすのは死への恐怖か、生への執着か。懸命に息を吸い込んで生々しい木々を掻《か》き分けていく。

ようやく森を抜けた時、大きく胸を膨らませた。これほど息が出来ることがありがたく感じたことはない。躰は頭から水を被《かぶ》ったほどの汗で濡れている。

「おっ母……」

今しがたまで己がいた、一つの塊となって揺れる集団を見た。しかし母の姿を見つけることは出来ない。黒光りする甲冑《かっちゅう》に身を固めた一団が向かって来る。馬上で指揮を執る将が何かを喚《わめ》くと、ずらりと鉄砲隊が展開した。

「あっ――」

指揮棒が振り下ろされる刹那、踏みつぶされた蛙《かえる》のように地に伏せた。轟音《ごうおん》と絶叫が頭上を乱れ飛んでいく。頭を押さえてがたがたと震えたのも束《つか》の間《ま》、毬《まり》の如く跳ねて走り出した。このままここにいれば必ず死ぬ。躰が己の命を守ろうと足搔《あが》いている。迷いはなかった。間断なく聞こえる銃声、断末魔の声を聞かぬように努め、ただ頂を目指した。

今度は真《まこと》の森。道なき道を駆け上がっていく。途中、腐った葉で足が滑り、斜面に顔を強《したた》かに打った。頬に切り傷が出来たがそれも気に留めず、すぐに脚を前へと動かした。迫斜面には土を掘削《くっさく》して作られた畝《うね》、こんもりと積み上げられた土塁が幾つもある。迫る敵を食い止める城の備えである。だが戦があれば、当然いるはずの兵の姿はない。もしいたならば助けを請うことが出来る反面、誤って殺されたかもしれない。普段はこれほど冷静に考えることはないだろうが、重大な危機が己の心を無理やり大人に近づけようとしていると感じた。

頂を目指すのだから、ただ駆け上がって行けばよいと思っていた。だが事はそう単純ではないらしい。兵を配するために斜面は平たく削られ、そこからうねるように路《みち》が延びている。そこを走ると登っているつもりだったのに、知らぬ間に下っている。敵を欺くための迷路のようになっているのだ。道なき道を進もうかと思ったが、それを阻むかのように木々が乱立し、時には崖に差し掛かった。これを掻き分けて、よじ登っていくのは難しい。

途方に暮れかけたが、ふと斜面に露《あら》わになった岩肌に目が留まった。

――こっちだ。

目を凝らした。別に声が聞こえた訳ではない。ただ何となくではあるが、岩がそのように言っているように思えたのである。日常が瞬く間に崩壊したことで、己の心もどこかおかしくなったのか。そのようなことを考えたのも束の間、やけになって、岩の語ったほうへと走り出した。

城下に火が放たれたのであろう。ここまで薄《う》っすらと明るい。途中、何度も目を動かした。剝《む》き出しになった岩、転がっている石、全てが語り掛けてくるような気がする。

迷った時に目を瞑《つぶ》って声が聞こえぬかと試してみたが、上手《うま》くいかない。刮目《かつもく》すれば再び話しかけてくる。己は何かを見て声を聞きとっている。色か、形か、紋様か、それは己にも解らない。考えても全く解らないし、考える余裕もない。声のするまま、無我夢中で脚を動かした。

どれほど歩いただろう。四半刻《しはんとき》（約三十分）は過ぎていたかもしれない。森の向こうに山を削ったような平地が見えてきた。そこには複数の武士が慌ただしく動いている。

——助かった……。

森から飛び出すと、近くにいた武士たちはぎょっとして槍を構えた。

「……子ども？」

「助けて下さい！　下でおっ母が……皆が！」

必死に訴えたが、武士たちは曖昧な表情になる。

「もう無理だ。敵の侵攻が速すぎる。城からはもう撤退が始まっている」

一人が苦々しく零《こぼ》した。ようやく気付いたが、武士の背後にある兵糧庫《ひょうろうぐら》らしきものが開け放たれている。そこには大量の米俵が積み上げられており、革袋を手に持った武士が激しく出入りしている。逃げる間に自身が食う分を確保しようとしているのだ。

「そんな……」

昨年の秋の、たわわに実る黄金色の稲穂が、風に揺れる光景が目の前を過《よぎ》った。領民は実入りの半ば以上の年貢を大名に納めている。だからこそ武士は田を耕すことなく生きていける。朝倉の殿様はそれのみならず華美な着物、調度品を揃《そろ》え、京から公家《くげ》を招いて連歌に興じたりしている。その金は全て領民の暮らしから捻出されたものだ。

それでも領民がせっせと働いて年貢を納めるのは、いざという時に武士が民を守ってくれると信じていたから。そのいざという時は今をおいてない。今、守ってくれないならば、父母は、一乗谷の民は、朝倉の領民は、何のために諾々と従ってきたというのか。

「我らも山の裏側より逃げる。小僧も……」

武士が言いかけた時、沸々と腹の底に湧いていた怒りが口から飛び出した。

「ふざけるな……ふざけるな！」

「小僧！　誰に向かって――」

無礼を咎《とが》められてこの場で斬られても仕方ない態度に、武士たちは気色ばんだ。しかし怯《ひる》まない。己はどうなったとしても、父母を、妹を守りたい。その一心が身を突き動かす。

「それでも武士か！　ここまで悲鳴が聞こえている。それでも助けないのか！」

悲痛な叫びに武士たちも困惑する。中の一人が苦悶《くもん》の表情を浮かべて零した。

「救えるものならば救いたい……俺の妻と子もあそこだ」

武士の視線の先は阿鼻叫喚《あびきょうかん》が渦巻く一乗谷の城下である。町の外れが茫《ぼう》と明るくなっている。織田軍が火を放ったのである。歯を食い縛り武士は続けた。

「一乗谷は丸裸だ……織田軍の苛烈な侵攻に逃げる時すらも稼げぬ」

一乗谷の町は、京の都を模して造られている。真の京がそうであるように、極めて攻めやすく、守りにくい地形になっていると聞いたことがある。

「塞王《さいおう》を招聘《しょうへい》して、守りを固めようという矢先に……」

「さいおう……」

聞き慣れぬ言葉。唇が自然と反芻《はんすう》を命じたように動いた。

「お主の家族もきっと逃げ果《おお》せたはずだ」

手を引いて逃げようとした武士の手を払った。武士たちはばつが悪そうに顔を見合わせたが、

「小僧、すまないな……」

と、蚊の鳴くような小声で呟《つぶや》くと、もはや猶予《ゆうよ》は残されていないと見たかその場を離れていく。

「誰か！」

目に入った次の武士に助けを求める。まだ諦めなかった。諦められるはずがない。しかし今度の武士はけんもほろろに話も聞かず走り去っていく。

次、次、次と助けを請うがどの者も手を差し伸べてくれない。酷いものになると、邪

魔だと足蹴にして去って行く武士もいた。両手一杯に女物の着物を抱えており、子どもの己にも火事場泥棒を働いていると判った。

やがて周囲を見渡しても人影もなくなってくる。初めからこの城には誰もいなかったと思えるほど、辺りが静寂に包まれる。耳に届くのは城下からの禍々《まがまが》しい音だけ。恐る恐る崖へと歩を進め、一人で眼下の町を見つめた。先ほど放たれた火が瞬く間に広がっていく。下から吹き上げて来る生温かい風が頬を掠《かす》める。

武士たちは家族も逃げ果せたはずと言った。己もそう信じたいが、眼前に広がる死の渦巻く光景、山にまでうねるように届く慟哭の声を聞けば、子どもの己でも慰めだと解る。戻れば死ぬることになる。そうなったとしても家族の近くにいたい。そのように思って、来た道を引き返そうとした時、背後から怒鳴り声が飛んで来た。

「何をしている！　早く逃げろ！」

ゆっくりと振り返った。そこに立っていたのは一人の男。歳《とし》は三十半ばといったところであろうか。総髪を無造作に束ね、口と顎に紙縒《こよ》りのような髭《ひげ》を蓄えており、川で捕ったことのある泥鰌《どじょう》を彷彿《ほうふつ》とさせる相貌《そうぼう》であった。甲冑はおろか胴丸すら着けていない平装であることから、武士ではないらしい。

逃げるようにと叫んでいた男だが、視線が宙でかち合った時に息を呑んだ顔になる。どうやら己は死人のような顔をしているらしい。

「おっ父《とう》……おっ母が……花代が……」

「城下から逃げて来たのか」

男は近くに寄って来ると、そっと手の甲で頰を拭ってくれた。それで滂沱《ぼうだ》たる涙が頰を濡らしていることに気が付いたほどに、心が掻き乱されて己の躰の勝手が判らなくなっている。

「逃げるぞ」

男は先ほどの武士のように手を取った。

「戻る」

ぐっと手を引いたが、男は力を込めて離さない。その鈍い痛みで手を引いてくれた母を思い出し、また胸が詰まった。

「駄目だ。もう助からない」

男はとっくに解っていたことを口に出した。下手な慰めよりも、そちらのほうが余程心に響き、必死に耐えてきた嗚咽《おえつ》が漏れた。

「一緒に……」

必死に絞り出すが、男は手の力をさらに強めて首を横に振った。

「お前が死ねば、家族を知る者はこの世にいなくなる。それでよいのか。それこそ真に死ぬということではないか。家族の誰がお前に共に死んで欲しいと望んでいる」

男は膝を折って顔を覗《のぞ》き込む。何も言い返せず、奥歯を擦れるほど嚙《か》みしめることしか出来ない。歯の隙間からなおも漏れる嗚咽に触れるように、男は残る手を頰に当てて続けた。

「人は元来、自ら死ぬようには出来ていない。生きろ。己の命を守るのだ」

男の懸命な想《おも》いが胸に染み、こくりと頷いた。

「山を向こう側に下りる。曲輪《くるわ》沿いに北西に進み、竪堀《たてぼり》にぶつかったところで西の土塁を越える。そこで万が一追いつかれたとしても、伏兵穴《ふくへいあな》があるからそこに身を隠してやり過ごせる」

安堵《あんど》させようとしているのか、男は手を引きながら逃げる道順を語る。平装の男が何《なに》故《ゆえ》ここまで城の造りに詳しいのか。もしかして子攫《こさら》いではないか。恐怖がさっと心に広がり、数歩後ずさりした。男はこちらの心の動きを察したかのように、自らの名を名乗った。

「飛田《とびた》源斎《げんさい》と謂《い》う。この城に……この町に楯《たて》を造るはずだった者だ」

「楯……」

「ああ、こうならぬための……命を守る楯だ」

「そんなこと……」

「出来る」

源斎は凛然《りんぜん》と言って茂みを分けた時、足を止めて振り返った。

昨日まで己が家族と暮らしていた町、幾つもの笑みが行き交っていた町、百年続いた一乗谷の町が、轟々《ごうごう》と渦巻く紅蓮《ぐれん》の炎に包まれている。

もう嗚咽は湧いて来ない。源斎の言う「楯」があれば、変わらぬ今日が訪れていたのか。そのようなことを茫と考えた。

「行こう」

源斎は手をゆっくりと離した。

「うん」

小さく頷き、茂みに足を踏み入れる源斎に続く。もう振り返ることはない。父が、母が助けてくれたこの命を守り切るつもりになっている。救ってやることが出来なかった妹に、懸命に生きて償うと誓っている。

源斎は迷いなく山を下って行く。町の火灯りが薄くなってきたところで、初めて足を止めて周囲を見渡した。

「少し待て」

「何を……」

「山の形を思い出している」

「こっち……じゃないかな……」

生い茂った木々の隙間の獣道を指差し、ぽつんと零した。

「山に来たことがあるのか?」

源斎は怪訝《けげん》そうな顔を向けるので、頭を横に振る。

「ううん」

「では何故判る」

頭がおかしいと思われるのではないか。そのような考えも一瞬過ったが、何故かこの男は馬鹿にしないという確信があった。

「岩や石が……こっちだと言っているような……」

「何……」

源斎は勢いよく首を振り、近くで剝き出しになった岩を凝視して尋ねた。

「岩の何を見た。色か、形か、目か」

「目?」

「紋様とでも言えばよいか。ともかく何を見てそう思った」

「判らない……ただ、見ていれば声が聞こえるような気がする」

「そうか」

源斎は片眉を上げて苦笑した。源斎は再び岩に目を移し、その後に改めて周囲を確かめる。そして二度、三度頷くと、己の示したほうへと歩を進めた。

さらに暫《しば》く行ったところで、源斎は草を払いながら口を開いた。

「山の岩というものは、ある場所の高さによって、目が違うものだ」

聞いたことの無い話である。そのようなものかと思って黙って聞いていた。

「恐らくお前はそれを見たのだろう」

「どうかな」

岩の目が高低によって変わることも知らなかった。ただ己に訴え掛けてきている声を聞いたに過ぎず、それが正しいかも判らない。このような切羽詰まった状況でなければ、その得体の知れない声に従ったとも思えなかった。

「名は」

斜面を駆け下る源斎が、振り返りもせず短く問うた。

「匡介《きょうすけ》」

「きょうすけ……どのような字だ」

気を紛らわせようとしてくれているのか、源斎は背で話し続けた。

「きょうはコの字の反対に王。すけは介添えの……」

「難しい言葉を知っている。俺より余程学がある」

源斎の声が高くなる。父は越前でも有数の象嵌《ぞうがん》職人であった。品物を納めるやり取りで文《ふみ》も使うことから、読み書きが出来ねばならないと、教え始めてくれていた。

「良い名だ」

目の前に突き出た枝をぱちんと折って源斎は呟いた。己のために道を開いてくれている。

「え……？」

匡介が声を上げると、源斎は半ば振り返った。

「王を守っている」

意味が解らなかった。源斎は片笑むと、再び前を向いて進み始めた。この男に付いて行くほか道はないと思い定めている。匡介はそのようなことを頭に浮かべつつ、源斎の背を追いながら鬱蒼《うっそう》と広がる森の斜面を駆け下って行った。

第一章　石工《いしく》の都

吸い込まれそうなほど高い蒼天《そうてん》に、端が滲《にじ》んだような白雲が西から東へ流れてゆく。

叡山《えいざん》東側の山肌を削って出来た岩壁に臨む匡介からすれば、山が雲を吐き出しているかのように見えた。心地よい風が吹き抜け、周りを取り囲む木々を揺らす。眼前にひらりと舞い落ちた木の葉は、最後の命を燃やそうとしているかのように赤い。季節は秋から冬へと移ろいつつある。

岩肌に向かって十数人の職人が張り付き、突き立てた鑿《のみ》に鉄の鎚《つち》を振るっている。これは己たちの間では「石頭《せっとう》」と呼ばれる道具である。

丹田を揺らすような鈍い音、耳朶《じだ》を弾《はじ》くような甲高い音。岩の質、大きさ、打ち所によって音は変わり、一つとて同じものは無い。

手頃な岩に腰を掛け、どこに流れつくとも知れぬ雲を眺めていると、岩肌の前に立つ男が振り返って呼び掛けてきた。この男の名を段蔵《だんぞう》と謂う。

「若《わか》、ご覧になっていますか？」

「ああ」

匡介は視線を落としてぞんざいに答えた。

「頼みますよ。若には飛田屋の……いや穴太衆《あのうしゅう》の将来を背負《しょ》って立って貰《もら》わなくちゃなりません」

段蔵は項《うなじ》を掻きながら苦笑する。

今、段蔵が言ったように、匡介は穴太衆と呼ばれる集団に属している。

穴太衆。その名の通り近江国《おうみのくに》穴太に代々根を張り、ある特技をもって天下に名を轟《とどろ》かせていた。それこそが、

――石垣造り。

であった。世の中には他にも石垣造りを生業《なりわい》とする者たちがいるにはいるが、いずれも細々とやっているのみ。この技術においては穴太衆が突出しており、他の追随を許さないからである。

穴太衆には二十を超える「組」があり、それぞれが屋号を持って独立して動いている。銘々が諸大名や寺院から石垣造りの依頼を受け、その地に赴いて石垣を造る。軽微な修復など一月《ひとつき》足らずで終わるものから、巨城の大石垣など数年掛かる仕事もあった。

「爺《じじい》がそんなこと思っているかよ」

「頭《かしら》と呼びなされと何度……」

鼻を鳴らすと、段蔵は大きな溜息《ためいき》を零した。

匡介が爺、段蔵が頭と呼ぶ男の名を源斎と謂い、飛田屋の屋号で仕事を受けていることから、世間では飛田源斎と呼ばれている。

源斎は穴太衆千年ともいわれる歴史の中でも出色の天才との呼び声が高く、他の組の頭たちからも一目置かれている存在であった。

「爺がそう呼べと言ったのさ」

「そうでしたな」

段蔵はこめかみを指で掻いて苦笑した。

匡介は飛田屋の副頭《ふくがしら》にして、後継者に指名されている。だが大抵の組の頭が己の血筋の者に跡を継がせるのと異なり、匡介と源斎に血の繋《つな》がりは一切無かった。

匡介は越前国一乗谷で、象嵌職人の父の下に生まれた。二十三年前、朝倉家が織田軍の侵攻を受け城下は灰燼《かいじん》と化した。匡介が独りで山城に逃れた折、朝倉家から石垣の仕事を受け、下調べに来ていた源斎と邂逅《かいこう》したのだ。源斎は炎に包まれた一乗谷から、己を連れだして近江穴太の地まで導いた。

源斎は子がいないどころか、妻さえも娶《めと》っていなかった。若い頃には人並みの幸せを考えたこともあったらしいが、ある時を境に石積みに生涯を捧《ささ》げようと決心したらしい。配下の者たちもこのままでは跡取りが出来ないと、考えを翻して妻を娶るよう源斎に進言していたが、飄々《ひょうひょう》と受け流すのみであったという。そんな中、一乗谷から連れてきたばかりの己を皆に引き合わせた。源斎は己の頭にぽんと手を載せ、

「こいつを跡取りに据える」

と、鞣革《なめしがわ》のような頰を綻ばせたものだから、配下の者たちが仰天したのを匡介も幼心に覚えている。

「山方《やまかた》はどうです？」

岩壁での作業が滞りないか、段蔵はちらりと確かめつつ訊《き》いた。

「俺はずっと積方《つみかた》にいたんだぞ。何でいきなり山方に……」

匡介は自身の腰掛ける岩を軽く叩いて零す。

穴太衆の技と聞いて世間は石を積むことだけを連想する。しかし実際はそうではなく、大きく三つの技によって成り立っている。

まず山方。これは石垣の材料となる石を切り出すことを担っている。といっても適当に石を取っている訳ではない。石の大きさは一から十まで大まかに等級分けされており、総頭が欲する数だけそれぞれ用意しなければならないのである。しかも決めた大きさの石を切り出すのは存外難しい。鑿の角度、石頭を振るう強さは勿論《もちろん》、岩には「目」というものがあり、それに沿って打ち込まねば思わぬ形にひびが入ってしまう。その目は熟練の職人でなければ見ることが出来ないのだ。未熟な者がやると、歪《いびつ》な亀裂が入って望

んだものと違う形で割れてしまう。まるで石が、下手な者に使われるのを拒絶しているかのようである。

眼前の段蔵は、飛田屋山方の小組頭を務めている。歳は源斎の二つ年下の五十五。匡介がここに来るより前、もう三十年も山方の小組頭を務めており、石を生み出すことに関しては穴太の中でも三本の指に入ると言われていた。

「次は荷方《にかた》に行かれるのでしたな？」

段蔵は眉を開いてみせた。

二つ目は荷方。切り出した石を石積みの現場まで迅速に運ぶ役目である。運ぶだけならば誰にでも出来る。素人はそう言うが、これは石垣造りの三工程の中でも最も過酷とされる。

泰平の世ならば時を掛けてゆっくりと造ることも出来る。しかし戦火の止《や》まない乱世となると話は違う。堅牢《けんろう》なことは当然、迅速に造り上げねば、敵に隙を見せることになる。幾ら早く積もうと思っても、その資材となる石が届かねばどうしようもない。これを左右するのが荷方である。雨が降ろうが雪が降ろうが、敵が攻めてきて矢弾が降ってこようが、綿密に練られた計画通りに石を運搬する。

場合によっては縦横幅二丈《じょう》（約六メートル）を超える巨石を運ばねばならぬこともあり、その時は安全にも相当配慮せねばならない。実際に織田信長《のぶなが》が安土《あづち》城を建てようとした時、坂道を上る途中に縄が切れて百数十人が巻き込まれて死ぬという事故が起こっている。それらの惨事が起きないように配慮しつつ、期日までに何としても石を届けるというのが荷方の役目である。

「ああ」

匡介は小さく舌打ちをする。その意味を段蔵はすぐに察して困り顔になる。

「ほんに嫌そうじゃ。若は玲次《れいじ》と喧嘩《けんか》ばかりしていますからな」

「すぐに突っかかってくるあいつが悪い」

匡介は鼻を鳴らして顔を背けた。

「玲次も色々と思うことがあるのでしょう」

段蔵はしみじみとした口調で言った。

玲次は荷方の小組頭を務める男で、源斎にとって唯一の親類でもある。歳は匡介と全く同じ。飛田屋先代の三男の子であり、現頭である源斎の甥《おい》に当たる。故に玲次は己こそ、正統な飛田屋の後継者と思っていたようで、どこの馬の骨とも知れぬ匡介が跡取りに指名されていることが面白くないのだろう。

「爺は玲次を跡取りにすればよかったんだ」

匡介は半ば投げやりに言った。確かに己が玲次の立場でも不快であろうと思うのだ。

ふと視線を戻すと、段蔵の顔から笑みが消え、じっとこちらを見つめている。

「積方はそう甘い考えでは務まらぬこと、よくご存じのはずでは？」

「まあ……うん」

妙に素直で子どもっぽい返事になってしまったのには訳がある。

源斎は石積みについては教えてくれるが、他のことに対しては放ったらかし。その代わりに甲斐甲斐《かいがい》しく面倒を見てくれ、時に悪さをすると叱ってくれたのもこの段蔵。段蔵はいわば気の好《い》い叔父のような存在であった。その頃の癖なのか、改まった口調で言われるとそうなってしまうのだ。

「確かに才は親から子に伝わりやすい。故に子が跡を取ることが多いのも事実」

段蔵は嚙んで含めるように続ける。

「しかしより才のある者がいれば、肉親であらずとも継がせる。それほど積方は重要なのです」

飛田屋では積方の小組頭が副頭も兼ね、跡継ぎでもある。つまり匡介はその立場にあった。

積方を極めるには、他の二組以上の時を要する。まず石垣の中に詰める「栗石《ぐりいし》」というものを並べるだけでも、少なくとも十五年は修業しなければならない。

匡介は八つから本格的に修業を始め、すでに齢《よわい》三十。未《いま》だ己だけで一度も石垣を組ませて貰っていない。ようやく一通りの修業を終えて、いよいよと意気込んでいた時に、

「匡介、明日から三月《みつき》ほどは山方へ行け」

と、源斎に命じられたのである。しかも次の三月は荷方へ行けとも言う。

「折角、大きな仕事が目の前にあるのに……」

また不満が沸々と湧いてきて、匡介は再び舌を弾いた。

百数十年前より、各地で群雄が割拠して戦が頻発するようになり、この国は乱れに乱れていた。戦というものは技を一気に育む。戦の勝敗に直結する築城、その中で穴太衆の石積みの技は重宝されて発展してきた。匡介も自らの石垣を構築したいという思いで、修業に明け暮れていたのだ。

――しかし全てが変わった。

不世出の英傑、豊臣秀吉《とよとみひでよし》によって天下は悉《ことごと》く統《す》べられたのである。それによって穴太衆への仕事の依頼は激減した。

それからも御手伝普請《おてつだいぶしん》と称して大型の城が築城されることはあった。朝鮮出兵の拠点、肥前名護屋《ひぜんなごや》城などもそうである。しかし豊臣家の威信を示すための城となれば、半人前の己などではなく、経験も実績も豊かな源斎が受け持たねばならぬ。そのような訳でなかなか自らの石垣を造る機会を得られず、匡介は鬱々としていた。

だが三月前に機会が訪れた。閏《うるう》七月十三日の夜更けに凄《すさ》まじい地揺れが起こり、伏見《ふしみ》城の天守が倒壊したのである。だが石垣は数か所が軽く崩れただけで無事であった。

この石垣も源斎が造ったものである。

秀吉はこの機会に現在ある指月山《しげつ》から、木幡山《こはた》に伏見城の移築を計画した。このことで石垣も取り壊して、改めて組み直す必要が出てきたのである。次に石垣を組む時はお前がやれと言われていたこともあり、匡介は勇み立っていたのだが、

「これはお前じゃあ無理だ」

と、源斎は前言をいきなり翻した。それだけでなく山方、荷方の仕事ぶりを見て来いと付け加えたのだ。そして今ようやく三月が過ぎ、山方に張り付く期間が終わろうとしている。

「頭には何か思惑があるのでしょう。故にこれまで積方一筋でいた若に、山方、荷方を見させようとしておられる」

「そうだろうな」

段蔵が言うように、何かしらの意図があるとは思っている。だが己の手で一つの石垣を組みたいという欲求のほうが勝り、苛立《いらだ》ちをなかなか抑えられずにいた。今すぐにでも伏見に走り、源斎に直談判《じかだんぱん》しようかと何度も衝動に駆られている。

この三月の間、ずっと苛立ちを覚えていたせいで、段蔵はともかく山方の連中はどこか腫物に触るように己を扱っていることを感じていた。

「焦ることはありません。天下泰平でも城は築かれます。乱世の頃の守る城とは些《いささ》か変

わり、見せる城になりましょうが」

段蔵はそのように言うが、それが気に喰《く》わない。城の、その土台たる石垣の美しさとは何か。それは見た目の華美さでもなく、整然さでもない。誰にも打ち破られぬという堅さこそ美しさではないか。匡介はそのように思うのだ。

段蔵は匡介の胸の内を知ってか知らずか、流れる雲に合わせるように鷹揚《おうよう》に語り続けた。

「これからの時代は荷方が重要になります」

「荷方が？」

確かに積方は習得するのにより時が掛かるが、それでも源斎は三組いずれも重要だと常々言っている。泰平になれば荷方が重要になるという意味が解《げ》しかねた。

「ええ。若はどのようなところに城が造られるかお解りか？」

世間が聞けば石積みの副頭に対し、小馬鹿にしたような問いだと思うかもしれない。だが匡介は答えに窮してしまった。これまでは言われた場所に赴いて石垣を積んできたのであって、どこに城を建てるかはこちらの与り知らぬところなのである。またこれまでの二十数年の修業は過酷で、そのようなことを考える暇すら無かった。

「それは……守りの要だろう」

当たり障りのない答えに、段蔵は二度三度頷いた。

「それは間違いござらん。しかし乱世の中ではもう一つ考えねばなりません。それがこれです」

段蔵は振り返り、石頭を振り続ける配下の者を掌《てのひら》で指した。

「なるほど。石場か」

「はい。幾ら城を建てたくとも、近くによい石場が無ければ、遠路遥々《はるばる》石を曳《ひ》いていかねばならぬことになる」

それには相当の時と費用が必要になってくる。いつ戦が起こって攻め込まれぬとも限らぬ戦国の世では、そのような悠長な真似《まね》は許されなかった。

「つまり石場のあるところに、城を建てているといっても過言ではないということか……」

「左様。だがそれが、がらりと変わりつつあります」

天下が統一されて世から戦は無くなり、城を建てたいと思った場所に、遠くの石場から時を掛けて石を曳いていくことが可能になった。また御手伝普請は諸大名に人足《にんそく》や資材を負担させて力を削《そ》ぐという一面もある。むしろ金が掛かるのも好都合である。

移築に伴う追加の石が必要だが、そもそも伏見城の傍《そば》に適当な石場は無く、こうして近江国から運んでいっている始末である。

「だから荷方の役割が大きくなるということか」

段蔵は頬を緩めてゆっくりと頷いた。

「頭は、変わりゆく世でも若が石積みを続けられるようにと考えているのでしょう。玲次の仕事ぶりを見ておいて損はないかと」

「解った。段蔵、世話になったな」

匡介は軽く会釈して立ち上がった。石を積むことに関しては、源斎に次ぐ腕前になっている。だが、今聞《たど》いたような話すら己は知らなかった。他のことを学んでいては極める境地などには辿り着けないということもあるが、そもそも己は石積み以外に興味を示してこなかった。

先ほどのように、この三月の間、段蔵は余計なことは何も言わず、こちらが訊いたことにのみ懇切丁寧に答えてくれた。

そして今日が最後の日。これより大津《おおつ》に向かう。そこには荷方が「流営《りゅうえい》」と呼ばれるものを布《し》いている。これは武士が戦をする際に布く陣のようなもので、それを起点に石の動きを差配していた。

「はい。お役に立てたでしょうか。最後に自ら切り出してみなさるか？」

これまで匡介は見るだけで、一度も切り出す作業をしたことはなかった。段蔵はそれにも小言を零すことなく見守ってくれていたのだ。これがここにきて最初で最後の進言ということになろう。

「ああ」

受け入れるとは思っていなかったようで、段蔵はおっと小さな驚きを見せる。

「誰か、若に石頭――」

「持っているさ」

腰の辺りを軽く叩いた。

「左様でしたな」

失念していたといったふうに、段蔵は自らの額を叩いた。

匡介は鞣した革の太い帯を巻いている。そこに幾つかの穴が開いており、石頭や鑿を常に差し込んで持ち歩いている。まるで武士の二本差しのような恰好《かっこう》である。もっとも武士が左腰に刀を差すのに対し、匡介は道具を右腰に差している。

このようにしているのは飛田屋だけでなく、穴太衆においても匡介ただ一人であった。幼い頃、己の暮らしが一変するようなことを経験したからか、常に持ち歩かねば安心出来なくなっているのかもしれない。

「若……」

匡介が歩み寄ると、山方の皆が手を止めて視線が集まる。

若い者の目には羨望の色が浮かんでいる。これでも己は飛田屋の跡取り。誰が言い出したかは知らぬが、いつかは源斎を超える逸材などと吹聴《ふいちょう》されており、年下の者には畏敬の念を抱かれている。

反面、古株の者の目には恐れの色が浮かんでいた。すでに二十年以上共に暮らしてきているが、碌《ろく》に会話を交わしたことも無い者が殆《ほとん》ど。人と話す何倍もの時を、石との会話に費やしてきた。時に手の内の石に向けて、

――お前はどこへ行きたい。

などと、語り掛けているところを見た者もあり、実力こそ認めてくれてはいるが、

――若はどこかおかしいのではないか。

と、陰口を叩かれていることも知っている。

羨望、恐怖、あるいは入り混じって畏敬。様々な要因はあるかもしれないが、皆は己に微妙な距離を置いていることを感じていた。

匡介としても別にそれをどうこうしようとは思わない。己の目指す極みに上るためには、そのような無駄なことに時を掛ける余裕は無いのだ。

そうしたこともあり、己に気兼ねなく話しかけてくれるのは師である源斎、山方の小組頭で叔父のような存在の段蔵、そして何かにつけて文句ばかり零す荷方の玲次くらいなものであった。

「邪魔をするぞ」

一声掛けただけで、若い山方が目を輝かせて頷いた。

間際で足を止めると、目を細めてじっと岩壁を見つめた。暫《しば》し無言の時が流れる。鑿の音はすっかり途切れ、耳朶に触れるのは鳥の囀《さえず》りと、木々の騒《ざわ》めく音のみである。

──俺を使え。

「ああ」

「何か……？」

山方の若い衆が耳を近づけて訝《いぶか》しんだ。古株はまたかといった気味悪そうな目を向けている。

「いや、何でもない」

匡介は彼らを一瞥《いちべつ》すると、手をひらりと宙で舞わせた。いつの間にか段蔵は少し後ろに立ち、腕を組んで匡介と岩壁を交互に見ていた。

腰に右手を伸ばして鑿を取ると、放り投げるようにして左手に持ち替える。投げた時には再び右手を下げており、石頭を抜くと同時に旋回させて構えた。

「いくぞ」

段蔵、もしくは他の若い衆に語り掛けたと思っているだろう。あるいは独り言と思われたかもしれない。だが匡介の呼び掛けた相手は確かに別にいた。

女の頬に指を添わすように鑿を岩にそっと当て、軽く石頭を振るった。細く高い音が周囲に響く。

「若、もう少し強く打たねば――」

若い衆に呼ばれて振り返る。だがその向こうの段蔵は目を見開いて岩壁を凝視していた。

「下がれ」

「え……」

匡介は若い衆を押して二、三歩下がった。壁面から微《かす》かな音が立ち、糸のような細い線が浮かんでくる。やがてその線は少しずつ太くなり、弾けるような音がしたかと思うと、壁からごろりと石が転げ落ちて来た。石は視線を集めつつ斜面を転がっていき、やがて動きを止める。驚愕《きようがく》の表情を浮かべて固まる若い衆の中、段蔵は呼吸を整えるようにゆっくりと息を吐いた。

「お見事です。この境地に至るまででも十年は掛かりましょう。それを三月で……」

「これまで二十年以上、石積みをしていたからだ」

謙遜ではない。その期間が根底にあったからこそ出来たのであって、一朝一夕でやれるはずはない。これで若い衆が萎縮して貰っては困ると付け加えた。若い衆は爛々《らんらん》とした憧憬《しようけい》の目で見つめる。古株たちも実力だけは認めてくれているようで、腕を組みながら舌を巻いている。

「それでも流石《さすが》としか言いようはありませんな。若はしっかり石の目が見えているのですな」

何も石を割るのは山方だけではない。積方も場合によっては石を割って適当な形に変える必要がある。力任せでも出来ぬことはないが、無駄な力を使ってしまい、しかも断面が歪になりやすい。石の目と呼ばれるものを読んで割れば、ささやかな力しか要せず、形も綺麗《きれい》になるのだ。だがその石の目を読むのに、どれほど優れた者でも十年は掛かると言われている。

「いや、目を見たことはない」

「謙遜を」

他の山方は勿論のこと、段蔵でさえそう取った。今まで己がどのようにして石と触れて来たのか、それは師である源斎の他に語ったことは無い。

「聞こえるから」

匡介はぽつんと呟いたが、同時に一陣の風が吹き抜け、木々の騒ぐ音に掻き消された。先ほどまで岩壁に収まっていた石を今一度見た。何百、何千、あるいは何万年もの時から解き放たれ、新たな旅に向かうことに喜び勇んでいる。匡介にはそのように思え、誰にも気付かれぬほど小さく頷いた。

叡山の石場から大津までは目と鼻の先。翌日の早朝に石場を離れ、匡介が飛田屋の流営に辿り着いたのは、秋の優しい陽《ひ》が中天を少し過ぎた頃であった。

流営の語源は定かではないが、源斎の祖父が、

「祖父の代にはもうそう呼ばれていた」

と言っていたことから、少なくとも百年以上前からの呼称であることは確からしい。

大陸の前漢《ぜんかん》時代、周亜夫《しゅうあふ》と謂う将軍が匈奴《きょうど》征討のために細柳《さいりゅう》という地に陣営を置いた故事から、本邦では幕府のことを「柳営」と呼ぶ。穴太衆の遥《はる》か先代がその響きを気に入ったのだろうか、石の差配所を本来の文字から一字変えてそのように呼び始めたのではないか。

源斎と共に細川《ほそかわ》家の田辺《たなべ》城の石垣を増築した時、隠居で古今の故事に詳しい細川幽斎《ゆうさい》が語っていたので、妙に納得したのをよく覚えている。

その流営に行くと、飛田屋荷方の若い衆が慌ただしく動いている。昼間とはいえ肌寒くなってきているのに、どの者も諸肌《もろはだ》を見せて荷造りに追われていた。

「若！」

若い衆の一人がこちらに気が付いて声を上げた。

「おう。玲次はいるか？」

「小組頭は……」

若い衆が向ける視線の先、指を差しつつ差配する男がいた。己は身丈五尺七寸（約百

七十二センチメートル）と大柄であるが、玲次も決して低くはなく五尺六寸はあるので目立つ。吊《つ》り眉をいからせて、早く縄を掛けろだの、手と足を同時に動かせだのと吼《ほ》えている。

「喜三太《きさんた》、手が止まって――」

別の方向を向いていたはずなのに、余程視野が広いのか、こちらの若い衆の手が止まったことを見逃さない。玲次は言い掛けたところで、己の存在に気付いて顔を少し顰《しか》めた。

「匡介、邪魔するな」

地を踏み鳴らすように大袈裟《おおげさ》に歩み、こちらに向かって近付いてきた。飛田屋の中にあって、源斎を除けばこの玲次だけが己を名で呼び捨てる。こちらとしても、無理に副頭や若などと呼ばせようとは思わない。元々同じ釜の飯を食ってきた相弟子である。

「爺からお前の仕事振りを見ろと言われているんだ。文句を言うなら爺に言え」

匡介も負けじと返すと、玲次は渋々といった様子で零す。

「勝手に見て学べ。俺は何も教えねえ」

「爺は解らないことは、玲次に逐一訊けと言ったぞ？」

匡介が片眉を上げると、大袈裟に舌打ちをして玲次は身を翻す。己の後ろについて学べと言いたいのだろう。

「俺が来ただけで、仕事に障りがあるのか？」

「邪魔するなよ」

「口の減らねえ野郎だ」

玲次は項を掻き毟《むし》って吐き捨てた。

「ようう。仕事だ」

いつまでも小競り合いをしていても始まらない。匡介は手をひらりと振って話を転じた。

流営には山から切り出されてきた大小の石が大量に集まっている。

陸での石の運び方は様々である。まずは地車《じぐるま》。台に直径三尺ほどの車輪が付いているもので、牛馬が曳いて運搬する。今は人が抱えられるほどの、比較的小さな石が積み上げられて縄を掛けられている。

次に石持棒《いしもちぼう》。これには様々な形がある。井桁のように組んで中央に大きな石を縛りつけ、複数人で運ぶものもあれば、棒一本の両側に籠《かご》を付けて一人で運ぶものもある。後者には拳ほどの大きさの栗石が入れられている。

三つ目は「修羅《しゅら》」と呼ばれる橇《そり》。筏《いかだ》のように丸太を組んだものに縄が付いている。この上に石を置いて大人数で曳くのだ。これには一丈（約三メートル）四方ほどの石が積まれている。

最後は「ころ」である。丸太を地に並べ、その名の通り石を転がして移動させる。人の身丈を超えるほどの巨石を運ぶ時はこれを用いる。これで長距離を運ぶのは時が掛かり過ぎるため、このような巨石は石船と呼ばれる船で運ばれた。ころは、石船に載せた巨石を降ろす時に主に用いる。

それらが入り交じって作業が進められている中を、縫うように歩きながら匡介は呟いた。

「凄まじい荷だな」

「御頭《おかしら》からの注文だ」

「石垣を組み替えないのか……」

伏見城は移築されるのだ。これまでの石でもう一度組み直せばよい。今回の地揺れでは、幸いにも火事は起こらなかった。木材はそのまま流用されると聞いている。

「積方のお前が聞かされてないのか？」

玲次の言葉に棘《とげ》を感じた。確かに積方の己が解らねば、荷方の玲次に解るはずがない。

「縄張りをする前に山方に飛ばされたからな」

「まあ……俺たち荷方が指月山に呼ばれなかったということは、一から積むということだろう」

石垣を移築するならば、指月山から木幡山に石を運ばねばならない。そのためには荷方の力が必要になる。山方にいた時もえらく切り出すなとは感じていたが、それは石垣を大規模に増やすものだと思っていた。

「山から降ろして、山へと運ぶ。これは最も大変だ。覚えておけ」

玲次はこちらを向かずに言った。

「へえ、そうか」

「お前、何年穴太衆にいる。何も知らないのか」

間延びした返事に玲次は嚙みつく。

「仕方ねえ……」

玲次は源斎の言いつけだからと、ぶつくさ言いながらも解説を始めた。玲次は源斎に対して絶大な信頼をおいているのだ。

「そもそも一つとして同じ地はなく、全く同じ石垣は組めない。それは知っているな」

「ああ」

玲次に言われずとも、そのことは積方の己のほうが詳しいだろう。

「いらない石を弾くだろう？」

「だいたい三割ほどは使えなくなる」

地形に合わせて石垣を組むのだから、不要な石も出てくる。時と場合によるが二割から四割は用を成さなくなってしまう。

「石垣を崩す。移す。石を吟味する。足りぬ分を山方は凡《およ》その大きさを聞いて切り出す。

荷方がそれを運ぶ。組み替える……やるべきことが六つになるな」

「確かに、そうだ」

「だが一から組むならば……」

「三つ」

「そうだ」

山から切り出す。運ぶ。組む。量こそ多くなるが、それでもこちらのほうが迅速に石垣を組めるという。

匡介は現場に到着した石と格闘することだけを二十余年続けてきた。故に山方、荷方がそれぞれ苦労して石を供給していることは知っていたが、その考え方や方法は全くといっていいほど知らない。別に山方や荷方に興味が無かった訳でなく、

――石と向き合うのに、幾ら時があっても多過ぎるということはない。

と、源斎から耳に胼胝《たこ》が出来るほど聞かされた。現にこの歳になっても、まだ一人で石垣を組むことを許されていない。余事にかまける余裕は無かった。だからこそ今回の山方や荷方へ行けということの訳を汲《く》み取れずにいるのだ。

「急ぐ必要があるということか……何故だ？」

戦国の世ならば、速く造るということも重要なことであった。うかうかしていれば敵が攻めて来るかもしれないからである。だが天下は豊臣家によって保たれており、一揆

などを除けば戦は起きていない。穴太衆としてもわざわざ作業を遅くしようとは思わぬが、かといって疾風の如き速さで組む必要はない。

「知るかよ。御頭に訊け」

　玲次はぞんざいに答えた。そもそも速く造るというのも、源斎の意思ではなかろう。穴太衆はあくまで技能を売る集団。依頼主がいてこそ成り立っている。

　どのような石垣を構築するかは相談に乗るものの、その普請の期日などは依頼主の意向を優先する。要求されたその期日が短くとも能《あた》うならば受け、能わぬならば断るだけである。

「戦が起こるのか……」

　伏見城は豊臣秀吉が隠居のために建てた城。これの移築となれば当然、依頼主は秀吉となる。つまり秀吉が何らかの訳で急いでいるということになる。

　一介の石積みの己には天下の情勢は解らない。だがこの突貫での移築はそうとしか考えられない。

「俺たちは石垣を造ればいい……おい、とっとと縄を掛けろ。日が暮れちまうぞ」

　玲次は会話の合間にも、縄掛けに手間取っている若い衆に指示を飛ばした。

「後はどうでもいいってか？」

　意識した訳ではないが、声が低くなる。

昨今、穴太衆の中には石垣を造り、銭さえ受け取れれば後はその城がどうなってもいいと考えている者も多くいる。訳は簡単で、二度とその城に携わることが無いからである。穴太衆の中では、

——五百年で一人前。三百年で崩れれば恥。百年などは素人仕事。

と、専ら言われている。穴太衆に身を置くものならば、どれほど下手に組んだとしても百年から二百年は崩れない。つまり軽微な修復はともかく、己が組んだ石垣をもう一度組み直す機会は生涯訪れないのだ。

とはいえ、それで手を抜く穴太衆はこれまでいなかった。しかしこれも泰平の弊害か、少しでも多く仕事を取り込もうと、質を捨ててでも速く造ればいいという不逞《ふてい》の輩《やから》が昨今増え始めている。

「そうは言っていない。俺たちの腕が疑われるからな」

玲次はこちらを向いて凜然と答えた。

飛田屋の中にはそのような輩は一切いない。飛田屋を率いる源斎は、

——千年保《も》つ石垣を造れてようやく半人前だ。

と、穴太衆の常識よりも遥かに高い目標を掲げ、どこの組にも負けぬ丁寧な仕事を心掛けてきた。乱世では仕事が溢《あふ》れ、各組が大車輪のように仕事を取り込もうとした時も、源斎だけは慌てず騒がずに至高のものを目指した。故に多くの仕事を取りこぼし、他の

組に飛田屋は悠長だと小馬鹿にされたこともある。

だが戦が鎮まり、天下に静謐《せいひつ》が訪れてからというもの仕事は全体として激減した。当時、多くの仕事を受けていた組は暇となったが、飛田屋は以前と変わらず、いやそれ以上に仕事が舞い込んできている。諸大名が飛田屋の石垣を高く評価しているからである。

「俺に貸せ。よく見て覚えろ」

先ほどの若い衆が未だ手間取っている。玲次は見かねて自ら巨石に縄を回し始めた。

玲次は弛《たゆ》みなく手足を動かしながら、話を戻した。

「しかし、地揺れや、野分《のわき》はともかく……戦となれば、破られることはある。俺たちは最善を尽くせばいい」

「それじゃあ駄目だ」

匡介が言うと、玲次は一瞥して舌打ちした。

「馬鹿。千人で守る城に、十万が攻めかけてみろ。幾ら石垣が良くとも、城は落ちるさ」

「それでも守れる石垣を造ってみせる」

玲次は縄を捻《ひね》って輪を作ったり、その間を通したりと流れるように手を動かす。要所では石に足を掛けて締め上げ、それを何度も繰り返して最後に縄を結んだ。

「一朝一夕じゃあ無理だ。また俺がやる時に声を掛けるから見に来い」

玲次はぴしっと石を叩いて、若い衆に向けて言った。

「はい！」

若い衆は頬を紅潮させ頷く。何も怒鳴り散らしているだけではなく、自ら率先して手本も示す。口は悪いのに玲次が配下の者に慕われる一端を見たような気がした。

玲次は片頬を歪めるようにして、こちらに歩を寄せて来た。

「どんな大軍でも撥《は》ね返す石垣を造るってか？」

「ああ、そのつもりだ」

「この話になるといつもそうだ」

玲次は辟易《へきえき》したように、深い溜息を零した。初めて玲次と大喧嘩したのもこの話題だったのだ。以後、似たような話で何度もぶつかってきている。互いに齢三十となった今、摑み合い、罵り合うようなことはないが、未だにその点では折り合いがつかないでいる。

あれは確か十八年前のこと。織田信長配下の将、荒木村重《あらきむらしげ》が摂津《せっつ》有岡《ありおか》城に立て籠って反旗を翻した。遡ることさらに三年、この有岡城の大改修の折、石垣を組んだのが当時三十六歳の源斎であったのだ。

織田家の大軍の前に、有岡城は一年もの長きに亘《わた》って耐え抜いたが、やがて陥落した。城主の荒木村重は落城前に逃走し、残された女房衆百二十二人が鉄砲や刀で殺された。一族郎党五百十二人も四軒の農家に押し込められ、生けるままに火を放たれた。中には齢五つの子どもまでいたという。

——どんなに堅牢でも、破られれば意味が無い。

子どもながらに匡介はそのように口にし、それを源斎への侮辱と取った玲次が激昂《げきこう》して喧嘩に発展したのである。

「穴太衆が如何《いか》に鉄壁の石垣を拵《こしら》えようと、愚将が守れば用を成さない」

湖岸から琵琶の湖へと視線を移しながら玲次は言った。

荒木村重は摂津を自らの手で切り取った実績を持ち、決して凡庸な男ではなかった。しかし謀叛の後の彼の行動は、名将とはかけ離れたものであったことは確か。織田家の大軍の前に腰が引け、全てを捨てて逃げ去った。長い籠城《ろうじよう》は神経を削り、人を変貌させる。その時の荒木も正気ではなかったのだろう。その証左に、荒木は後に自ら「道糞《どうふん》」という号を名乗った。読んで字の如く、道端の糞という意。妻を捨て、子を見殺しにした己を恥じ、自虐的な号を付けたと思われる。

「それでも有岡城は一年もの間耐え抜いた。御頭の楯が良かったからな」

穴太衆では時に石垣のことを「楯」と呼び、玲次もそれに倣っている。

「楯を生かすも殺すも将次第か……名将とはどんな男なのだろうな」

匡介も遠くを見つめた。煌《きら》めく湖面の先、対岸に近江富士とも呼ばれる三上山《みかみやま》が見える。

「俺には解らないが、殿下が今の世には二人の天下無双がいると仰《おっしゃ》ったと、世間で専らの噂《うわさ》だぜ」

殿下とは、百姓から天下の主《あるじ》にまで上り詰め、今の安寧を作り出した男、太閤《たいこう》秀吉のことである。玲次は半年ほど前に京を訪れた時、噂話の好きな京雀《きょうすずめ》たちが話しているのを耳にしたらしい。

「一人は本多忠勝《ほんだただかつ》か」

「当たりだ」

かつて織田信長の盟友にして、豊臣秀吉とも天下を争った徳川家康《とくがわいえやす》。後に和議を結んで傘下に入って、今は豊臣政権の五大老筆頭の席に座っている。その家康の配下の猛将である。五十数度の戦に出て一度も傷を負ったことが無く、秀吉と戦った小牧《こまき》・長久手《ながくて》でも豊臣軍を散々に悩ませた。以来、秀吉は本多忠勝を買っており、事あるごとに褒めそやしていると、世事に疎い匡介でも知っていた。

「もう一人は？」

尋ねると、玲次は拳を口に当てて咳払《せきばら》いをして答えた。

「東に本多忠勝と謂う天下無双の大将がいるように、西には立花宗茂《たちばなむねしげ》と謂う天下無双の大将がいる……だとさ」

「立花宗茂……」

名は聞いたことがあるように感じたが、匡介は詳しいことを何も知らなかった。

「筑後《ちくご》十三万石の大名で、鎮西《ちんぜい》一の武将との呼び声が高いらしい。驚くことに歳は三十だとよ」

「俺たちと同年の生まれじゃないか」

少し吃驚《きっきょう》して声が上擦った。齢三十は立派な大人であるが、天下の双璧と語られるには若過ぎるといってもよい。何でも島津の九州統一に抗《あらが》い、齢二十にして抜群の武功を立てたのを皮切りに、この十余年で負けらしい負けは無いらしい。今も唐入《からい》りに従軍して、十倍からなる明《みん》軍を難なく屠《ほふ》ったと伝わってきているという。

「そのような男に石垣を任せれば、鬼に金棒かもしれないな」

玲次の言う通り、幾ら穴太衆が堅固な楯を造ろうとも、愚将が扱えば紙の壁のように脆《もろ》くなる。反対にそのような名将ならば鋼の如き守りになるのが現実かもしれない。

——だが、それじゃあ駄目だ。

匡介は心中で呟いた。籠城戦が始まれば、城下の民も城に逃げ込む。民が逃散《ちょうさん》することを恐れ、領主が無理やり城に詰め込むことも多々ある。つまり民は領主の勝手で強制的に戦に参加させられ、落城の時には悲惨な目に遭うことになる。そんな馬鹿げた話があってはならないと匡介は思う。

だが往々にして城に押し込められるということは、少なからず劣勢を強いられているということ。攻め方の実力が勝っていることのほうが多かった。その差を埋めて敵を撥ね返すことこそ、己たち穴太衆の務めではないか。

「お前は気負い過ぎなんだよ……」

横から玲次がぽつりと零した。

「そんなことは――」

「お前を見ていると、賽《さい》の河原を思い出す」

玲次は苦々しく言うと、身を翻して配下の若い衆の下へと歩んで行った。玲次も匡介の生い立ちは知っている。これまで何度も激しく罵り合ったが、そのことだけには触れてはこなかった。今も直言ではないが、これまでで最も踏み込んだ一言だったかもしれない。

――賽の河原か……。

匡介はそっと屈みこむ。湖畔には豆粒ほどの砂利から、抱えてようやく持ち上がるほどの石までが散乱している。そのような言葉はないが、ここは河原ではなく湖原ということになるだろう。

拳ほどの石を見繕って重ねて置いた。積方ともなれば石の重心を即座に見抜けねばならない。三つ、四つ、五つと、手早く石を積み上げていく。

「くだらない」

七つまで積み上げた時、崩そうとして手を翳した。だが馬鹿馬鹿しいとは思うものの、崩すことに気が引けた。匡介の脳裏に浮かぶのは妹の姿。笑っている顔を沢山見てきたはずなのに、こんな時に思い出すのは、決まって最後に見た己に向かって手を伸ばす必死の形相であった。

穴太衆は道祖神《どうそじん》を信奉している。村の境や、辻《つじ》、三叉路《さんさろ》などに祀《まつ》られる石造りの神で、村を守ってくれると信じられていた。その形状も様々で石像や石碑などが最も多いが、五輪塔のような複雑なもの、大きな石をそのまま据えただけのものもあった。

大陸で古くから祀られていた「道祖」と、この国古来の境界を守り邪悪を撥《の》ね除ける「みちの神」が合わさって今の形になったらしい。

石を駆使して敵を撥ね除ける穴太衆にとって、石の結界を張る道祖神を信仰するのは自然な流れだったのかもしれない。中でも穴太衆が祀っているのは、「塞の神」という神であった。

結界によって悪から守るという点は他の道祖神と共通しているが、その性格は曖昧で時に字が似ているからか、人が死んだ時に訪れるという三途《さんず》の川の河原である「賽の河原」を守る神とも同一視されている。

賽の河原では親に先立って死んだ子が、親不孝の報いを受けて石の塔を積まされるという。これが完成すれば親への供養となり、自らも苦役から解放される。しかし石が積み上がる間際になると、どこからともなく鬼が来て塔を壊してしまう。何度も同じことが繰り返されることで、子どもたちは一向に解き放たれない。だがそれでも諦めずに積み続けると、神仏が現れて救ってくれる。これこそ地蔵菩薩《ぼさつ》だと言う者が大半だが、本来、仏教とは関係ないことからもはきとしない。道祖神を祀る穴太衆では、この地蔵菩薩こそが塞の神、あるいは賽の神だと信じられている。

考えれば不思議である。地蔵菩薩にしろ、塞の神にしろ、助ける気があるのに、何故初めから助けてやらないのか。子の多くは早世を望んだ訳ではない。生きたいと願っていたのに、飢えによって、病によって、あるいは戦によって命を落としたのだ。その無念に鞭《むち》を打つように苦役をさせる意味も解らないし、さっさと救ってやればいいではないか。この疑問にも穴太衆の教義は答えを持っていた。

神々というのは人の祈りを力に変えておられる。人々が社に参るのはそのためだという。塞の神も一刻も早く子を助けたいと願っているが、子らを供養したいと祈る者がなければ、姿を現すことが出来ない。故に穴太衆は、

——賽の河原の子を想い、現《うつつ》で石を積む。

そうすれば塞の神が祈りを聞き届けて下さり、苦しむ子たちに救いの手を差し伸べに現れてくれるというのだ。本当かどうかは判らない。石垣造りという戦に纏《まつ》わるものを

商いにしている負い目が、そのような救いの幻想を生み出したのかもしれない。

だが匡介は穴太の地に来て間もなくその話を聞き、そして信じた。妹の最後の表情を夢に見て、毎夜のようにうなされていたから、何か出来ぬかと苦しんでいたためかもしれない。

源斎が仕事で出ている日は、修業は昼過ぎには終わることになる。そんな時は、一人で穴太を流れる四谷川《よつやがわ》の河原にふらりと出かけるようになった。己が石を積めば、妹の花代を助けられるのではないかと思ったのだ。

それこそ源斎が摂津有岡城の石垣造りを差配していた頃、早朝から未《ひつじ》の刻（午後二時頃）までみっちり石に触れた後、やはり匡介は河原へと向かった。

歯を食い縛って大きな石を運んで据える。それに一回り小さな石を。次は拳大のもの。さらに蜜柑《みかん》ほどの大きさのものと石を重ねていく。下が大きく、上にいくにつれて小さな石を積み上げねば、途中で崩れてしまうのは、何も穴太衆でなくとも判ることである。

「駄目だ……」

三つ、四つまでは上手く積める。だがそれが五つ、六つになると途端に難しくなり、均衡を失って崩れてしまう。幾つ積めば終わりかは知らない。だが少しでも高く積み上げねばならないという衝動に駆られ、匡介はまるで己が賽の河原の囚《とら》われ子のように、何度も何度も石を積み上げることを試みた。

傾いた陽が河原の石を薄茜《うすあかね》に染める。日が暮れるまでにもう一度、そう思って石を手にした時、背後から石の擦れる音が近づいて来ることに気付いた。

振り返ると、源斎が顎髭をごしごしとしごきながら近づいて来るのだ。

「父……上」

源斎は己を養子に迎えて、飛田屋の跡取りに据えると宣言した。故に衆目《しゅうもく》がある場では師匠と、無い場では父上と呼ばねばならないと、段蔵から噛んで含めるように言われた。

だが実父も、父であると同時に己に象嵌の技を教えてくれた師匠でもあった。父としては優しく、師匠としては時に厳しく、共に過ごした日々を大切に胸にしまっている。源斎を父や師匠と呼ぶことは、実父への裏切り、共に生きた時を消し去るような気がして躊躇《ためら》われていた。

「相変わらず呼びにくそうだ」

源斎は苦笑しながらこめかみを指で掻きつつ言葉を継いだ。

「段蔵の申すことは気にしなくてもいい。爺とでも呼べ」

「それは……」

実父と歳もそう変わらず、源斎はとても爺と呼べるほど老けこんではない。

「お前は祖父の顔は知らぬと言ったな」

一乗谷から穴太に向かう間、源斎は匡介の身の上について多く問いかけた。それは己という人を、まずは深く知ろうとしているように思えた。故に祖父はすでに亡くなっていることも知っている。祖父は父と異なり、酒浸りで碌に金を家に入れず、父たちは大層苦労したと聞いている。故に匡介は何の感慨も持たぬどころか、会ったことも無いのに淡い憎しみすら抱いていた。

「祖父殿の代わりなら構うまい。恨み言をぶつけられぬ分、俺に当たればよい」

からからと笑いながら、源斎は自らの胸を拳で軽く小突いた。

「何故……ここに？」

源斎は仕事で摂津にいるはずで、帰りはまだ数日後だと聞いていた。

「用済みさ」

源斎は手をふわりと宙に上げ、苦み走った笑みを浮かべた。

「え……」

「荒木様は俺の石垣が気に喰わなんだらしい」

源斎は有岡城に未だ誰も仕込んだことのない石垣を拵えた。戦の中では必ずや役立つものと確信しているが、どうも荒木から見れば見栄えのよくないものだったらしい。

「見栄えなんて……」

「ああ、見栄えなんてな」

匡介が呟くと、源斎は全く同じ言葉で応えて頰を緩めた。

「幾ら綺麗でも、守れなけりゃ意味が無い」

まさしく一乗谷という町が、朝倉という家がそうであった。町は京風に整然と整備され、美しい土塗りの壁、その上には細工の施された瓦が葺《ふ》かれていた。朝倉家は格式を重んじ、公家風の暮らしを好み、世間に威をふるっていた。しかし実際それらは戦には何の役にも立たず、一夜にして夢のように霧散した。

「石垣の美しさは堅さ。それに尽きる」

傍らに立つ源斎は、顎髭を撫ぜながら全身で風を受けるように仰《の》け反《ぞ》った。

「堅さ……」

「人が何と言おうが、破られないものが最上。人の命を守るものが醜いはずはないだろう」

全くその通りだと思った。一乗谷に住む全ての者が「醜い」と言うものでも、父母や花代の命を守ってくれたならば、匡介だけはそれを美しいと言い切っただろう。

「だがそれが難しい。人が造ったものは、人の力で必ず崩せる」

源斎は膝を曲げて屈むと、今しがた匡介が積んだ石の塔をじっと見つめた。確かにこれを指で小突けば、ばらばらと音を立ててすぐに崩れる。

「塞王が積んだものでも……？」

「お前、それをどこで？」

匡介が尋ねると、源斎は意外そうに問い返す。

「皆が話しているのを聞いた」

飛田屋の面々、その他の穴太衆から聞いたことである。

穴太衆は紙に一切の記録を残さない。穴太衆は石垣積みだけでなく、依頼主から縄張りの相談にも乗る。城造りに自信の無い依頼主だった時などは、縄張りを穴太衆に全てまかせることさえあった。それほど穴太衆の技術が高く評価されているという証左である。

城の縄張りは重要な機密であるため、穴太衆は紙に一切の記録を残さず、全て頭の中に図面を引いて行う。そしてそれは同じ穴太衆であっても決して外に漏らさない。

積み方の技術も同様である。一子相伝《いっしそうでん》、しかも全て口伝《くでん》である。こうして穴太衆は技術の漏洩《ろうえい》を防ぎ、依頼主の信用を勝ち取ってきた。

だがその弊害として、穴太衆の起源はよく解らなくなっている。ある組では陸奥《むつ》から流れてきた者が土着したと言い、またある組では蘇我《そが》氏に従って飛鳥《あすか》にいた者が流れたと伝わっている。飛田屋では遥か昔、大陸の一族が九州を経てこの地に至ったと信じられている。だがどの組にも一つだけ共通する伝承がある。

穴太衆の祖は塞の神の加護を受けており、どのような地揺れにも堪え、どのような大軍からも守る石垣を積んだと言われている。故に穴太衆たちはその祖のことを、神に次ぐ者の意として「塞王」と呼んでいる。

そこから転じ、穴太衆の中で当代随一の技を持つ者が塞王の称号を名乗ることになっていた。そして当代の塞王こそ、この飛田源斎なのである。

源斎は苦く笑って口を開いた。

「俺が積んだ石垣も同じ。人の力で崩せる。塞王なんて本当にいたのかは判らないが……いたとしても崩れないなんて話、後の世の誰かが付け加えた嘘《うそ》じゃあないかと思う。だから神じゃなく、王なのさ」

王も所詮は人。幾ら卓越した技術を持っており、極めて優れた石垣を生み出せたとしても、神とは異なり決して破られないということはない。塞王の呼称には、そのような戒めの意が含まれているような気がすると源斎は言った。

「崩れない石垣を造る者が塞王……はて、そんなものか」

源斎は独り言のように零し、ぞんざいな手付きで拳大の石を拾い上げた。源斎は塞王として持ち合わせる事柄を別に考えているような口振りである。

「他に何が……？」

自らの膝を抱え込むように屈んだまま、匡介は上目遣いに尋ねた。

「ふむ。今のお前に話しても無駄だ。この下手くそめ」

源斎は石の塔を目掛けて顎をしゃくった。

「爺……」

源斎の仕草が何とも憎たらしく、思わず口を衝《つ》いて出てしまった。

「お、呼べるではないか。小僧、よく出来た」

先ほどまでは神妙に話していたくせに、急に話をはぐらかした。子ども相手に大人の取る態度ではなかろう。揶揄《からか》っているのは解るのだが、妙に腹が立ってくる。

「俺は塞王になる。なって爺を引きずり降ろす」

「ふふ……意気はよい。だが下手くそに出来るかな」

「出来る」

「おう、やってみせろ」

源斎は言うや否や、手に持っていた石を石塔の頂点にさっと据えた。匡介はあっと声を上げげた。最も上の石は親指ほどの大きさである。拳大の石など載せれば瞬く間に崩れてしまうと思ったのだ。

「え……」

石塔は崩れない。ぴくりとも揺るいでいなかった。ここしかないという重心を捉えている。それもまるで地の上に石を置くかのように軽々と、目を疑うほどの速さで源斎はやってのけた。

「下手くそ」

源斎はからりと笑うと、立ち上がってその場を後にした。確かに源斎の言う通りだと認めざるを得ない。たかが河原での石積みであるが、それほど源斎の手際は鮮やかであった。

だがいつかこの男を超えてやるという闘志も、同時に心の中に渦巻く。離れていく源斎の背を見つめていると、その感情が昂《たかぶ》って思わず叫んだ。

「俺はあんたを必ず超える。塞王になってみせる！」

源斎は何も答えずに片手をひょいと上げて遠ざかって行った。

この日、匡介は初めて源斎を意識し、石積み職人として頂点を極めようと心に誓った。川面《かわも》が今日を名残惜しむ夕陽に煌めき美しい。賽の河原に神が現れたならば、このような心地ではないか。豆粒のように小さくなっても、なおも大きく見える源斎の背を見つめ、そのようなことを茫と考えていたのを今もよく覚えている。

出発当日の朝、玲次は積み荷の最後の確認を行った。縄が緩んでいないか、石の積み方に無理はないか、荷方の頭が自ら調べていくのである。匡介もその横を歩いて共に見《み》廻《まわ》った。

玲次は一台の荷車の前で足を止めた。縄に指を掛けると、弓の弦を扱うように思い切り弾いた。

「少し緩んでいるな……」

玲次は一度縄を解くと、改めて結び直そうとする。縄に輪を作って捻り、その中に縄を通す。もやい結びといわれる結び方で、これが最も締まる。最後に荷車に足を掛け、思い切り締め上げた。流れるような手捌《てさば》きで、これまで何度もこの作業をしてきたのが一見して判った。

「新米が締めたんだろうよ」

玲次は呟きながら両手を払った。

「荷方は数が多いからな。目配りが大変だろうな」

己と言い争っている時の玲次と違い、この場で見ると無性に頼もしく見え、匡介は素直に感心した。

荷の仕分けが終わり、居並ぶ配下を玲次はゆっくりと見渡す。そして横に立っていた匡介が、耳朶を覆いたくなるほどの大音声《だいおんじょう》で叫んだ。

「目指すは伏見。かねてより打ち合わせた通り行くぞ!」

「応!!」

応じる配下の野太い声が固まりとなって、蒼天を衝くが如く立ち上った。段蔵が率いる山方も威勢がよかったが、玲次の荷方はそれ以上である。

まず数が違う。山方は三十人ほどであった。それに対して荷方は百を超える。いや純粋な数という意味ならば、匡介がいる積方も負けぬほど多い。だがその大部分が近郷から季節で集める人足で、純粋な飛田屋となると源斎と己も含めて八人しかいない。源斎が総指揮を執り、匡介がそれを補佐。残り六人が指示を人足に的確に伝えて積ませていく。荷方はこれとも違い、この百人超全てが飛田屋の職人であった。

匡介は積方として、いつもは現場で彼らを迎える立場である。到着する四半刻（約三十分）前、山間《やまあい》などだと一刻（約二時間）も前から、荷方の活気溢れる声が聞こえてくるのだ。だがこの輪に入って聞く声の熱量は、その時に感じるものよりも遥かに大きい。

持ち場に散って行く配下を見ながら、匡介が呆気に取られていると、

「石船が出るぞ」

と、玲次は湖岸に近付いて行く。

石船には二種類ある。一つは船の構造は他とそう変わらないもの。これには小ぶりの石を積載する。余りに積み過ぎれば転覆の恐れがあるので、喫水線をしっかりと確かめる。

もう一つは巨石を運ぶための船。飛田屋では「潜船《もぐりふね》」と呼ばれている。構造としては大きな筏を並べ、二本の丸太でつなぎ合わせた恰好である。その間に縄で括《くく》った石を沈めて運ぶのだ。浮力を利用するため、巨石でも難なく運び出すことが出来た。目的地

近くの川まで来たら、修羅と呼ぶ橇で引き、そこからはころでもって陸に上げるのだ。

出航する船団に向けて玲次は叫んだ。

「明日は空が荒れるかも知れねえ。瀬田川《せたがわ》は一気に抜けろ！　遅れるなよ！」

船の中から配下が手を上げて了承の意を伝える。

琵琶の湖から瀬田川に出て、天ヶ瀬《あまがせ》の渓谷を抜ける。そこから徐々に川幅が広がって、その辺りからは宇治川《うじがわ》と呼ばれるようになる。宇治川は今回の目的地である伏見のすぐ傍を流れている。その地点で石を降ろす段取りになっていることだけは聞いていた。船に荷の七割は載せてあるが、他は地車や石持棒に括られたままとなっていることに気付いた。

「船の戻りを待って、残りを積み込むのか？」

匡介が訊くと、玲次は鼻を小さく鳴らした。

「そんな無駄なことをするか。悠長に構えていたら荷方は務まらねえ」

「じゃあ……」

匡介は言葉を詰まらせる。

「走るのさ」

玲次は不敵に片笑み、ことも無げに言い放った。その目の奥に矜持《きょうじ》のようなものが見えた気がし、匡介は暫し茫然《ぼうぜん》と眺めていた。

大津から伏見までは約五里（約二十キロメートル）。並の旅人の脚ならば休みなく歩いて二刻半ほど。実際には小休止も挟むことになるだろうから三刻。距離だけでいえばそうなるが、大津から京に入るまでには、勾配《こうばい》のある逢坂《おうさか》の関を越えねばならず、今少し時を要するだろう。

しかしこれは身軽に歩いての話。今回は大量の石を携えていくのだから訳が違う。石持棒を担ぐ者は旅荷の何倍もの重さを担うのである。牛馬が曳く地車を誘導する者は一見楽そうに思えるが、速く駆り過ぎては潰れてしまい、遅ければ一行から遅れる。飼葉を食わせたり、水を飲ませたりと、とにかく気を使う。

「二刻で行く」

玲次はそう宣言した。石を運びつつ、並の旅人よりも速く走破するということ。一度も休憩を挟まないことは当然、平地では駆け足になる。常人なら当然、他の穴太衆でも驚愕する速さである。

「皆の衆、行くぞ！」

荷方百余名の内二十人は船に乗った。残る八十余名が玲次の号令で、喚声を上げて動き始める。

匡介も石持棒を肩に載せ歩を進める。荷方の若い衆たちは、副頭にそのようなことは

させられぬと止めた。しかし匡介は、

「俺の好きにさせてくれ」

と、有無を言わさず加わったのである。

源斎が何のために、己を山方や荷方に行かせたのかは解らない。だがここでやれなければ、

——お前も根性がねえな。

などと、白髪交じりの髭を撫ぜつつ、薄ら笑いを浮かべるのが容易に想像出来、それも癪《しゃく》に障る。

匡介は皆と共に駆けた。駆け足程度の速さであるが、石を担いでいるためすぐに息が弾んだ。揺れと共に棒が肩に食い込んで鈍い痛みも走る。

だが他の荷方は平然として担いでいる。武士が槍や刀を長年握って手に胼胝が出来るように、荷方を務める者の肩は瘤《こぶ》のように盛り上がっている。約二里ごとに載せる肩を交換するので、左右どちらもがそうなっており、皆がいかり肩のようになっていた。

「どうだ。痛いだろう？」

玲次は横を並走しながら言った。玲次は気合いをかけながら鼓舞する。そのため担ぎ手には加わっていない。

「心配ない」

匡介は歯を食い縛って答えた。

「やせ我慢はするなよ。苦しくなったらすぐに交代だ」

玲次の他に三人、玲次と同じように手ぶらで走る者がいた。誰か体調に異変があれば、すぐに交代させる。疲れが顕著な者も同じく一度担ぎ手から外して、休ませつつ向かうのだという。その差配も荷方の頭である玲次が行う。そのために常に皆を見渡していた。

「事故を起こさない。それが荷方にとって、もっとも重要なことだ」

玲次は話している間も、絶え間なく首を振って目配りをしている。

石の運搬で事故が起こることは珍しくはない。穴太衆全体の中で年に一、二度は起こっている。一人が気を失って倒れ、均衡が崩れて石を地に落とす。足の上に落とせば骨折だけで済まず、切断しなければならないこともある。それでも命があるのはまだましというもの。命を落とすような事故も珍しくはない。

「遅れが生じちまう」

命を守るためとでも言うのかと思ったが、玲次の思いのほか乾いた物言いに面食らった。それを察したか、玲次はすぐに言葉を継いだ。

「例えば今の体制だと、一人が離脱するまでは何とか埋め合わせられる。だが二人ならば半刻。三人ならば一刻。四人ならば二刻は遅れる。それ以上ならば半日、一日の遅れは避けられねえ」

玲次は淡々とした調子で続ける。

「荷方は決められた時刻に、決められた分を必ず運ぶ。それが全てだ。いつ敵が攻めて来るか判らない時、石が一日遅れて石垣が造れず、落城したなんて笑い話にもならねえ」

確かにそれは積方でも同じである。堅い石垣を造るのは当然のこと、一刻でも早く完成させることを肝に銘じている。それで敵が攻めて来なければよい。攻めて来る可能性が残る限り、最速で最高のものを積み上げる。

他の組の中には、戦国の真っただ中ならいざ知らず、この泰平の世で敵などいないと鼻で嗤《わら》う者もいた。だがいつ何時誰かが謀叛を起こさぬとも限らない。万が一のことがあって、あと一日早く積み上げていればと後悔しても後の祭りである。

「積み上げる一日を稼ぐために、俺たち荷方が全力で運んでいるのを覚えておけ」

「全てを船で運ばないのも……」

「ああ、時が無駄になる」

即座に答えた。全員が乗船したならば、必然的に運べる石はその分だけ少なくなる。出来るだけ多くを積載して川を下らせるほうがよいのだ。

しかし目的地の傍に着けば、船から石を降ろさなければならず、それには多くの人手がいる。故に走って先回りして船を待ち受けるのだ。その際に手ぶらで走らず、三割程度の石を携える。これを先に石積みの現場に送り届け、船着き場まで急いで走って石を迎え入れる。これが今回、もっとも時を無駄にしない方法だと言う。

「これこそが荷方の頭としての重要な務めだ」

このように目的地まで最も早く、効率のよい運搬計画を練る。その際に天候や川の流れにまで気を配る。これさえしっかり考えられれば、荷方の仕事の八割は済んだようなものだと玲次は言う。匡介もただ漫然と運んでいる訳ではないと思っていたが、ここまで緻密に計算されているとは知らなかった。

だが玲次が幾ら気を配っても、天候が荒れて川が渡れず遅れるようなこともあった。そんな時に匡介は苛立って、

――運ぶくらいとっととしやがれ。

と、腹の内で罵っていたこともある。だが初めて荷方に加わって、ただ運ぶだけだなどとは口が裂けても言えないと思った。運ぶということで、荷方も石垣を造ることに大きく寄与している。

「すまないな」

思わず口から零れ出た。玲次は目を丸くして驚いていたが、ちっと舌を鳴らした。

「気持ち悪いことを言うな。俺たちはきちんと運ぶから、とっとと積みゃあいい」

「しかし何で今更……」

このような苦労があるのならば、早く知る機会があればよかったと素直に思う。だが二十数年もの間、同じ組にいながら山方、荷方の苦労は表面上しか解っていなかった。

「栗石十五年……だろ。積方にそんな余裕はねえ」

玲次は通った鼻筋を指で弾いた。

石垣を造る時、栗石という拳大の石を敷き詰め、その上に大きな石を載せる。そこに「飼石《かいいし》」という石を噛ませ、巨石と交互に積み上げるのが野面《のづら》積みの基本的なやり方である。

その栗石の表裏、向き、配置によりその敷き詰め方は無限にある。その中で最善を見つけねばならない。この作業を覚えるだけでも、最低で十五年の時を要すると言われた。己は人より早く次の工程に進むことを許されたが、それでも十二年目の春であった。

「それで半人前。一人前になるには三十年は掛かる。お前は早いほうだ」

「どういうことだ」

「聞いていないのか？」

玲次は片眉を上げて続けた。

「今から二十八年前。頭も跡を継ぐ前、山方や荷方に回されたんだとよ。段蔵爺が言っていた」

二十八年前から飛田屋にいた者は段蔵一人となっている。玲次も聞くまではそのようなことがあったことを知らなかったらしい。その話を聞いた時に段蔵からは、腹に据えかねることもあろうが、くれぐれも若を頼むと念を押されたのだという。

「そんなことは一言も……」

「まずかったか」

玲次は首を捻って苦い顔になるが、意を決したように続けた。

「間もなく、修業も終わりが近いということだろう」

いつ終わるかも判らぬ修業に二十三年もの間没頭してきた。ある意味それは賽の河原の石を積むのに似ている。そんな日々に終わりが近い。そう聞いてもなかなか実感が湧いてこない。

もう少し喜んだらどうだとでも言いたげに、玲次はまた舌打ちをくれる。荷方の連中の喚声に包まれながら、匡介は長い坂道の先に浮かぶ白い雲を見つめた。


荷方一行は休むことなく駆け続けた。途中、京の東山を抜けた時などは野次馬が集まり、やんやと囃《はや》し立てる。玲次は先頭を駆けながら、野次馬に道を開くようにと叫び続け、よくそれで喉が嗄《か》れないものだと感心した。

野次馬の中には、石に向けて両手を合わせて拝むような媼《おうな》もいる。村々に注連縄《しめなわ》を回した石を置くなど、穴太衆の信仰する道祖神は、民衆の暮らしにも深く根付いているのだ。

人の想いが籠った石は強い。迷信かもしれないが玲次はそれを信じているようで、石持棒を担う一組の脚を止めさせ、

「婆《ばあ》さん、もういいかい？」

と、一転優しく話しかけた。己たち積方の下に届くまでに、このようなことを経ているのだということも、恥ずかしながらようやく知った。

棒が肩に擦れ、皮が捲《めく》れて腫れあがる。これを何度も繰り返して硬い皮が張ってようやく荷方としてものになる。匡介は痛みに耐えつつ、必死に脚を回した。

「よし、もうすぐだ！　気合いを入れろ！」

伏見木幡山の麓《ふもと》に辿り着くと、玲次はさらに気勢を上げた。

ここまで石を担いで休みなく駆け通して、最後の最後で山を登るのだ。常人ならば倒れ込む者が続出するだろうが、荷方の体力には目を瞠《みは》るものがある。

「俺たちは手ぶらなら、日に二十五里も走れますからね」

隣で棒を担ぐ荷方が口元を綻ばせる。名を権六《ごんろく》と謂い、もう四十は超えているはず。汗こそ滝のように流しているが、疲れの色は一切見えない。権六のような初老でもこうなのだ。二十、三十の荷方はけろっとしている。

膝が笑うのを叩いて抑え込み、匡介は最後の力を振り絞って木幡山を登り切った。陽

が中天を過ぎた頃である。玲次が初めに見立てたように二刻で走破したことになる。

「おー、来たか。案外早かったな」

石積みの現場にいる積方二人が迎え入れた。

――何を呑気《のんき》に……。

こちらの苦労に比べ、積方の対応が余りに気楽な調子に思え、怒りが込み上げてきた。

「もう少し、早く送るつもりだったんだが、すまねえな」

玲次は怒るどころか、さらりと詫《わ》びの一言で返した。玲次からすれば慣れたことなのか、いや本心から少しでも早く石を送ってやりたいと思っていたのだろう。

匡介もよく見たやり取りではある。ただ常に己は向こう側、積方のほうにいた。見る側が違えばこうも景色が違うのか。

「お、若！」

石を置いた時、積方の一人、己より二つ年上の番五郎《ばんごろう》がこちらに気付いた。

「玲次、若は荷方を見分《けんぶん》に行っているだけだ。何も担がせることは――」

番五郎が血相を変えて玲次に詰め寄ろうとするのを、匡介は声を荒らげて止めた。

「俺が好きで、やってんだ！」

「若……」

今日、ここに荷方が到着することは積方も承知しており、着き次第、水と飯を配って休ませる。積方の中で最も下の者の役目である。

いつもは飯を配っているのを横目に見ながら、匡介は黙然と石積みを続けていた。その己を荷方の者たちはどんな目で見ていたのだろうか。そのようなことを考えると、無性に己に腹が立つ。

「とっとと、飯の用意をしろ」

匡介が苛立ちを隠さずに言うと、番五郎は弾かれるように走り出して指示を出し始めた。

「へえ……」

玲次が腕を組みつつ眉を開いた。匡介は小さく舌打ちをしてその場を離れ、手頃な木にもたれ掛かってどかりと腰を下ろした。息は一向に静まらず胸を上下させる。肩は傷口に塩を擂《す》り込まれたように痛み、脚は棒になったかと思うほど強張《こわば》っていた。

麦の混じった握り飯が配られ、荷方の連中は旨《うま》そうに頬張る。己の下にも運ばれてきたが、匡介は吐き気を堪えるのが精一杯で喉を通りそうになかった。

瞼《まぶた》を持ち上げるのも億劫《おっくう》で薄目で顎《こら》を上げた。生い茂る葉の隙間から茜が零れる。風で葉がさざめくと共に影も揺れている。

「ほらよ」

声がして視線を下げると、そこには柄杓《ひしゃく》を片手に持った玲次の姿があった。ぶっきらぼうに差し出された柄杓には水が満たされている。

「まずは喉を潤せ。そのあと飯を流し込んでおけ」

口端から零れるのも気にせず、匡介は柄杓に嚙みつくように水を流し込んだ。大きな嘆息と共に柄杓を膝の上に落とす。

「きついだろう」

玲次は横に腰を落として言った。

「ああ、思った以上だった」

「この後、川に降りて船の石を陸に引き上げる。そしてまたここに運ぶ。二往復でいける予定だ」

全体の八割の人数で、三割の石を運んできた。石は残り七割。船に乗っていた人員も合流するため、二回で運び終える。人の動きにも一切の無駄がないように計画されている。しかも先に三割の石が届いたことで、積方は作業に入ることが出来るのだ。

「色々、考えていたんだな……」

握り飯を少し齧《かじ》り何度も咀嚼《そしやく》した。米の仄《ほの》かな甘みがいつもより強く感じられた。

「当たり前だ。俺たちは積方の仕事が少しでも捗《はかど》るよう、支えているつもりだ」

「すまない」

玲次は今一度謝った匡介を一瞥して苦笑する。

「俺もずっと積方にいるつもりだった」

「ああ」

穴太衆の他の組では山方になったら石を切り出すだけ、荷方は石を運ぶだけしか出来ない。だが飛田屋に限っては違う。まずこの道に入った時、三年ほど基本的な石の積み方を覚えさせられるのだ。故に飛田屋の職人は、積方は当然、山方であろうが、荷方であろうが、皆が最低限には石を積むことが出来る。

「いわば石の手習いのようなもんだよな」

玲次は昔のことを思い出しているのだろう。飯を頬張る一等若い荷方を眺めながら言った。

まず三年間、石積みの基礎を学んだ後、全員が実力順に甲乙丙の三つに分けられる。最も優れた甲は積方、次点の乙は山方、それ以外の丙は荷方となるのだ。

では玲次は石積みが下手だったのか。それは違う。下手どころか常に己と一、二を競い合うほど達者であった。

源斎は己を跡取りにするつもりだと宣言したが、やはり必要なのは石積みの技。当初、跡取りと言われていた者を抜き去り、他の者が跡を取った例《ためし》など、穴太衆には掃いて捨てるほどあった。玲次も諦めずに己の技を磨き続けたのだ。

「だがな……技を磨けば磨くほど、頭がお前を跡取りに指名した訳が、解るようになった。口惜しいがお前は常に俺の一歩前を行っていたからな」

柔らかな風が吹き、耳の前に零れた玲次の髪が揺れる。

匡介は何も言えなかった。玲次がずっと己を意識していることを知っていた。確かにほんの少し、僅か半歩ほどの差だが、己が先を歩いていたのも事実だと認めてもいる。風に顔を押し込むように天を見上げ、嚙みしめるような口調で言葉を継ぎ足す。

「そんな時、頭が荷方へ移る気はないかと言ってくれた。ああ、本当に俺は才が無いのだと諦めがついたんだよ」

職人たちは最初の三年で振り分けられたところで、一生働くことになるが、それぞれの小組頭だけは違う。玲次も途中までは己と共に積方にいたし、山方の小組頭を務める段蔵も遥か昔に積方であったと聞いている。今から九年前の天正《てんしょう》十五年（一五八七年）、二十一歳だった玲次は、源斎の勧めに応じて荷方へと移っていったのである。

「爺はお前を頼りにしている。俺以上にな」

そこで初めて匡介は口を開いた。同年代の者を上手く纏め上げ、下の者から慕われ、年配からも可愛《かわい》がられる玲次の気質は天性のものだと源斎は言っていた。さらに石積みのいろはを学ぶどころか、積方でも一、二を争う玲次ならば、どの石から順に送れば有効に使えるか判断がつく。飛田屋の長い歴史の中でも、随一の荷方になるだろうと話していたのを覚えている。

「こっちが向いていたんだろうな。初めは腐る心もあったが、二、三年もすればすっかりこっちが性に合っていると思うようになった」

「そうか」

何故か匡介は安堵して息を漏らした。己が源斎に拾われなければ、きっと玲次が飛田屋を継いでいただろう。どこかでその負い目をずっと感じていたのだ。

「飛田屋全員が石積みの基礎を学ぶには意味がある。特に荷方に関してはな。あの地車、素人が積めばあの半分くらいだろう」

玲次は思い出したように視線を下げると、先ほどまで皆で曳いて来て、まだ石を降ろしていない地車を指差す。その高さは地から一丈にもなる。縄を掛けられているとはいえ、素人が見れば車輪が僅かな轍《わだち》に嵌《は》まっても、崩れるように見えるに違いない。確かに適当に積まれたならばそうなるであろう。

だが匡介から見れば、あれは簡素であるが動く石垣のようなもの。大小の石を嚙み合わせてしっかりと組まれており、少々の揺れでは崩れることはないと解る。

荷方は如何に効率よく石を運ぶかが肝要。そのために最も良い道のりを検討するのは勿論、一回で少しでも多くの石を運ぶことも考えねばならないと玲次は語った。

「皆が石を積めるというのが、飛田屋の強み。荷方にも活《い》きたって訳だな」

「ああ、お蔭《かげ》で荷方といえども、地侍の屋敷を囲むような、ちょっとした石垣なら朝飯前で積めちまう。他にもう一つ……皆が積めなきゃならねえ訳は解っているな」

「懸《かかり》……だな」

戦国の世、悠長な仕事ばかりではなかった。時には敵がこちらに向けて進軍している最中、石垣の修復を依頼されることもあった。そんな突貫作業の時、飛田屋では「懸」の号令が発せられる。

積方に加え、山方、荷方、総出で石垣を積むのである。そうすれば人足を集める手間も省けるし、何より全員が石に精通している者たち。同じ人数ならば倍以上も早く石を組み上げられる。この突貫の手際の良さも、飛田屋が各地の大名に重宝された理由の一つである。

その懸が最後に発せられたのは十四年前のこと。当時、十六歳であった己や玲次も初めて呼ばれた。それ以降は一度も発せられておらず、つまり己たちに限って言えば最初で最後になっている。

「もうあの時のようなことはないだろうな」

玲次は目を細めてこちらをじっと見つめた。

「心配ない」

匡介が間をおかずに即答した。

「ならいいがな」

玲次は小さく鼻を鳴らし、己を置いて配下の元へとつかつかと歩んで行った。何を言いたいのか解っている。

——もう私怨に囚われることはないだろうな。

と、言いたいのである。

十四年前のことが昨日のことのように思い出された。匡介はこれまで一度だけ源斎に殴られたことがある。それがその時だったのである。

活気溢れる荷方の声が飛び交う中、匡介はそっと頰に手を触れた。記憶を喚《よ》び起こしていると、頰の痛みさえも滲むように蘇《よみがえ》ってきたような気がした。

第二章　懸《かかり》

十四年前の天正十年（一五八二年）六月二日の払暁《ふつぎよう》、織田信長が滞在していた本能《ほんのう》寺《じ》が、突如として明智光秀《あけちみつひで》の襲撃を受けた。信長を守っていたのは近習《きんじゆ》など含めて数十名。一方の明智光秀は中国征討への応援に向かう途中であったため、一万三千の大軍を率いている。まともな戦いになるはずもなく、信長は火焰《かえん》の中に没した。

その状況は一乗谷に織田の大軍が乗り込んで来た時にも似ている。信長は九年越しに報いを受けた。匡介は拳を握りしめて歓喜に震えたのを覚えている。

信長を討ちとった光秀は、畿内《きない》を制圧しようと全国の大名に味方に付くように膨大な文を出した。近江の諸大名が次々に明智に降《くだ》る中、日野《ひの》の領主である蒲生賢秀《がもうかたひで》、氏郷《うじさと》親子は勧誘を突っぱねた。

氏郷の妻女が信長の娘であったことも影響しているだろう。蒲生親子は信長の家族を安土で保護すると、すぐさま自領の日野に引っ込んで抵抗の姿勢を示したのである。

近江でも有数の実力を誇る蒲生家の日野城を落とせば、まだ去就を明らかにしていない者も、恐れて味方につくかもしれない。信長の家族を奪えば、後々の交渉材料にも使える。光秀は日野城の攻略を窺い始めた。

一方、蒲生親子の籠る日野城は改修の最中。明智の大軍に攻められれば一溜《ひとた》まりもない。中国方面の攻略に当たっていたのは今や天下人《てんかびと》である秀吉。北陸方面で戦っていた織田家宿老の柴田勝家《しばたかついえ》などが、光秀に対抗出来る大軍勢を率いているが、とてもではないが戻って来るまで日野城は持《も》ち堪《こた》える見込みは低かった。

蒲生家は近江が本拠であるため、穴太衆《あのうしゆう》のみならず、その中に属する飛田屋のことも熟知していた。賢秀は飛田屋に一縷《いちる》の望みを託したのである。

当時の源斎は四十三。職人として最も脂が乗った頃。己や玲次は齢十六。己は仮にも次代の飛田屋を継がせると宣言されており、玲次も若手の有望株と目されていた。そのようなこともあって、この時に熟練の石工《いしく》たちと共に集められた。

穴太にもすでに本能寺で信長が討たれたという報は届いている。かといって大名たちのように去就を明らかにする必要はない。穴太衆は依頼さえあれば、それがたとえ敵味方に分かれても仕事を遂行する。つまり何らかの仕事が入ったことは想像出来た。

源斎は一同を見渡すと、声を床に這《は》わせるように静かに言った。

「蒲生家から石積みの要請が来た」

座にどよめきが起こる。このような異常な状況での仕事の依頼はただ事ではない。

「それでは……」

このとき、四十一歳の段蔵が真っ先に尋ねた。それに合わせて一座のどよめきも静まる。

「懸《かかり》だ」

源斎が鋭く声を発すると、どっと皆が気勢を上げた。

飛田屋を総動員し、突貫で石積みを行うことを「懸」と呼ぶ。当然そのことは知っていたが、匡介や玲次は一度も経験したことはなかった。ふと横を見ると玲次の顔が真っ青になっている。

石積みは通常、まずは依頼主と縄張りを相談し、何か月、あるいは何年と時を掛けて行われる。短期間で積み上げる懸が発せられるということはつまり、

――戦が目前に迫っている。

と、いうことを意味する。状況によっては戦が始まっていようとも、石積みを続行しなければならない。それこそが懸なのである。

即《すなわ》ちそれは、穴太衆が命を落とすことも有り得るということ。実際、前回の懸では鉄砲の流れ弾に当たって二人、積んでいるところを矢で狙われて一人、作業の中、誤って石垣から足を滑らして敵中に落ち、膾《なます》のように斬りきざまれた者が一人、計四人が亡くなっていると聞いていた。玲次が戸惑うのも無理はない。

匡介も狼狽《うろた》えていた。だが玲次とは理由《わけ》が違う。

――明智を邪魔立てしたくはない。

と、思ったのである。

織田信長は一乗谷を焼き払い、朝倉家を滅ぼした張本人。父母や花代を殺した仇《かたき》である。その恨みを一日たりとも忘れたことはなかったが、相手は間もなく天下を統べようとする大大名。一介の石積み職人に何か出来るはずもない。

半ば諦めかけていた矢先、明智が討ってくれた。己のためでもないし、祈りが届いた訳でもなかろうが、明智に感謝したのも事実。そんな明智の足を引っ張ることに加担したくはなかった。

皆が火急の支度に入る中、匡介は腰を据えたまま項垂《うなだ》れていた。

「匡介！　早くしろ！」

職人の一人が怒鳴り付けるが、匡介は動かない。普段はいがみ合っている玲次さえも、どうしたのかと肩を揺らすが、それをさっと手で払い除《の》けた。

「おい」

声が聞こえて、匡介は顔を上げた。

源斎がゆっくりと近付いて来る。やがて己の前まで来ると、源斎は見下ろしながら低く言った。

「何をしている。動け」

「嫌だ……」

匡介の返事があまりに意外だったので、慌ただしく動いていた職人たちもぴたっと足を止めた。

「怖いのか？」

源斎の問いに、匡介は首を横に振った。

「怖くない」

「じゃあ、何だ」

「明智は俺の両親の仇を討ってくれた恩人だ。その敵に利する石積みはしたくない」

源斎の顔に怒気が浮かぶのが解った。それでも匡介は目を逸《そ》らさずにじっと見続ける。

剣呑な雰囲気に、段蔵が慌てて走って来る。

「頭、少し待って下さい！　匡介も謝れ――」

源斎がすっと手を上げて間に入ろうとする段蔵を制した。

「穴太衆の掟《おきて》は知っているだろう」

「依頼さえあれば、それが誰であろうと石を積む。悪人であろうと……」

今、世の大半の人々は光秀こそ悪人であると思っているだろう。だが誰が何と言おうと、匡介にとっては信長が悪人。光秀はそれを倒した英傑である。信長の家族を守り、光秀に抗おうとする蒲生親子も、悪人の一味としか思えない。

源斎は眼光鋭く睨《にら》みつけてくる。人並みに恐れを感じて身が震えたが、匡介はそれをぐっと押し殺し、唾を飛ばしながら言い放った。

「悪人に力を貸すのは嫌だ」

「お前――」

源斎は匡介の胸倉を摑み、無理やり立ち上がらせ、思い切り頰を殴り飛ばした。尻もちをついた匡介の元に段蔵が駆け寄り、謝れと連呼するが匡介は意固地に首を振る。

「これまで何を学んできた。お前は何も解っちゃいねえ」

源斎は怒りに声を震わせた。

「悪人を助ければ、また一乗谷みたいな惨劇が起こる……そんなのに力を貸したくねえんだよ!」

「蒲生殿がそのようなことをすると……?」

源斎は静かに問いかけ、匡介は再び俯《うつむ》いた。

蒲生賢秀は気骨のある男で、民を大切にしていると耳にする。またその子の氏郷は、父を遥かに超える大器だとも聞く。確実とはいえないが、一乗谷に信長がしたような真似をするとも思えない。

「爺は蒲生が悪人じゃないと言いたいんだろう……」

匡介は顔を背け、指で口をさっと拭った。唇が切れて血の香りが広がったのだ。

「さあ、どうだろうな」

「え……」

思ったのと違う返答が来たので、匡介は思わず源斎の顔を見つめた。

「蒲生殿は滅多なことはなさらねえだろうが、戦国大名である限り、時と場合によっては苛烈なこともしなくちゃならないかもな。それを悪人というならば、悪人だろうよ」

職人たちは先ほどまでと打って変わり、鳴りを潜めて源斎の言葉に耳を傾けている。

「諸籠《もろごも》りになるかもしれないな」

源斎は下唇を弾くように歯でなぞった。

諸籠りとは籠城の戦術の一つで、支城に兵を配さずに本城に全ての兵を集めること。それのみならず女子どもも含めて、領民の全てを城に入れる場合もある。

敵の焼き討ちから民を守るためでもあるが、他領に逃散させないという意図で行うこともある。仮に敵を撥ね退けたとしても、民が逃げてしまって田畑を耕す者がいなくなる恐れもあるのだ。その結果、民も含めて全滅の憂き目に遭うこともあった。

「集められた足軽だって武士じゃなく民だ。本当は戦いたくねえに決まってる。生き残って、かかあや、子を抱きしめたいはず……」

源斎は拳を強く握りしめ、小刻みに震えている。

「織田だ、明智だ、蒲生だなんて民にはどうでもいいことだ。お前はそれを一番解っているはずじゃねえのか!?」

源斎は吼えた。それは悲痛な叫びという表現が相応《ふさわ》しい。刮《か》っと見開いた目の端に光るものすら見える。目の前に一乗谷の悲惨な光景が陽炎《かげろう》のように立ち上り、胸が締め付けられ視界がみるみる曇っていく。

「お前は何を守る」

一転、源斎は穏やかな声で囁《ささや》くように言った。それは一乗谷で出逢《であ》った時のように、四谷川の河原で石を積んでいた時のように、優しく慈愛に満ち溢れた語調である。

今、日野の民は、あの日の一乗谷の民と同じように戦々恐々としているだろう。逃げ出せる商人などはまだまし。大半が田畑を捨てれば、明日からの暮らしにも困窮する百姓である。残るも、逃げるも共に死を意味する。

――花代……。

匡介の脳裏に浮かぶ花代は、いつも恐怖に顔を引き攣らせていた。滂沱たる涙に頬を濡らしていた。どうしても幸せだった頃の、笑っていたはずの顔が思い出せないのだ。

「俺は……あの日の花代を守る」

食い縛った歯の隙間から、匡介は声を零した。

源斎は無言で手を差し伸べる。優れた石積みの掌は驚くほど美しい。感覚を研ぎ澄ますため、幼い時より塩で揉んで胼胝《たこ》を作らぬようにしているのだ。

源斎は勢いよく匡介の手を摑むと、思い切り引き上げて立たせた。そして匡介の肩をぴしゃりと叩き、衆を見渡して今日一番の大音声で叫んだ。

「飛田屋が請け負ったからには誰も死なせねえ。いくぞ！」

職人たちの応という声はぴたりと揃い、壁板を震わすほど部屋中に響き渡った。


要請を受けた日の夜半、飛田屋一同、一塊となって穴太から飛び出した。積方《つみかた》十、山《やま》方《かた》四十、荷方《にかた》百十、総勢百六十の集団である。全員が石を割る鑿、石頭《せっとう》、糒《ほしいい》を入れた革袋を腰に携え、五人に一人が松脂《まつやに》を用いた松明《たいまつ》を掲げて道を照らして駆け抜ける。荷方は地車《じぐるま》や修羅と呼ぶ橇を引く。いずれも石は積んでおらず空である。

「当てはあるか!?」

源斎は駆けながら、山方の頭である段蔵に尋ねた。

「近くに丘はありますが、いい石は取れません。一番近い石場は、東に一里半（約六キロメートル）の雨乞岳《あまごいだけ》です」

他国ならいざ知らず、段蔵は近江の全ての石場を頭に叩き込んでいる。

「遠い！」

源斎は鋭く即答した。

「仰ると思いました。蒲生家は日野城一つに籠るつもりで？」

「今のところ、そう聞いている」

通常は一城に籠ることは滅多にない。周囲の支城にも兵を配し、後詰《ごづ》めとして敵の背後を窺わせるのだ。だがあまりに兵力差がある時は別であった。支城に配された数百の兵に、敵は同数から倍ほどの備えを残し、一気呵成《いっきかせい》に本城を攻めてくることが考えられる。

また城ごとに守るに適した兵数というものがある。足りなければ曲輪《くるわ》の一部を捨てて守らねばならない。蒲生には支城に兵を回す余裕がないこともあるだろう。

「では音羽《おとわ》城から取りましょう」

日野城の南東に音羽城という城がある。応永《おうえい》の頃に築かれたとされ、大永《だいえい》年間の内乱に使われた後、廃城になっている。この城の野晒《のざらし》になっている石垣を崩して用いるという。

「船を借りればより早く運べます」

段蔵はさらに付け加える。音羽城跡の目と鼻の先には日野川が流れており、日野城の裏へと通じる。日野城はこの川を堀代わりにしているため、荷揚げすればもうそこは城下と言ってもよい。

「その頃にこぼした城なら足りねえ」

源斎は脚を回しながら首を横に振った。この頃の城の守りは石垣よりも土塁に頼っているものが多い。石垣で固められているのは、本丸御殿の周りなど、ごく一部である。

「ならば鎌掛《かいがけ》城からも取りましょう」

段蔵は不敵な笑みを浮かべた。山方の一人が血相を変えて口を挟む。

「小組頭、鎌掛城は賢秀様の城ですぜ!?」

「隠居の城をこぼすのは、気が引けますがね」

段蔵は進言する山方を一瞥し、ばつが悪そうに苦く頬を歪めた。

鎌掛城は、息子に家督を譲った蒲生賢秀が隠居後に住んでいる山屋敷と呼ばれる居館と、その後ろの峻嶮《しゆんけん》な尾根に築かれた詰めの城によって構えを成している山城である。山麓の居館は土塁や空堀《からぼり》の他に、石垣でも守られている。他にも石組みの井戸などもある。さらに山頂には「鎌掛の屏風岩《びようぶいわ》」と言われる岩壁があるほど、石材が多く取れる。在り物を崩すだけで足りないならば、そこから突貫で切り出すことも可能らしい。

この城、位置としては日野城の真南にある。日野川の支流である北砂川が程近いところに流れており、音羽城跡と同様、船での石の運搬も能《あた》うという。

「どうです」

段蔵は滔々《とうとう》と述べた結びとして、源斎に向けて低く問うた。

「上等だ。蒲生殿も否とは仰らねえだろう」

源斎は快活に笑うと、続けて段蔵に向けて指示を飛ばす。

「山方十人、荷方三十人で音羽城跡へ。残る三十、八十は鎌掛城だ。俺たち積方は日野城で先に組み始める」

「はい」

段蔵は力強く頷くと、行列の後ろのほうに向かって指示を伝えていく。

一行は夜を徹して走り、草津《くさつ》から石部《いしべ》へと東海筋を進む。途中、三雲《みくも》に差し掛かった時には東の空が明るくなり始めていた。流石に駆け通しで皆の顔に疲れの色も見え始めていたが、それでも士気は頗《すこぶ》る高い。

「厄介なことになりそうだ」

息を弾ませる匡介の横で、源斎が舌打ちを放った。

「何か？」

「あれを見ろ」

南に聳える阿星山《あぼしやま》の麓、無数の篝火《かがりび》が焚《た》かれているのが見える。

「甲賀衆《こうかしゅう》の屋敷の一つがある。相当集まっていやがる」

甲賀衆とは諜報《ちょうほう》や工作を請け負う技能集団で、いわゆる忍びなどとも呼ばれる。不思議なものでこの近江には技能を売りにする者たちが極めて多い。穴太衆もそうであるし、源斎の視線の先に屯《たむろ》する甲賀衆もそう。他にも北近江には、鉄砲の生産にもてる技の全てを注《つ》ぎ込む国友衆《くにともしゅう》もいる。

甲賀は山間であるため田畑がなかなか作れず、技能を売ることで暮らしを支えてきたと聞いたことがある。しかし穴太も国友も、周囲に開けた平野もあり耕作にも苦労しない。近江というのは極めて京に近いということ、幾度となく東海筋を権力が往来したことで、技を磨けば田畑よりも質の良い暮らしが出来ると先人が考えたのかもしれない。

ともかく源斎いわく、甲賀衆の動きが気に掛かるという。

「ありゃあ、日和見だ」

信長が討たれた今、天下の趨勢《すうせい》は読めない。この機に乗じて人の領地を掠め取ろうとする輩も出るだろう。甲賀衆はそれを警戒し、兵を集めてすぐに動けるように支度しているものと思われる。

「それじゃあ、もしかして……」

「ああ、明智の誘いに乗るかもしれねえ。そうなれば残された時はさらに少なくなる」

明智の軍勢が日野に押し寄せるまで、あと五日ほどは掛かると見ていたが、甲賀衆が動けば話は違う。ここから日野城へは半日足らずの距離。明日、明後日《あさって》にも攻め寄せて来ることは十分に考えられる。

「急ぐぞ！」

源斎はさらに一行を鼓舞した。齢四十を超えているが、誰よりも躰には気力が充実しているのが感じられた。飛田屋一行はさらに進み、水口《みなくち》を抜けて清田《きよた》で二手に分かれた。件《くだん》の鎌掛城への分岐にあたる地である。

日野城に辿り着いたのは出発した翌日の昼。ここでさらに二組に分かれ、一手はさらに東の音羽城跡を目指す。残った積方で船の手配をする間、源斎は日野城の主である蒲生親子に目通りすることになった。

城内にはすでに百姓の姿もある。若い男はとうに足軽として徴兵されたのだろう。年老いた者たちで兵糧を運び、女たちは炊き出しに追われている。

そのような中、蒲生から禄《ろく》を食《は》んでいるであろう家臣たちが、何か笑いながら通り過ぎるのが目に入った。他にも今は英気を養う時とばかり、木陰で項垂れて居眠りをしている者も散見出来る。

匡介はこうして戦間近の城に入るのは初めてのこと。何と言うかもっと、殺伐とした感じだと想像していたが、予想に反していたので些か拍子抜けした。匡介の心を見透かしたかのように、源斎が鼻先を掻きつつ訊いた。

「意外だったか?」

「もっと殺気立っているものと思っていた」

「人はすぐに忘れる生き物よ」

蒲生家が織田家の傘下に加わったのは十余年前のこと。そこから織田家の一員として外征に出ることはあっても、自領に攻め込まれることはなかった。

最後に戦火に巻き込まれたのは、蒲生家が以前従っていた六角《ろっかく》家が、北近江の浅井家と死闘を繰り広げていた頃。今が三十歳の者ならば、当時は十代の半ばで記憶もあるはず。だが僅かそれだけの時が経《た》っただけで、人はその時の恐怖を風化させると源斎は語った。

「まさか。俺は……」

「お前のような者は日野にはいないのさ」

当然ではあるが、今の日野に暮らしている者は戦によって「生き残った者」ということになる。家族を失った者は、己のように忘れてはいないだろう。だがこの十数年で、ある者は死に、ある者は哀《かな》しみから逃れるように故郷から離れる。残った者など全体からすれば僅かに違いない。

「これじゃあ、俺たちが幾ら気張っても無駄だな」

「それでも守る石垣を積むのが、俺たちの務めだろう」

「いい機会だから覚えておけ。完全無欠の石垣なんてものはねえ。何としても家族を、この地を守りたいという人の心が、石垣に魂を吹き込む」

「幾ら優れたものを造ったとて、守る人の士気が低ければ用を成さないということか？」

訊いたが、源斎は首を捻った。

「ちと、違うなあ……」

「教えてくれよ」

「教えてどうにかなるもんじゃねえよ。まあ、いつかお前にも解る時が来る」

「さっきは覚えとけって言った癖に」

匡介は頰を引き上げてぼやいた。

「あ、確かにな。どちらにせよ人の心に応える、優れた石垣を積まなきゃならねえのは確かだ」

源斎は額を叩いて快活に笑った。昨日のような恐ろしさは微塵《みじん》も感じない。だが源斎は細く息を吐くと、表情を引き締めて言った。

「お前も来い」

源斎は顎をしゃくって、蒲生親子との面会への同行を命じた。

謁見の間に通されると、上座に若い男が鎮座している。眉目秀麗であるが、意志の強そうな目をしている。これが蒲生氏郷であろう。鯰《なまず》のような八の字の髭を生やした男が父の賢秀と見てよい。隠居の身であるから当主の息子を立てて脇に座っている。

両脇に家臣たちが居並ぶ中、源斎はつかつかと畳の上を進む。後に続いた匡介が腰を落とそうとしたが、源斎は一向に座る気配がない。自然、腰を折って上目遣いに窺うような恰好となった。

「飛田源斎でございます」

何と突っ立ったまま頭を下げたのだ。

相手は武家なのだ。不遜と取られても仕方がない。現に両脇の家臣たちは一瞬にして色をなし、中には早くも憤怒《ふんぬ》の唸《うな》りを上げて膝を立てる者もいた。

「これ、座れ」

年嵩の家臣が声を潜めて忠告する。この時も匡介は腰を沈ませ掛けたが、やはり源斎は座ろうとしない。故にどうしたものかと戸惑った。

「その方《ほう》、無礼であるぞ！」

遂《つい》に家臣が喚く。虎髭を蓄えたいかにも豪傑といった相貌の男である。源斎は横目で睨みつけながら言い返した。

「城を守るため、我らは呼ばれたものと思いましたが？」

「そうだ。それとその不遜な態度の何が関わりある」

「大ありでござる」

源斎はぴしゃりと言い、一座を嘗《な》め回すように見ながら続けた。

「我らはすぐに掛かりとうござる。呑気に座している間などありません」

「だから我らもこうしてお主らを迎えているのだろう！」

先ほどとは別の、肉付きのよい中年の家臣が吼えた。

「無用。城を守るに儀礼など必要ござらぬ。今にも敵が攻めて来るやもしれませぬ。槍の一本でも磨き、矢の一本でも拵えて頂きたい」

匡介は顔を顰めた。源斎の言いざまであると、お主たちは戦であるのに悠長に座っているとも取れる。怒りの炎に油を注ぐようなもの。予想通り家臣たちが口々に叫ぶ。

このような者の力を借りるのは止めよう。己たちだけで守り切ってみせる。それが叶《かな》わなければ武士として華々しく散ろうなどと、勇壮なことを口にする者もいた。

「やはりな。そのような根性では、我らはお力添え出来かねる。匡介、帰るぞ」

源斎は踵《きびす》を返して謁見の間から出ようとする。勝ち誇ったような顔つきの家臣たちの顔を撫でるように見て、匡介も苦笑して追おうとした。その時である。上座から声が掛かった。

「お待ちあれ」

声の主は蒲生氏郷であった。若さに似合わず程よく錆《さ》びている声だ。戦場ではよく通ることだろう。源斎はくるりと身を翻す。

「はい」

「殿——」

先ほどの虎髭が呼び掛けたが、氏郷は手を向けて制した。

「飛田殿の真意をお聞かせ願いたい」

氏郷は慇懃《いんぎん》に頭を下げる。田舎大名とはいえ、織田信長に見とめられて娘婿となった男。一介の職人に取る態度ではない。

「懸では……我らも命を落とすやも知れません。故にたった一つだけ条件を附しております」

「その条件とは」

「何としても生き抜くという覚悟を決めて頂くこと。それさえ約束して頂けるならば、我らも死力を尽くしましょう」

暫し静寂が部屋を支配した。それを破ったのは氏郷の微かに零れ出た吐息である。

「よかろう。我らも些か緩んでいたのやもしれぬな……今すぐここに具足を持て」

氏郷が小姓《こしょう》に命じると、暫くして小姓数人が具足を持って現れた。氏郷は凛然と立ち上がると、皆が呆気に取られる中、それを身に着け始める。

「これより戦が終わるまで脱がぬと約束する。城内の皆にも、親兄弟、子を守りたいならば、一切の油断はせぬように命じる。どうだ？」

源斎は頭《こうべ》をすうと垂れると、畳に視線を落としたまま答えた。

「承りました。これより穴太衆飛田屋、懸に入ります」

「任せる」

源斎はさっと顔を上げて不敵な笑みを見せる。氏郷もまた凜々《りり》しい微笑《ほほえ》みで返した。氏郷は何か必要なものがあれば何なりと申せと言い、二人の小姓に常に源斎たちの側にいるように命じた。

源斎は足早に謁見の間を出る。二人のやり取りに見惚《みと》れていた匡介であったが、我に返って源斎の後に続き、氏郷の命を受けた小姓も軽やかな足取りで追う。

「あの御方ならばやれる」

源斎は前を見据えながら低く言った。

「確かに蒲生様は名将の誉れが高いものな」

氏郷は若い頃から戦に出て、若さに似合わぬ老練な采配をすると言われているのだ。ちらりと振り返ると、主君が褒められたことで小姓たちも満足げに頷く。

「いいや。野戦はいざしらず、籠城戦の名将の条件はただ一つ」

「それがさっき言った……」

「生き抜くという覚悟だ」

覚悟だけでどうにかなるものなのか。疑問を感じずにはいられないが、源斎の目には自信が満ち溢れていた。

「匡介、働けよ」

「任せとけ」

小姓たちは唖然《あぜん》としている。なるほど。我らを師弟、あるいは親子、どちらかだと思っているのだ。だが二人のやり取りはどちらにも当て嵌まりそうにない。

源斎も小姓たちの疑問を感じ取ったようで、眉を八の字にしながら振り返った。

「これでも一応、弟子なんだ。口が悪かろう？」

「あんたが言ったんだろうが」

これでも師匠である。幼い頃は努めて敬語で話そうとした。すると源斎は、

——その気持ち悪い話し振りはどうにかならんか。そんなもので石積みが上手くなるなら苦労はない。下手くそ。

と、顎を突き出して嬲《なぶ》るように揶揄ったのだ。いい歳をした大人が、悪童のようなことをするものだから、匡介も売り言葉に買い言葉で返している内、今の口振りになったという経緯がある。

「下手くそ、ちっとは役に立てよ」

「うるせえ、糞爺《くそじじい》」

源斎は手を庇《ひさし》のようにして大袈裟に辺りを見渡す真似をする。

「その糞爺の足元に及ばぬ雛《ひな》は……お、いた」

「その内、すぐに抜いてやる」

「期待しておこう」

痛烈な悪態の応酬に、小姓たちはやはり怪訝そうに二人を交互に見比べていた。

源斎は日野城の石垣を見て回ると、早速指示を飛ばした。

「南東の石垣は用を成してねえ。崩して石を取る」

まだ道半ばの身であるが、匡介も同じように見立てていた。日野川が堀代わりになっており、この城は圧倒的に南が堅い。より堅くするためには、川の際一杯に石垣を構築する必要がある。これには少し手の込んだ作業が必要であり、急ぎの仕事をしなければならない今は到底間に合わない。

日野城の南は、川を渡り終え、暫くいったところに申し訳程度の石垣が組まれているが、渡河《とか》を許してしまえば用を成さないほどのもの。水際で食い止めるほうが余程戦いやすい。ならばいっそのこと崩して、弱い場所を固める石材に使ったほうがよいという判断である。

「匡介、どこか判るな」

「北西の守りがやたらと弱い」

匡介は間髪を容《い》れずに答えた。

「まあ、これくらいは判るわな」

そうは言うものの、源斎は満足げに頷く。

日野城の北西。その辺りだけ堀切《ほりきり》、土塁など五十年前の防備と変わらない。織田家の勢力圏に入ったことで戦が止み、ずっと増築が手付かずになっていたのだろう。

「十対七といったところか……」

「いいや、十対八だ」

敵十人を味方何人で抑えられるか。積方ではこのように実戦を脳裏に思い描き数字を弾き出す。最低でも十対五の比率、つまり敵に対して半分の数で抑えられねば安心は出来ない。

北西は道幅十五間（約二十七メートル）と広く、一気に敵が入り込める。これへの対処として道幅を狭めたり、あるいは直角に曲げて勢いを削いだりする方法もある。だが今、道造りをしている猶予は残されていない。道自体を塞ぐように石垣を組むのが上策だろうと匡介は考えた。

「積んで壁を造るか？」

「いや、高いものを造る時はねえ」

石垣の「高さ」を出すためには、それなりの「厚さ」も必要になってくる。基礎の部分ほど幅広くせねば、脆くてすぐに崩れてしまう。地から六尺（約百八十センチメートル）の高さまで組み上げるのが半日で出来るとする。しかしそこからさらに組み上げるには、石垣そのものの厚さを増す必要があり、三尺高くするだけでも同じく半日を要してしまうのだ。しかもそれには卓越した技が必要になってくる。時に余裕があり、石もふんだんに使えるならまだしも、此度《こたび》はどちらも足りな過ぎる。

「それほど高くない石垣を……こうだ」

源斎は周囲を見渡し手頃な棒をひょいと拾うと、屈んで地に何かを描いていく。縦に二本、その間に横に四本、梯子《はしご》状の図面である。

「なるほど」

互いに目を合わせて不敵な笑みを浮かべた。血は繋がっていないが、悪巧みを思いついたようなこの顔は、実の親子のように瓜二《うりふた》つだとよく言われる。

その日の内に南側の用を成さない石垣を崩し始めた。そして、夜には篝火を船先に掲げて、音羽城跡からの石が届いた。源斎は運び上げさせたところで交代で仮眠を取らせた。

「お前も眠れ」

そう言う源斎こそ一昼夜眠っていない。

「そっちこそ」

「石を積むのはあくまで人。頭は配下を休ませることにも気を配らなきゃならねえ」

懸などそう滅多にあるものではない。乱世の真っただ中を生きた源斎ですらこれが六度目。戦乱が収まっていく時代に生まれた匡介ともなると、あと一度か二度あるかないか。この機に教えられることは、全て教えようとしているように思えた。

東の空に再び陽が顔を出す。小休止の時、匡介は木にもたれて四半刻（約三十分）ほど眠ってしまった。はっと身を起こしたが、源斎はやはり一睡もしていないようだ。元からある石垣の上から、

「次はそれだ」

と、小石を投げて巨石に命中させる。上から俯瞰《ふかん》で見れば、次にどの石を組めばよいか見えるという。しかもそれがぴしゃりと嚙み合うのだ。これが出来るのは穴太衆の中でも源斎だけ。先代や先々代の時代にも、このように一瞬で見抜く職人はいなかったと皆が言っている。

この頃になると鎌掛城の石も続々と届くようになっている。念のために蒲生親子に伺いを立てたが、日野城を守るためならば構わないと一も二もなく許してくれた。

「これは……」

匡介は異変に気付いた。城内を甲冑に身を固めた侍、長槍や弓を持った足軽が駆け回っている。己が目を覚ましたのもこの物音だった。

「起きたか。動いたらしい」

石垣の上で胡坐《あぐら》を搔いた源斎が場外の方へ顎をしゃくる。

「明智軍か……」

「いや、甲賀衆だ。次はそれ」

源斎は手首を返すように小石を放つ。ぴしりと乾いた音を立てた巨石を、職人たち数人で持ち上げて滑車の元へと運んでいく。

ここに向かうまでに三雲に結集していた甲賀衆。どうやら明智の要請を受け入れたらしく、日野城を窺う構えを見せていると物見から報告が入った。

織田の重臣たちが畿内に戻って来るまでに、明智にはやらねばならぬことが山積みである。伊賀、伊勢方面への抑えになるこの日野城を陥落せしめることもその一つ。しかし一度に全ては出来ず、順を追わねばならない。猶予を与えては防備を固められると判断し、甲賀衆をけしかけて膠着《こうちゃく》を図ろうと画策しているのだ。

陽がぐんぐんと中天に向けて昇っていく中、匡介も含めて突貫で石を積んだ。此度、比較的守りの薄い北西を強化するため、源斎が考えたのは、天から見下ろしたとすれば、

――石垣を梯子状に構築する。

というものである。

北西は空堀を渡ってしまえば、土塁が数か所あるだけで暫く幅の広い一本道が続く。幾重もの柵が設置されていたが、ここに兵力の大半をつぎ込まれれば難なく突破されるだろう。

そこでまず道の両側に縦に真っすぐ石垣を構築する。これは梯子に見立てた時は縦木

に相当することになる。それに対して直角に石垣を四つ造る。これが梯子の横木に当たるだろう。いずれも高さ八尺（約二・四メートル）ほどに低く造り、これならば石垣の厚みも二間（約三・六メートル）ほどで十分。残された刻限、今ある石だけでも十分に造ることが出来よう。だがこの高さならば敵も越えることはそう難しいことではない。

——初めから上る気なんておこさせなければいいのよ。

源斎は顎髭を撫でながら不敵な笑みを浮かべた。まず八尺という高さに秘密がある。人には乗り越えようとする高さと、諦める高さが存在するという。その境界こそ八尺から九尺だと、源斎は長年の経験により弾き出していた。

「ひと口に軍勢というが、所詮は個の集まりよ。誰しも己だけは死にとうないと考えておる」

確かに八尺は乗り越えられる。しかし石垣の上部に守勢がいれば、真っ先に取りついた二、三人を難なく倒せる高さでもある。上る以外の選択肢がない状況ならまだしも、誰もが自らを犠牲にしようとはしない。だが完全に道を塞いでしまえば、大将の叱咤《しった》を受けてやはり上るだろう。

「上りたくなるよう、道を開いてやろう」

源斎は何かを摘《つ》まむような仕草をして、にかりと笑った。

梯子状とは言ったがこの点だけは異なる。敵の進路を塞ぐように横に突き出した石垣を完全に塞ぎ切らず、片方の端を一間半ほどしっかりと空けておくのである。上空から見下ろせば、一枚目は右、二枚目は左、三枚目はまた右、四枚目は左といった具合である。石垣どうしの距離は約十間。こうすることで迷路のような構造となり、敵は蛇行して進まざるを得なくなる。これによって真っすぐ進むときよりも距離を二倍以上に延ばし、しかもその都度石垣の上から矢弾を降り注がせることが出来るのだ。

「そう上手くいくか?」

果たしてその通りに敵が動くのか。少々不安になって匡介は尋ねた。

「ああ、必ずな」

石垣に隙間があるのは、そのような意図があることは敵も判るだろう。先に述べたように人の心を鑑みると、敵の策だと解っていても必ずこちらを選ぶと源斎は断言した。

「石を知るだけでは半人前。石積みを極めるためには、人の心を知らねばならぬ」

源斎はそう静かに結んだのである。こうして源斎の指揮の下、交差石垣が着々と構築されているが、完成目前にして敵が現れたということである。

「もうすぐそこまで来ている! ここは任せて退いてくれと殿は仰せだ!」

侍大将が甲冑を軋《きし》ませて駆け寄って来る。敵勢が直近まで迫り、馬の嘶《いなな》きも聞こえてきた。

「まだ仕事は途中だ。俺たちは続ける。次はそれ、その次はそれだ」

源斎は両手を交差するようにし、小石を立て続けに放った。

「矢弾が飛んで来るぞ!?」

侍大将は目をひん剝いて唾を飛ばした。

「ここさえ造り切ればこの城の弱点は消える。受けた限りは最後までやるさ」

源斎は石垣の壁面をするすると降りてきて、匡介の肩をぽんと叩いた。

「前線へ出る。あとは判るな？」

「ああ、まずそれ、次に……」

匡介は地に並べられた石を素早く指差していく。その最後まで見届けず、

「上等だ。任せた」

源斎はふっと口元を緩めて足早に歩き始めた。その時、天が震えるほど轟然《ごうぜん》と音が鳴り響いた。鉄砲の斉射の音。戦が始まったのだ。

「一と二の石垣は出来たな。三はどうだ」

敵の前面のほうから便宜上、一から四と数を当てて呼ぶことにした。

「八割方です」

源斎の問いに段蔵が即座に答える。

「四の石垣が七割方か。匡介、造り上げろ」

「判っている。急げ！　敵が来るぞ！」

匡介は配下を叱咤した。すでに完成した一、二の石垣が突破されるまでに、まだ間に合っていない三、四の石垣を造り終えなければならない。戦はもう始まっているのだ。三の石垣は源斎が陣頭指揮を執っており、匡介は城に最も近く深いところに位置する四の石垣を担当する。

人と銃の声が折り重なり間断なく聞こえてくる。一、二枚目の石垣の上に乗った蒲生の兵が、曲がりながら進んで来る甲賀衆を狙い撃ちにしているのだ。

敵も当然、鉄砲を撃ち返してくる。しかし石垣の前方に一尺五寸（約四十五センチメートル）ほどの深さの窪みがあり、そこに入って身を屈めれば敵の矢弾を躱《かわ》せる構造になっている。木楯《こだて》ならば鉤縄《かぎなわ》で引き倒されることもあるが、がっちりと嚙み合った石はそう簡単に崩れるものではない。

風の中に硝煙の香りが漂う。戦が始まって一刻（約二時間）。甲賀衆もこの石垣が何を意図するものかはすでに解っているはず。だがそれでも甲賀衆は石垣を越えようとはしていないと連絡が入る。源斎の言った通りのことが現実に起きている。

指揮を執る者もそう思っている。いや仮に時を掛けて一つずつ石垣を潰したほうがよいと考えたとしても、人は弱いものでどうしても安易に見える「隙間」に心を奪われる。それは実際に前線で戦っている甲賀衆も同様。石垣を乗り越えろと指示されても、やはり「隙間」に引き寄せられて士気は上がらない。いわば源斎の考えたこの石垣は、人の心の「隙間」を衝くものといってもよい。

「よし、それを積み上げれば完成だ！」

匡介は残った巨石の中から一つを指差した。それを配下たちが滑車に掛けて持ち上げていく。匡介はそれを横目に見ながら、四の石垣に上った。

「くそっ……三の石垣まで来てやがる」
一、二の石垣の隙間には、敵兵が充満している。石垣の上に取り残された蒲生の兵は懸命に矢を射掛けているが、数を二割ほど減らしている。
そして目と鼻の先の三枚目の石垣の上で、石を積むように指示を飛ばす源斎の姿も見えた。こちらも未完成ではあるが蒲生の足軽が上に乗って、矢を雨あられと射掛けている。

轟音が鳴り響き、屈むのが遅れた蒲生の兵の内数名が倒れた。甲賀衆は鉄砲で応戦しつつ突き進んでくる。こうして一、二の石垣を堅守する蒲生兵も数を減らしているのだ。

道の両側に走った縦の石垣は、武者走りの役割を果たしており、そこを通れば敵の中を行かずして四の石垣まで退ける。これ以上の抵抗は無理として、一の石垣から引き揚げる隊も散見出来た。

「予想以上に多いぞ……」

敵は途絶えない。一の石垣の向こう、わらわらと向かって来るのが見える。当初、千ほどかと思ったが、他の豪族たちも行動を共にする覚悟を決めたようで、刻一刻と敵勢は増え続けている。その数は凡そ二千にも迫ると思われ、黒光りした無数の兜が蠢《うごめ》くのは、どこか油虫を彷彿とさせた。

穴太衆の石垣は最大限の機能を果たしている。しかし甲賀衆の数が思いのほか多い。他国はいざ知らず、近江の趨勢は明らかに明智方に傾いているのだから無理もない。明智本隊が到着するまでに手柄を挙げて褒美に与ろうと、領地を掠め取ろうと、欲に駆られて猛攻撃を加えてくる。

「まずいぞ」

甲賀衆の攻勢はさらに強まり、三枚目の石垣の切れ目を目指して猛進している。だが三枚目は積んでいる途中で、まだ道の両側を縦に走る石垣と結ばれていない。つまりこだけが浮島のような恰好になっており、退却する術《すべ》がなくなっているのだ。

「段蔵！」

積方に交じって手伝っている段蔵に向けて叫んだ。

「若！　危のうござる！」

段蔵は片耳を手で塞ぎ、片目を閉じながら下から呼び掛けてきた。直前に甲高い音が度々耳朶《じだ》を揺らした。ここまで飛んで来た流れ弾が石に当たって撥ねる音である。

「このままじゃあ、爺が取り残される！　まだ三と四の間に入られていない内に俺が向かう！」

匡介は敵の殺気が充満する三の石垣を指差しながら吼えた。

「いけません！　万が一、二人とも――」

「爺を見捨てられるか！」

「頭はその覚悟もあって、若に四枚目を託したのです！」

段蔵も譲らない。このような局面を想定し、源斎に言い含められているのだと察した。

穴太衆が行う「懸」は全員総出で「懸かる」ということと、命を「懸けて」守り通すという二つの意から成り立っている。此度の依頼は初めからかなりの劣勢が予想された。それでも源斎は、何人《なんぴと》なりとも守り抜くという塞王の矜持に懸け、迷わずに受けたのだ。当然死は覚悟していよう。

「もう誰も死なせねえ……段蔵、ここを任せた！」

匡介は組み上がったばかりの石垣から飛び降りると、三枚目の石垣に向けて猛然と走り始めた。

「若！」

段蔵が止める声が背後から聞こえるが、匡介は振り向かない。三枚目の石垣に取り付くと、井守《いもり》の如く手を動かしてよじ登った。その刹那、こめかみの横を銃弾が掠めていく。

石垣と石垣の距離は十間ほどとそれほど離れている訳ではない。だがここから見る光景は、四枚目からのものとは天と地ほども様相が異なる。眦《まなじり》を吊り上げ、奇声を発した甲賀衆が駆け抜ける。それに蒲生の兵が懸命に矢弾を放って防ごうとする。倒れた骸《むくろ》を乗り越え、気が狂《ふ》れたように殺到する甲賀衆。眼下に広がる光景はまさしく地獄と呼ぶに相応しい。匡介の脳裏を掠めたのは、あの日一乗谷に肉薄する織田軍の姿であった。

「匡介!!」

過去の凄惨な記憶に沈んでいたのも束の間、名を呼ばれてはっと我に返る。

「爺……」

銃が吼え、矢が飛び交う中でも源斎は声を嗄らして、配下になおも石積みを続けさせる。その指示の合間、再びこちらを一瞥して鋭く言い放った。

「何しに来た！」

「あんたを救うためだろうが！」

「お前の手を借りるほど落ちぶれちゃいねえ！　早く四の石垣に戻れ！」

折角助けに来たのにその言いざまはないだろう。匡介は頭に血が上ってさらに言い返す。

「積むのが遅《おせ》えんだよ！　耄碌《もうろく》したか！」

「この様だ。お前ならこの半分も積めてねえだろうな！」

源斎は食を求める餓鬼の如く迫り来る甲賀衆を指差した。

「二人とも、止めて下せえ！」

配下の一人が悲痛な声で叫んだが、直後、抱えていた石に銃弾が当たった衝撃で、尻もちをついてしまった。

「馬鹿野郎……このままじゃ、二人して死んじまうだろうが」

源斎は歯嚙みするように零した。

「やはり死ぬつもりだったんじゃねえか」

「懸を受けるということは、死んでも守るってことだ」

同じく造りかけの三の石垣で守る蒲生兵は、敵の銃弾を受けて一人、また一人と倒れていく。兵が前面で戦っていたことで守られていた穴太衆の面々の中にも、まだ死人こそ出ていないが、肩を撃ち抜かれて悶絶する者、石を足の上に取り落として膝を突く者などが後を絶たない。

「四の石垣に退くなら、今が際の際だ」

喊声《かんせい》渦巻く中、匡介は静かに言った。

「いいや。ここで三を投げだせば、四もいずれ破られる。反対に留《とど》まって時を稼げれば、今日を乗り越えられる」

「たとえそうでも明日も戦は続く」

「甲賀衆の被害も甚大だ。そうそう今日のようには攻めては来られん。この攻めっぷり……こいつらは端《はな》から初日の今日に勝負をかけてやがる」

つまり今日さえ乗り切れれば、日野城を守り切れる算段は高いと源斎は踏んでいる。

匡介はここに来てすぐに気付いたことがある。最早、三の石垣は両側の武者走りと繋げるつもりはない。陸の孤島になると見て、繋ぐための石材をより高くするために使い始めている。自らを捨て石にして明日に繋げようとしているのだ。

「駄目だ」

「城を守るにはそれしかない」

匡介は反対するが、源斎はすかさず首を横に振る。二人の顔の間を高速で矢が飛翔するが、互いに仰け反るどころか、視線すら逸らさない。

——何か守り切る術は……。

改めて周囲を見渡すが、劣勢は覆りそうにない。石垣がなければ即座に二の丸、本丸まで敵は流れ込んでいただろう。戦端が開かれても積み続けた石垣があってこそ、何とか踏み止まっているという形勢である。読み通りこの北西側が激戦となっているが、かといって残る三方でも戦いが繰り広げられている。どこも寡兵で応戦しているはずで、これ以上の増援も見込めない。

「矢が尽きた！　こっちへ回してくれ！」

「こちらももうない！」

蒲生の兵たちが悲鳴を上げる。三の石垣は刻一刻と悲愴感《ひそうかん》に包まれつつある。

「かくなる上は斬り込むほかない……」

矢の尽きた兵は腰から刀を抜き放った。敵中に石垣から飛び降り、一人でも多く道連れにする勢いである。

「止めろ！　みすみす死ぬだけだ！　穴太衆、礫《つぶて》はないか!?」

別の兵が肩を摑んで制止し、こちら側に向かって言い放つ。

「これを使ってくれ！」

飛田屋の一人が使うことなく積まれている栗石《ぐりいし》を指差した。兵も職人も一丸となって三の石垣を死守していた。

「斬り込む……攻める……礫……」

匡介は一連の流れを目の端に捉え、雷に打たれたように閃《ひらめ》くものがあった。

「爺！」

「何だ!?」

来《きた》る孤立に備え一寸《ちょっと》でも足場を高くするため、源斎はこちらに背を向け再び指示を飛ばしていた。己に呼ばれて源斎は振り返った。

「やれる。三の石垣を守りつつ、甲賀衆を撥ね退けられる」

「だからそれでは守り切れぬと――」

「違う。攻めるんだ」

「何……」

源斎は眉間に深い皺《しわ》を浮かべた。

「今のうちに一度後方に引き下がり……」

匡介はたった今思いついたばかりの策を口早に話した。

「どうだ？」

全て語り終えると、匡介は源斎の意見を求めた。

「駄目だ」

源斎は首を横に振った。

「しかし――」

「お前は戦というものを……人というものを解っちゃいねえ。石垣で守ることで、人を殺《あや》めてしまうことは確かにある。だが自らそれをやろうとすれば、いつか必ずその因果が巡ってくるものだ」

「たとえそうだとしても……俺は守りたい」

匡介は絞るように答えた。

何となくではあるが源斎の言うことも理解出来る。だが今の己は、眼前の民を守りたいという思いのほうが勝っていた。

源斎は深く息を吐くと、己を納得させるように二度、三度頷いた。

「解った」

「いいのか……？」

たとえこのような時であろうが、源斎は自らの矜持に関わることは、一切曲げない。故に意外だったのだ。

「お前が言い出したんだろうが」

源斎は苦笑すると、迫る甲賀衆のほうへと視線を移す。そして小さく呟いた。

「その時は俺が背負うさ」

「え……？」

「こっちのことだ」

源斎は、匡介へ向き直ると、先ほどとは打って変わって精悍《せいかん》な笑みを浮かべて続けた。

「やるか」

「ああ」

源斎とは普段は言い争うことも多い。だがこんな時の二人はいつも同じ顔をしており、やはり師弟だと段蔵などは呆《あき》れながらに言う。

「もう用を成してねえな」

源斎は敵の向こうの一の石垣を見た。最前線の一の石垣はすでに敵の侵食を許し、人っ子一人残っていない。二の石垣は半分まで数を減らし、三の石垣で踏み止まっているという状況である。

源斎は三の石垣の上にいる者に向け、大音声で呼び掛けた。

「形勢をひっくり返すために俺はここを離れる。それまで何とか耐えてくれ！」

飛田屋の連中は即座に応と声を上げる。蒲生の兵たちも銘々、頼むといったように返した。職人風情に何が出来ると侮る者はいない。金で雇われたとはいえ、穴太衆もまた命懸けで戦っていることはすでに伝わっている。

「匡介、付いて来い！」

源斎は言うや否や石垣から飛び降りた。三と四の石垣にはまだ敵は入っていない。だが端の隙間には敵の骸が転がっている。一人、二人の侵入は許したが、水際で食い止めているに過ぎない。まもなくここも敵で充満することになるだろう。

「段蔵！　動ける職人を四人！」

源斎が短く言うと、段蔵はその意図も訊かずにすぐに手配を始める。長年に亘って補佐してきた段蔵は、源斎のことを信頼しきっている。

「筈六《はずろく》、又市《またいち》、喜十郎《きじゅうろう》、あと一人は……」

いずれも二十後半から三十の脂が乗った職人たちを指名していく。

「段蔵さん、俺が行く！」

あと一人で迷っていた段蔵に向け、凛然と手を挙げて玲次が一歩踏み出す。

「よし……玲次。頼む」

源斎は続けて、一と二から引き揚げて来た蒲生の兵たちの下へと近付いた。怪我《けが》を手当てして貰っている者、桶《おけ》の中に顔を突っ込んで喉を潤す者、塀にもたれ掛かって息を整える者、銘々が来る四の石垣の攻防に備えている。

「石の回廊に入った敵を殲滅《せんめつ》し、士気を挫《くじ》こうと思います。我らと共に取って返して頂きたい」

源斎の一言に皆が一様に息を呑む。そのようなことが出来るはずがない。日野城は耐え忍ぶしか道は残されていないのだと顔にありありと浮かんでいる。

三の石垣で別れた蒲生の兵とは異なり、こちらは憤懣《ふんまん》の声が巻き起こった。戦の素人である穴太衆が差し出がましい、戦況を読めていないなどと口々に言う。酷い者になると、穴太衆の石垣が間に合わなかったせいだと、難題を押し付けておいて、責任を転嫁する者もいる。

「我らは何も蒲生様や、貴殿らのために引き受けた訳ではない」

源斎が静かに、それでいてはきとした声で言い、蒲生の兵たちを睨みつけた。その言いざまに兵たちの顔に怒気が走った時、源斎は続けて捲し立てるように叫んだ。

「織田家の家族を救った時点で、明智にとって蒲生は敵。畿内でまともに抗おうとするのは蒲生一家《いっけ》。負ければ日野の民は鏖《みなごろし》になる……そう頼まれたから引き受けたのだ！」

源斎の一喝に当てられ、蒲生の兵が拳を握る。源斎はなおも口の動きを止めない。

「それに三の石垣では貴殿らの同輩が戦っている。このまま見殺しにするつもりか！」

「真にどうにかなるのか」

大柄の男が水を飲んでいた椀《わん》を放り出し、槍を杖《つえ》のようにして立ち上がる。その肩には数本の矢が突き立ったままである。

「貴殿は……？」

「蒲生郡日野横山村の住人、横山久内《よこやまくない》。若い頃、宇佐山《うさやま》城の戦いでお主を見た」

織田信長が各地の諸勢力に包囲網を敷かれた時、浅井・朝倉連合軍が湖西を通って京に攻め上るということがあった。信長は他方で手一杯で、配下を京に程近い宇佐山城に送った。この時にも飛田屋に「懸」の依頼があり、源斎は戦時に石垣を積み続け、落城を免れたのだ。

「あの時におられたか……」

一度でも懸を見たならば、飛田屋が城を守ることに命を懸けていることを知っているはず。横山がいち早く得心した理由が解った。

「で……如何にすれば勝てる」

横山は野獣の如き目を向ける。勝てると語を発した時に目の輝きが増した気がする。元来はただ守るような戦には向かぬ性質の男なのかもしれない。

「一と二の石垣に再度乗り込み、合図と同時に一斉に攻撃を仕掛けて頂きたい」

「解った」

横山は仔細《しさい》を聞くでもなく応じる。自らの配下らしく、横山が手を振ると二、三十の武士が集まった。それを発端とし、他の隊の者も武具を取って再び立ち上がる。総勢二百数十ほどである。

横山は精悍に日焼けした頬を、気合いを入れるようにして諸手で挟む。

「行くか」

「守り切りましょうぞ」

皆で四の石垣によじ登ると、そこで衆を二手に分けるように宣言した。飛田屋の面々も二手に分かれ、一方を源斎が、残る一方を匡介が率いる。玲次は匡介の下に付くように源斎は命じた。

「匡介、お前は二の石垣を。俺は一をやる」

源斎は顎をしゃくりながら言った。

「先に……だな」

「ああ、俺が直後に続く」

多くを語らずとも二人の中では話が付いている。互いに頷き合うと、じゃれ合っていた蝶《ちょう》がぱっと離れるかのようにして駆け出した。道の両側にある武者走りの石垣を分かれて進むのである。

匡介に続くは玲次を含めた飛田屋の二人。そして横山久内が自ら率いる百の軍勢である。それが僅か幅二間足らずの狭い縦の石垣の上を走る。二人横に並ぶのがせいぜいである。百余の甲冑が擦れる物々しい音の中、肩を寄せ合うように走る玲次が尋ねてきた。

「一体どうするんだ」

「石垣で攻める」

「なんだと……」

玲次の顔には皆目意味が解らぬと書いてある。

「回廊に出来るだけ多くの敵を引き付ける」

敵にも城方《しろかた》がぎりぎりのところで踏み止まっていることは判っているだろう。すでに誰が手柄を挙げるのかという思惑に切り替わっているかもしれない。

そんなところに一、二の石垣に兵を増派すればどうなるか。戦を知らぬ素人ならば敵はまだ戦うつもりかと怯むかもしれない。だが甲賀衆を率いる男は、石垣の構築が終わる前の緒戦が肝と見抜いて猛攻を掛けて来た。兵たちが満身創痍《まんしんそうい》であり、城方が余程追い詰められていると見抜くはず。ここが潮目だとさらに兵を送り込むだろう。

「まずは二の石垣、次いで一の石垣と崩す。退路を塞ぎつつ礫を浴びせる」

玲次は唖然とした様子である。穴太衆は石垣を積むことを生業とし、それで名を馳《は》せた集団。だが匡介が考えたのは全く逆の発想であったからだ。

「まさか要石《かなめいし》が判るのか」

石垣には「要石」があると言われており、それを抜くと一気に崩落するという。だがそれがどの石なのか、見抜いた職人はまだ誰一人としていない。それは源斎であっても同様である。初代の塞王は看破したというが、伝説の域を出ず、要石の存在すら眉唾なのだ。

「いや、そんなものはないだろう」

「じゃあ……」

「だから纏めて……こうな」

匡介は握った拳をぱっと開いて見せた。

「そのための火薬か」

玲次は如何にするか察しがついたようだ。鉄砲に用いていた火薬の詰まった樽《たる》を、横山久内に頼んで持って来て貰っている。流れ弾が当たれば大爆発を引き起こすため、まかり間違っても前線に持って来てはならないものである。これを用いて石垣を崩すのだ。

「石垣の際に置いて鉄砲を撃ちかければよいのだな?」

話を聞いていたのだろう。少し後ろを走っている横山が割り込んだ。匡介が答えるより早く、玲次がそれに応答する。

「いや、我らの石垣はその程度ではびくともしません」

穴太衆の組んだ石垣は大筒《おおづつ》の一発や二発、正面から受けてもびくともしない。中でも飛田屋が組んだものとなれば連射を受けたとしても持ち堪える自信がある。それには訳があるのだが、今、横山に説明している暇もなければ、したところで即座に理解出来ないだろう。

「では如何に……」

横山の声に不安の色が浮かぶ。匡介は玲次から再び話を引き取った。

「石垣は外からには滅法強いが、内からは難なく崩れます。掘って穴を作り、そこに火薬を仕込んで……どんと」

匡介は前を見据えながら、拳を掌に打ち付けた。

「おいおい、土ではなく石垣なのだぞ!?」

「掘れます。厳密に言えば外すのです」

昨今では様々な積み方も考えられている。だが穴太衆といえば野面積《のづらづ》み。これが最も古風にして、最も高い強度を誇るためである。ぴしりと石が噛み合っていたほうがよいと考えるのは素人。野面積みには多くの隙間がある。これが「遊び」となり、正面からの衝撃を緩和する。より強度を高めるためにこの遊びの幅、位置まで計算し尽くして積むのだ。故に石垣の最上部、天端石《てんばいし》から外していく隙間もある。難しいのは外す順番を間違えば、均衡が崩れて、ぎゅっと遊び部分が詰まってしまい、次の石を抜き取れなくなってしまうこと。積むのと同様、いや間違えてはそう容易《たやす》くやり直しがきかないことを考えれば、それ以上の職人技が必要となる。

「横山様！」

「解っている！　楯を！」

敵が縦の石垣を駆け抜けるこちらを認め、矢を番《つが》えて射掛けてきた。配下の足軽が楯を掲げて矢を防ぎつつ走る。玲次も横からすぐ後ろに移り、足軽の楯に守られながら走っている。

「あっ――」

楯の間をすり抜けた矢が、匡介の眼前を通って、とっさに大きく仰け反る。

「匡介！」

踊るように体勢を崩す匡介の背を、後ろから玲次が支えた。

「危なかった……」

「落ちたら膾のように斬り刻まれるぞ」

石垣の下には眦を吊り上げた兵が満ち溢れ、野獣のような荒い吐息が渦巻いている。すぐに再び走り出して、二の石垣で鋭角に折れる。対岸を走る源斎がこちらを見て頷くのを目の端に捉えた。

「石を外す箇所を探す」

匡介は配下の職人に向けて言った。すでに二の石垣の裏にまで兵が雪崩《なだ》れ込んでいる。敵もこちらが何かを仕掛けようとしているのは察知したようで、矢を射掛ける素振りを見せた。横山は職人たちを挟むように両面に木楯を並べさせた。その幅は五間、無用にこちらから応射することなく、二枚貝が殻を閉ざしたかのように職人たちを守ってくれる。

匡介は目を細め躰の動きを止めた。

「匡介！　急げ！」

悠長にしていると思い、玲次が吼える。

「解っている」

ぽつんと答えて匡介は細く息を吐いた。

——声を聞かせてくれ。

目に見えぬ風で紙縒りを作る感覚。神経を研ぎ澄ますと、絶え間なく聞こえる喊声、銃の叫び、弦の嘆きが少しずつ遠のいてゆく。実際に聞こえている訳ではないことは己でも解っている。目に映せばその声が脳裏に湧き上がるのだ。

「お前か……玲次、あれだ！」

天端石の一つを指差し、自身もそれに駆け寄った。二人掛かりで石に手を掛けて持ち上げる。誤った石だと噛み合って幾ら力を込めても動かないが、すうと僅かな抵抗で抜けた。二つ目、三つ目も同じく抵抗はない。四つ目になると玲次に脚を支えて貰い、出来たばかりの穴に上半身を入れる。四つ、五つとその都度躰を引き上げて抜き取った。

「まだか!?」

「もうすぐだ！」

横山の叫び声が聞こえた。応じた己の声は穴の中で反響し、石の隙間に吸われていった。六つ目を抜き取ったところで敷き詰められた栗石が見えた。穴から抜け出すと、すぐに火薬を樽ごとぶちまけさせた。

「よし、行ける。火縄を！」

「匡介、頭は!?」

二の石垣を崩した直後、一の石垣を崩す段取りだが、向こうでも楯が並べられており、こちらから様子を窺うことが出来ない。これはもとより解っていること。分かれる前に源斎が、

──出来次第仕掛けろ。俺は必ず間に合わせる。

と、力強く言い切っていたのだ。

「爺なら必ずやる」

五寸ほどの火縄の先を穴の中に入れ、反対側に火を点《つ》けた。横山の号令で楯を掲げたまま二の石垣から退避して、武者走りの縦の石垣へ移る。

「来い」

燻《くすぶ》った火が穴の中に吸い込まれていくのを見届け、匡介は低く呟いた。

次の瞬間、丹田に響くような低い轟音が響き渡り、眼前の景色が歪む。二の石垣の中央が弾け飛び、石が大筒の弾のように飛散する。悲鳴が巻き起こり、目に見えぬ大きな手になぞられたかの如く石垣は両端に向けて崩壊していく。

「よし！　一の石垣は──」

匡介の叫び声は中途で掻き消された。予定と寸分違《たが》わずに一の石垣の中頃が飛散したのである。これも同様、凄まじい音を発して崩れていく。転がる石をまともに受けて吹き飛ばされる者、下敷きになる者は数知れず、続けて湧くように立ち上った砂煙により前後不覚となっている。

一の石垣が崩壊したことで、後続の兵は遮られた。石の回廊は牢獄《ろうごく》と化し、中にいた者は退くことが出来ずに右往左往している。

「放て！」

横山が飾らぬ武骨な采配を振う。すでに蒲生兵は楯を放り出し、鉄砲、弓矢を支度し終えている。筒から鋭い火焔が噴き出したかと思うと、恐慌する甲賀衆から絶叫が上がった。

源斎らを護衛していた蒲生兵も、一の石垣があった場所の脇に逃れ、一斉に射撃を加えた。崩れた石を乗り越えて逃げようとする者の背を矢が貫き、ばたばたと倒れていく。

さらに進んで三の石垣に差し掛かっていた敵も、異変を察知して潰走したから堪らない。城方もこれを好機と見て、武者走りを疾駆しつつ休むことなく矢を射掛けた。

「武器を捨てて降れ!!」

横山の雷鳴の如き咆哮《ほうこう》が発された。人の心とはおかしなもので、先ほどまで鬼気迫る攻勢を見せていたにもかかわらず、一人が槍を放り投げると、次々にそれは伝播《でんぱ》していった。これで勝負があった。援軍を送り込むことが出来ず歯嚙みする甲賀衆に対し、城方はどんどん増えていく。

この規模の戦で一気に数百が死んだり、捕虜になったりすることは稀《まれ》である。甲賀衆の士気は目に見えて下がっており、反対に蒲生の兵は地獄から蘇ったように揚々としている。

腕を組んでその様子を見る源斎の元へ、匡介は走り寄った。

「上手くいったな」

一の石垣のほうがより敵の攻撃が激しく、遠くにあったため仕込みを終えるまでの時も少ない。それでもやってのけるのが流石に塞王と呼ばれる所以《ゆえん》であろう。持ち場が逆であったとすれば、己ならば間に合わなかったと断言出来る。

「ああ」

源斎の表情が曇っている。

「これで和議が結べるかもしれない」

見たところ、引き立てられて行く中に、一軍の将と思《おぼ》しき甲冑の者も多い。攻め手は土豪の連合体である。安易に見捨てては後々まで遺恨を引きずりかねない。捕虜の解放を条件に退かせることが出来るかもしれない。そうなれば日野城は少なくとも明智軍の来襲までは守られたことになる。

「人は愚かだな」

「え……」

「戦が悲劇を生むと知りながら、何度でも繰り返す。俺たちがいなければ、とっくに天下は治まっているのかもしれねえ」

穴太衆が鉄壁の石垣を造る。そのことで戦がより長引く。その連鎖によって一年で終わる争乱が、十年、百年延ばしになったのではないか。源斎は常々そう考えていたらしい。

「そんなこと……」

そうは言うものの、匡介も一理あるのではないかと考えてしまった。

「あいつらにも家族があるはずだ」

源斎が顎をしゃくった先。降る前に矢弾を射掛けられて果てた、敵方の骸が折り重なるように横たわっていた。

「敵方は覚悟の上さ。俺たちはただ巻き込まれただけの百姓を守っただろう？」

「ああ、そうだな……」

源斎は静かに言って頰の辺りをつるりと撫でた。

先ほどまでの激戦は嘘のように止み、甲賀衆はじりじりと陣を下げる。

「ありゃあ、俺の存在に気付いたな」

源斎は苦々しく頰を歪めた。距離はあっても敵方の憎しみの目が、源斎に集まっていることが判った。天下に名の知れた塞王である。共に近江に根を張り、諜報に長《た》けた甲賀衆ならば知らぬほうがおかしい。

源斎の横顔は、息を吞むほど哀しげに見えた。先ほど珍しく苦悩を吐露したように、こうして怨嗟の連鎖を生んでいく無常を感じているのか。

「一つだけ確かなことがある。あんたは俺を守ってくれた」

匡介は凛然と言い切る。あの日、あの時、源斎がいなければ己はここに立ってもいない。もし一乗谷の石垣を積み終えた後ならば、父母も妹の花代も死なずに済んだかもしれないのだ。間違っているなどあろうはずがない。

「ありがとうよ」

一瞥した源斎がふっと口元を緩めた時、戦場を鎮めるかのように一陣の風が吹き抜けた。源斎の鬢《びん》から零れた脂の浮いた重い髪が微かに揺れている。やはりどこか儚《はかな》さが浮かぶ源斎の顔を、匡介は暫しの間じっと見つめていた。

十四年前の激戦に想いを馳せると、今でもあの過酷さが蘇ってきて思わず溜息が零れる。石垣を崩して甲賀衆の先陣を崩壊させて間もなく、蒲生氏郷が捕虜を人質に和議の交渉を進めた。

敵方は数十の土豪の寄り合いで、それぞれが複雑に婚姻を重ねて縁を結んでいる。その内、三人の土豪が捕虜となったことで、姻戚にある土豪たちも助けるように訴えた。こうなっては一枚岩で戦いを続行することも出来ず、敵方も一気に傾いて和議が成った。十分に明智に恩を売ったと判断したということもあろう。

結局、明智軍本隊は日野城に姿を見せなかった。中国筋から流星の如き速さで取って返した、羽柴《はしば》秀吉に山城国《やましろのくに》山崎で大敗したのである。

そのまま羽柴秀吉は破竹の勢いで天下を統一し、今は朝廷から下賜《かし》された豊臣の姓を名乗っている。つまり日野城での戦い以降、「懸」は一度も発されていない。

「いずれお前が飛田屋の頭になる。俺たちは相手が誰でも、頼まれれば最高の石垣を積む。昔のように世迷《よま》い言《ごと》を言うなら、俺はすぐに辞めて他の組に移ってやる」

玲次は鼻を鳴らすと、手頃な小石を取って放り投げた。

「俺たちは大名に頼まれて積む……だがそれは、戦と関わりのない民を守ることだ」

「解っているならいい。俺たちは戦で散る命を一つでも少なくするだけだ」

玲次は細く息を吐き、零れた髪を掻き上げた。

「それだけでは足りない」

匡介が低く言うと、玲次は眉を顰《ひそ》めて顔を覗き込んできた。

あの日野城の攻防以降、匡介はずっと考え続けていたことがある。今は天下も治まっているが、古来、人は戦いを繰り返してきた。またいつの日か泰平が破られることもあろう。そうなればまた悲劇が繰り返される。幾ら鉄壁の石垣を積んで被害を軽減させようとも、度重なる戦火で一人、また一人と無辜《むこ》の民が死んでいくだけである。それで真に命を守っていると言えるのか。幾度も自問自答して、ようやく己が目指すべき、一つの答えを導き出した。

「その先、何を守るものがある」

玲次の問いに、匡介は木漏れ日に顔を埋《うず》めるように天を見上げ、悠然とした調子で言った。

「泰平を」

「泰平だと……?」

鸚鵡返《おうむがえ》しに訊き返す玲次の声は、一層怪訝そうである。

「世の戦を絶えさせたい」

「そのようなこと……」

玲次が呆れたように言うが、匡介は想いを吐露するように続けた。

「何度攻めても、兵を損じるだけならばどうなる」

「それは……もう攻めようとしないだろうな」

玲次は納得しかけたかに思えたが、すぐに自らの言を打ち消すように言葉を継いだ。

「だがそれで戦は絶えない。敵が消耗したと見るや、今度は城側が逆襲に出る。幾ら堅牢な石垣を積もうとも、一手の大名に利するだけだ」

「反対も同じならどうだ」

「何……お前……」

「両陣営が決して落ちない城を持てば、互いに手出しが出来ない。そして世の全ての城がそうなれば……」

匡介はそこで言葉を区切り、ゆっくりと顎を下げて玲次の顔を覗き込んだ。

「戦は絶える」

また何か反論が飛んでくるかと思いきや、玲次は唖然としてこちらを見つめている。

その顔に浮かんだ、揺れる影を眺めながら匡介は小さく頷いた。

第三章　矛楯《むじゅん》の業《ごう》

新たに伏見城の移る木幡山は小高い丘になっている。頂上に置かれる本丸は南北に約三町（約三百二十七メートル）、東西に約二町に及ぶ。決して小さくはないのだが、大坂城を始めとする秀吉の城に比すれば特別大きいという訳ではない。

だが本丸の規模だけで城の堅さを計るのは素人考えというもの。本丸西側には二の丸、北東に松の丸、東に名護屋丸、南東に山里《やまざと》丸、南に四の丸が置かれ、北は松の丸から続くように四つの曲輪《くるわ》が設けられる。加えて二の丸から南西に三の丸が延び、そこから北西に治部少《じぶのしょう》丸へと続く。さらにやや守りに不安の残る南には堀と土塁を造るという徹底ぶり。全てが複雑に絡み合って、丘陵全体を余すところなく要塞化させる予定であった。

秀吉から築城の奉行に任命されたのは片桐且元《かたぎりかつもと》。かの有名な賤ケ岳《しずがたけ》七本槍の一人であるが、以降は目立った武勲はなく、専ら後方の兵站《へいたん》を担っていた男である。だがその人の好さは折り紙付きで、且元を悪く言う者は誰もいないと諸将は語っている。

旦元は築城に関してもそれほど得意という訳ではないが、ここには秀吉の思惑があった。

――塞王に縄張りを引かせよ。

新伏見城の縄張りを源斎に引くよう命じたのである。

飛田屋に限らず、穴太衆《あのうしゆう》はこれまでも奉行の相談に乗り、二人三脚で城の縄張りを引いてきた。だが今回に限っては源斎に全てを任せるという。これは極めて珍しいことであった。

だが当世最高の称号である塞王の名で呼ばれる源斎とて、一介の石積み職人に過ぎない。築城を命じられた諸大名の中には反発する者もいよう。

そこで際立った才こそないものの、人の間を如才なく取り持つことに優れた旦元を奉行に任じ、軋轢《あつれき》を全て取り除いて源斎の思うままに城を築かせようとしたのだ。

匡介が木幡山に石を送り届けた時、源斎は旦元との協議の最中で現場にはいなかった。だが源斎は配下の積方《つみかた》に、己と玲次宛ての文を託していた。

――新たな仕事が来た。

と、いうのである。といっても築城の依頼ではなく、石垣の修復である。

源斎は暫く伏見から離れられないため、それを己に任せる。現場を見て必要な石の量を見極め、山方《やまかた》に指示を出せ。そこから玲次と図って石を運んで、早急に仕事に取り掛かれというのだ。

「場所はどこだ？」

横から玲次が覗き込んだ。

「大津城だ」

「目と鼻の先だ。流営をそのまま使えるな」

山方が切り出した石を集めておく流営は、築城する場所によってどこに置くか当然変わってくる。今回伏見城のために置いた流営は大津なので、そのまま流用出来る。

「そのまま運び込んでしまったらどうです？」

近くで話を聞いていた荷方《にかた》の一人が首を捻った。

「駄目だ」

匡介と玲次の声がぴたりと重なり、荷方の若い衆は驚いて少し仰け反るような恰好となった。

「何も考えなしに現場に運び込んだら、場所ばかり取って作業が進まない。その調整を荷方がしてくれているから、積方は余計な心配をせずに積めるんだ」

石積みというものは存外場所を取る。中でも滑車である。三本の丸太を合わせて中央に滑車を付ける。巨石を上に積む時は必要不可欠のものであるが、積む場所によって何度も解体しては組み立てなければならない。しかも一つの石を上げるのに、滑車は一つとは限らないのだ。あまりに石が大きい場合は、二つ、三つの滑車を絡めて持ち上げねばならない。石が散乱していれば設置はおろか、移動すら儘《まま》ならないことになってしまう。

「一年も荷方にいるなら、いい加減に覚えろ。積方に教えられやがって」

玲次は忌々しそうに舌を鳴らすと、項を搔きながら話を戻した。

「このまま大津城へ行くんだな」

別に大津城に敵が向かって来ている訳ではない。二、三日の内に誰かが戦を起こすことも、まず考えられないだろう。だが皆無と断定することも出来ない。髪の毛一本程の可能性が残されているからこそ、穴太衆は仕事において神速を尊ぶ。それを玲次もよく理解している。

「ああ、途中で放り出してすまないな」

「十分だ。御頭がまだ足りねえと言うなら、修復が終わった後にみっちりしごいてやる」

この数年、積方として玲次の荷方仕事を見てきた。未だ血気盛んな割にそつがないという印象だった。だがそのそつがないというのが、いかに難しいのかをたった数日ではあるが感じ、玲次に敬意の念さえ湧いてきている。

「ところで、大津城の主といえば……」

玲次はこめかみを指で掻きつつ言葉を濁す。穴太の里から目と鼻の先の大津城である。当然、二人とも知っている。だがこの大名はある誇らしくないことで、日《ひ》ノ本《もと》でも有名である。

「蛍さ」

匡介は頰を苦く引き攣らせた。それが大津城主の渾名《あだな》で、世間では凡将だと噂されている。

「苦労しそうだな」

城主が凡庸だと、何かと口を出されて思うままに仕事が出来ないことがある。玲次が言うのはそういう意味であった。

「まあ、何とかやるさ」

「もう行け」

玲次は興を失ったように言うと、追い立てるが如く手を払った。匡介は片笑んで頷いた。

匡介は独り木幡山を駆け下りていく。当然であるが手ぶらであるため、足取りは軽やかである。だが訳はそれだけではないだろう。たとえ修復といえども、己の手で石を積めるということに心が躍っているのだ。

山肌に転がっている大小様々な石が目に映り、流れていく。どれもが俺を使えと呼び掛けているように思え、匡介は心の中で、悪い急いでいると詫びる。このようなことを考えるあたり、やはり己で石の差配が出来るとあって、心が少々浮ついているらしい。匡介は自嘲気味に息を漏らすと、陽炎を揺らめかせる山肌を軽やかに下っていった。

　大津城主の名を京極高次《きょうごくたかつぐ》と謂う。京極家は宇多源氏《うだげんじ》の流れを汲む近江源氏、佐々木《ささき》氏から分かれた近江きっての名家である。元は北近江の守護大名であったが、家臣の浅井氏に下克上を受け、高次の父、高吉《たかよし》の時代にその地位を失った。

　高吉は南近江を領していた六角氏、次いで足利《あしかが》将軍家の庇護《ひご》を受けて、何とか命脈を保った。やがて織田信長が上洛《じょうらく》すると、織田家と足利家の間が険悪となる。高吉は足利家への義理を感じたか自らは隠居し、一方で子を織田家に人質として差し出した。この人質こそ高次であった。

　織田家の庇護の下、高次は足利家と戦った功績により、近江国奥島《おくしま》に五千石を与えられた。しかし高次はこの頃から凡庸であると世間で噂された。以降、目立った功も上げられず、新たに領地も得ることはなかった。先の五千石も、信長が近江統治に名家である京極家の名は使えると判断し、捨扶持《すてぶち》として与えたものであろうと口々に話していたのだ。

　その京極家をさらなる悲運が襲った。本能寺で織田信長が明智光秀に討たれたのだ。

それだけならば他の織田家の諸将も同じである。まずかったのは謀叛を起こした明智方に与《くみ》し、秀吉の居城である長浜城《ながはま》を攻めてしまったことである。匡介も会ったことのある蒲生氏郷とは、正反対の行動を取ったことになる。蒲生氏郷が若くして名将の誉れが高かったのに対し、高次は先見の明がないと言われたのも、この辺りのことが原因といえよう。

光秀が滅ぼされた後、高々五千石の京極家だけで秀吉に立ち向かえるはずはない。高次は領地、領民を放り出し、家族と僅かな家臣だけを引き連れて逃げた。まず逃げたのが何の縁もなく、旗幟《きし》を鮮明にしていない大名が多い美濃国《みののくに》だというから、余程前後不覚だったのだろう。これもまた高次の汚名を上塗りした。

次に妹の竜子《たつこ》が嫁いでいた武田元明《たけだもとあき》の治める若狭国《わかさのくに》へ身を移す。元明も明智方に同心しており、高次が辿り着いた時には、責を負って自害して果てていた。当主が自害して家臣領民を守ろうとしているのに、全てを捨てて無様に生きようとする高次を、武田家臣団は快く思うはずもない。

高次は若狭国からも逃げるようにして、秀吉と対立の構えを見せていた越前の柴田勝家の元へと奔《はし》った。だがその勝家も賤ケ岳の戦いで秀吉に敗れ、高次はいよいよ万事休すということになった。

――もう終わりだ。

世間の誰もがそう思ったに違いない。通常ならば敗将として引っ立てられ、斬られることになる。

だが高次はそうはならなかった。それどころか、これまでの罪の一切を赦《ゆる》されたのである。

表向きには高次の謹慎の姿勢が健気《けなげ》であっただの、秀吉が名家を滅ぼすに忍びないとの温情を掛けただのと喧伝《けんでん》された。しかし実際の訳が異なることは皆が知っている。

寡婦となった高次の妹の竜子は絶世の美女と名高い。高次の赦免がなされるのと前後して、その竜子が秀吉の側室となったのである。これで高次の世間での評判は、妹を差し出して命を救われた空前絶後の愚将として決定づけられた。

さらに高次は一命を救われただけでなく、近江国高島《たかしま》に二千五百石で召し抱えられた。その後、五千石に復帰、九州平定がなった時にはその功の名目で大溝《おおみぞ》城と一万石の領地を得て、遂に大名にまで返り咲いたのである。

高次は運にも恵まれていた。天正十五年（一五八七年）、京極家の旧臣である浅井長《なが》政《まさ》の娘である初《はつ》を正室に迎えることになった。高次と初は従兄妹《いとこ》の間柄でもある。

これの何が幸運かというと、初の姉で、類まれなる美貌を持った茶々《ちゃちゃ》を秀吉は側室に迎えたのである。秀吉は数多くいる側室の中でも、茶々と竜子の二人を特に愛《め》でた。その二人と関係の近しい高次の覚えがめでたくないはずがない。

天正十八年（一五九〇年）、秀吉が小田原《おだわら》の北条《ほうじょう》氏を滅ぼして天下が統べられると、高次は近江八幡山城二万八千石を与えられ、翌年には従五位下侍従《じゅごいげじじゅう》に任ぜられる。

そして昨年、文禄《ぶんろく》四年（一五九五年）には、大した訳も示されずに六万石に加増された。この時に与えられた城こそ、これより匡介が修復に入る大津城なのだ。高次は羽柴の苗字《みようじ》を許され、加えて豊臣姓まで下賜された。今年に入って従三位《じゅさんみ》参議にまで任じられるという厚遇ぶりである。

この凄まじいまでの挽回劇《ばんかい》を、世の人は高次の実力だとは思っていない。妹の竜子、妻の初、二人の閨閥《けいばつ》の力によるものだと見ている。

下品ではあるが、言い換えれば閨閥という尻の光による出世。そのことから同じく尻の光る生き物の名を隠語とし、

――蛍大名。

と、諸将のみならず民たちからも陰口を叩かれている始末である。

「不思議なものだ」

大津の流営までの帰路、匡介は茫と考え、思わず口から零れた。

京極家は家臣の浅井家に凌《しの》がれて没落。その浅井家は朝倉家と共に織田家に反旗を翻して滅亡した。この時に朝倉家も織田家によって消滅し、己はその渦中で父母と妹を失ったのだ。

京極高次の妻である初は浅井長政の娘。身分こそ雲泥の差だが、己と同時期に幼くして故郷を追われたという共通点がある。初はその後も柴田勝家に母が再縁したことで、二度目の落城の憂き目に遭っている。

この度の大津城の修復も本来ならば源斎が請け負っていただろう。しかし丁度、伏見城の移築のせいで匡介が出張ることとなった。世が余りに狭過ぎるのか。はたまた何か奇妙な縁でもあるのか。

逢坂の関を越えると、眼下に雄大な琵琶の湖が広がる。傾いた陽に照らされた湖面が、まるで薄紅色の鱗《うろこ》を撒《ま》いたが如く煌めいて美しい。その景色に暫し見惚れたいと思い、余計な雑念を頭から打ち消し、近江に向けて一歩ずつ歩を進めた。

その日の内に匡介は大津の流営に帰った。予定ではまだ帰って来ることはない。僅かに残された荷方の若い衆は、何か問題が出来《しゅったい》したのではないかと色を失って出迎えた。

「心配ない。新たに仕事が入った」

皆の顔に安堵が浮かぶ。それだけで石の運搬には事故が付きものだということが解る。

「まず俺が下見に行く」

段蔵に石の量を伝えるのもそれから。その頃には玲次が戻っており、山方に石を取りに行って貰おうと考えている。

流石に己一人で石垣を積むことは出来ない。伏見の現場はまだ終わらないだろうから、この時点で積方の中から何人かを回して貰うことになるだろう。

石積みの現場において積方は小頭というべき存在で、実際に積む者はその時々に雇う百姓たちである。中でも分家しても、猫の額ほどの田畑しかない次男三男が主であった。彼らにとっても日銭を稼ぐことは、暮らしの助けになる。収穫など余程の繁忙期でない限りすぐに集まった。

また百姓らが石積みを覚えることは、自らの本業にも役立つ。山の斜面など田を作るには向かない土地に、石を積み上げて棚田を作り上げるのだ。故に城が一つ建つと、その周辺で飛躍的に棚田が増えるということが起きる。

その地その地で雇われる百姓ですらそうなのだから、頻繁に雇われる穴太の百姓ともなれば、

――これはこちらでいいですね？

などと言って、城の石垣を朧気《おぼろげ》ながら理解してくる者もいるほどであった。

「明朝、大津城に向かう」

流営に建てられた茅舎《ぼうしや》で湯漬けを搔き込み、すぐに床に就くつもりである。だがもう少し湖を眺めていたいと思った。

ここに来るまでに感じた奇妙な縁が、今も何故《なぜ》か心をさざめかせている。それを鎮め

たかった。己に限らず近江に住まう者の殆どが、この雄大な湖に心を溶かしたことが一度はあるに違いない。

　日中は湖から風が吹き寄せるが、日没に伴って陸からの風に変わる。それを背に受けながら、大津の湊《みなと》に向けて匡介は軽く両手を広げた。

　信長は比叡山を焼き討ちにした後、監視のためにも山の麓である坂本《さかもと》に城を置いていた。しかしその後継たる秀吉は反対に保護する政策を打ち出した。このことで近江の世情は安定に傾き、坂本に城を置く必要性が薄れることになった。

　また大坂城を拠点にしたこともあり、北国《ほっこく》との流通の中継地として大津の湊が注目された。この二つの理由によって坂本城は廃城となり、大津城が築かれることになったのである。

　初代の大津城主は、秀吉の親戚筋で奉行の一人でもある浅野長吉《ながよし》。この長吉が大津には船が少ないことから、湖のあちこちの湊から船を集め「大津百艘船《ひやくそうぶね》」という組合を結成させ、大津の湊からの荷、旅人は、この百艘の船以外には乗せてはならないという特権を組合に与えた。故に大津の湊は大いに賑《にぎ》わうようになったのである。

　ただ幾つかの例外があり、事前に奉行の許しを得た船はそこから除かれる。穴太衆もその許しを得ているため、石の運搬に限っては許されているのだ。

「あの船は？」

大津の湊に数隻の船が停泊しており、何やらその周りで慌ただしく人が動いているのが見えた。大津百艘船は、この時分には荷の積み降ろしはしない。飛田屋が用いた船は全て今頃宇治川に泊まっているはず。新たに石を運ぶ用が出来たというのか。それとも別の穴太衆の組の船であろうかと考えた。

「あれはうちじゃありませんよ」

留守をしていた年嵩の一人が答えた。その様子に違和を覚えた。敢《あ》えて興味のないような返事をしているように聞こえたのである。

「別の組か？」

「さあ、穴太衆でもないでしょう」

そもそも大津の湊は別に穴太衆だけが使う訳ではない。武家が移動のために使うこともあるし、商人も上方《かみがた》への拠点として使うこともある。ただ豊臣家が天下を獲《と》ってからというもの、事前に奉行衆の許しを得ねばならないことにはなっている。

「あれは国友の連中の船でしょう？」

よかれと思ったのだろう。少し離れたところにいた若い荷方が近づいて来た。

「馬鹿……」

年嵩の荷方は眉間を摘まむ。

「何です？」

若い荷方は首を捻ったが、匡介の顔を見て小さく声を上げる。恐らく今の己の顔は余程険しいものになっているのだろう。

「国友衆か」

「はい……」

年嵩の荷方はばつが悪そうに返事をする。匡介が彼《か》の者たちを快く思っていないことを知っているのだ。だが何も己だけではないだろう。大抵の穴太衆が国友衆のことを嫌っているといってもよい。

訳は単純明快。穴太衆がこの乱世で最強の「楯」を生み出すと自他ともに認めているのに対し、国友衆は至高の「矛《ほこ》」を作り出すと専ら世間で語られている。相容《あいい》れる関係であるはずがない。では国友衆が作る矛とは何を指すかといえば、

——鉄砲。

のことである。

国友衆の名の元ともなった北近江の国友村は、古くから鍛冶《かじ》の村として知られていた。

天文《てんぶん》十二年（一五四三年）、大隅種子島《おおすみたねがしま》に漂着した明船にポルトガル人が乗っていた。彼らから買った二丁の鉄砲から全ては始まった。

そのうちの一丁は室町幕府十二代将軍、足利義晴《よしはる》に献上された。義晴はこの鉄砲を作れぬかと、管領《かんれい》、細川晴元《はるもと》へ。晴元は当時北近江の守護であった京極家に相談した。

京極家は領内の国友村に腕のよい鍛冶がいるとのことで、翌天文十三年に鉄砲の模造を命じた。そういった意味では京極家も鉄砲の製造に深く関わっているのである。

国友村の鍛冶たちは鉄砲をばらばらに分解してみたが、砲筒《ほうとう》の尾栓《びせん》に酷く苦労したという。尾栓はこれまでこの国になかった捻子《ねじ》を用いていたからである。だが鍛冶たちは諦めずにこれを真似、半年後にはこの国初の鉄砲を作ってみせたというのだから、その腕前が解るというものだろう。

以後、国友村はこの国随一の生産量を誇る鉄砲の産地となった。織田信長が長篠《ながしの》において武田家を屠った大量の鉄砲の中にも、国友衆の手で作られたものが多く含まれていた。

今や天下人となった秀吉も、信長の下で初めて城を持ったのは長浜であった。その時に国友衆の保護をしているので、その関係は穴太衆よりも長い。それが国友村の繁栄に拍車を掛け、今では七十を超える鍛冶屋と、五百人を超える職人が腕を振るうほどになっていた。

「若……」

若いほうの荷方が恐る恐るといったように呼ぶ。

「何だ？」

「差し出がましいことですが……何故、国友を目の仇にされているので？」

年嵩の荷方がおいと止めるが、若さ故の怖いもの知らずか、それでも踏み込んで訊いてくる。

「だって鉄砲の産地なら、堺《さかい》や根来《ねごろ》、近江にも日野があるじゃないですか」

「どれも好いちゃいねえよ」

匡介は小さく鼻を鳴らした。

「でも国友を一等嫌ってなさるようなんで……」

匡介は細く息を吐いた。

「あいつらは人を殺すことだけしか考えてねえ」

鉄砲の巨大産地であった根来が、秀吉に攻められ壊滅して以降、この国の鉄砲の生産量は三位に日野、二位に堺、一位に国友となっている。

日野の鉄砲は三つの中で最も廉価であったが、一方で、

——日野の鉄砲うどん張り。

などと揶揄《やゆ》されている。他の鉄砲に比べて暴発しやすいというのだ。もっともうどんは明らかに言い過ぎで、普通に使っている分にはさほど差異はない。ただ連続して撃っていると、確かに暴発するということがあった。それで誰かがそのように言い出し、悪評が駆け巡ったものと推測出来る。

次に二位の堺の鉄砲は、豪奢《ごうしゃ》な装飾や象嵌が施され、工芸品としての側面を持つ。家

格の高い武士が刀と同様に美しい鉄砲を求めるならば、この産地のものを選ぶ傾向にある。

それに対し国友は質実剛健。いかに早く、いかに遠く、そして容易く敵を仕留められるかということを追い求めた。機能美を追求し続けたといえば聞こえはいいが、鉄砲の本来の用途が人殺しである以上、殺傷を究めようとしたと言っても過言ではない。

国友村の各鍛冶屋はこぞって技を研鑽《けんさん》し、日々その性能は向上している。命を奪うことと、命を守ること、目的は正反対ではあるが、その点において穴太衆と酷似している。鉄砲の登場以降、山城の戦略価値は大きく下がり、それに伴って石垣が重宝されるようになった。鉄砲と石垣の技は、奇《く》しくも戦の表裏として競い合うようにして磨かれたのである。

しかも日ノ本には六十余州もあるにも拘わらず、最強の楯と至高の矛、それらを生み出す職人集団が、同じ近江国に同居しているというのも不思議な話である。

「誰だ」

匡介が短く訊いた。敵を知らねばそれに対処も出来ない。国友衆にも屋号を掲げた鍛冶屋が七十以上あるが、その全てと主だった鍛冶師を匡介は諳《そら》んじていた。

もう隠し立ては出来ぬと思ったか、年嵩が溜息を零して答える。

「国友彦九郎《げんくろう》です……」

「なるほどな」

幾ら国友衆を好いていないとはいえ、いきなり喧嘩を吹っ掛ける訳ではない。その名が出たことで、何故隠し立てしようとしたのか悟った。

国友彦九郎。歳は匡介の一つ上の三十一。国友衆始まって以来の鬼才と呼び声が高い男である。匡介は何かとこの男と比べられることが多い。

訳としては、一つには共に次代の穴太と国友を担うとの評判が立っているということ。もう一つは互いの師匠が稀代《きたい》の才の持ち主として、これまで幾度となく鎬《しのぎ》を削ってきた関係なのだ。

彦九郎の師は国友三落《さんらく》と謂う。その号は一日で三つの城を難なく落とせるほど、優れた鉄砲を作るということに由来する。三落は穴太衆で当代最も優れた者が呼ばれる「塞王」のように、国友随一の者が呼称される「砲仙《ほうせん》」の名で畏敬の念を集めている。

三落はこれまで次々と新作の鉄砲を生み出し、源斎はそれに対抗する石垣を造ってきた。この二人で国友、穴太の技は百年進んだと言われるほど。世間では好敵手のように言われているが、因縁の間柄と呼んだほうがしっくりくる。現に源斎はそのことを言われた時、

――互いに命に纏わる物作り。蹴鞠《けまり》の勝負とは違う。

と、険しい顔で答えていたのを覚えている。

匡介と彦九郎は共にそのような名工の弟子という間柄。だが世間での認知には雲泥の差がある。彦九郎はすでに自らの手で次々と新しい鉄砲を生み出している。昨今では野戦での取り回しが利かぬことから、積極的に開発が進んでいなかった大筒《おおづつ》の研究に取り組み、飛距離を日に日に伸ばしている。その大筒は秀吉の目にも留まり、唐入りにも採用されているほど。己の生み出した物が海を渡ったのだ。彦九郎は得意満面であったろう。

一方の己はというと、これから大津城で行うような修繕などには携わるものの、未だ己一人の手で石垣を完成させたことすらない。すっかり水をあけられているという恰好である。

「あいつ……」

一町ほど先、すらりと背の高い男がこちらを見つめている。相貌こそはきとは見えないが、国友彦九郎だとすぐに判った。遠くであるが視線がかち合う。向こうもこちらの存在に気付いている。

これまでに彦九郎と面識はあった。いやそれだけではなく一度だけ対峙《たいじ》しているのだ。当然だが拳で殴り合ったなどではない。互いの生み出した矛と楯が交わったのである。

今から四年前、九州の肥後国《ひごのくに》で一揆が起こった。世に謂う梅北《うめきた》一揆である。豊臣秀吉の一回目の唐入りの際、梅北国兼《くにかね》と謂う国人《こくじん》上がりの武将が突如、佐敷《さしき》城を占拠した。梅北の領土では前年に米が穫《と》れず、百姓にも多くの餓死者が出た。その中で唐入りが決まり、さらに米を徴発せねばならない。梅北はそんな百姓の苦悩を見かねて立ち上がったのだ。

もっとも天下の大軍を相手に、梅北も勝てるなどとは思っていなかっただろう。少しでも長く抵抗することで、秀吉に唐入りを思いとどまらせようとしたのである。

何故そのようなことを知っているのか。真偽はともかくそのような噂が日ノ本を駆け抜けたのである。唐入りに不満を持っていたのは何も梅北だけではない。恐らく梅北と同じ想いの者が、その真意を流布することで、秀吉に考えを改めさせようとしたのではないか。

「若……」

心配そうに年嵩の荷方が声を掛ける。

「ああ」

匡介はゆっくりと目を瞑った。脳裏に思い描くのは、梅北が奪った佐敷城の石垣である。

実は天正十八年に、二十四歳だった己が修復を担ったのである。これが初めての修復であった。

もともと佐敷城はその二年前の天正十六年（一五八八年）に、肥後半国の領主となった加藤清正《かとうきよまさ》に請われ、穴太衆の別の組が石垣を築いた。穴太衆は請われれば陸奥から薩摩《さつま》まで行くので、珍しいことではない。

その後、縄張りを広げたいとの要請があった。二年前に積んだ職人が引退しており、跡継ぎもおらず組も畳んでいた。故に飛田屋に声が掛かったのである。

あいにく源斎は別の仕事に掛かっていた。元ある石垣の拡張ならばと、源斎は己を送り出してくれたのである。あくまで加藤清正の支城の一つを修復するつもりである。この時は佐敷城が梅北に奪取されることなど、考えもしていなかった。

梅北は命を懸けて反旗を翻してこの佐敷城を奪った。折角天下に静謐が訪れたのに、未だ戦を続けようとする秀吉には匡介も憤っていた。己が修復を担った城が、その切実なる訴えに使われたことで、内心では声援を送っていたのである。

佐敷城に籠った数は二千。攻め手は時を追うごとに増えて三万にも達したが、己が修復した石垣は討伐軍を悉く撥ね退けた。その期間は実に十五日という。時には梅北勢は余力を駆って、佐敷の北の八代城《やつしろ》を攻めるほどの気勢を上げた。

――だが潮目が変わった。

攻め手は主に薩摩の島津軍。初めて鉄砲が伝来した種子島を領内に有していることから、鉄砲の生産も盛んである。しかし早かったが故か、旧来の鉄砲で満足して性能は伝来当初と殆ど変わらなかった。それを危惧した島津家は国友衆に最新の鉄砲を発注し、

それを真似て国産の鉄砲の品質向上を図っていた。島津軍はそれを佐敷城攻めに投入した。その鉄砲こそ国友彦九郎が開発した、

――中筒《なかづつ》。

と呼ばれる種類の鉄砲であった。

小筒とは俗に一匁《もんめ》（約三・七五グラム）から三匁の弾を放つものを指す。非常に取り回し易《やす》く、鉄砲足軽とはこれを持っている者をいう。

一方、大筒は三十匁から大きいものだと一貫目（約三・七五キログラム）の弾を放つ。凄まじい威力を誇り、人を殺傷するためというよりは城郭の破壊に用いられる。その大きさから人の手で持ち運ぶことは出来ず、地に備え付けて放たねばならない。そのため野戦においては使い辛《づら》く、攻城戦でも敵が打って出てくれば、すぐに退却することも儘ならないという欠点があった。

では中筒はどうか。小筒と大筒の中間、四匁から十匁の弾を放つものを指し、長大筒とも呼称されることがあった。

以前から中筒という種類の鉄砲はあった。だが彦九郎が生み出したものは、その長さに特徴がある。通常の中筒は銃身が四尺（約百二十センチメートル）程度に対し、彦九郎の中筒は六尺。城に備え付けて寄せ手を屠る、狭間筒《さまづつ》と呼ばれる鉄砲ほど長い。

長いということは弾がよく飛ぶということと同義。しかもその中筒には照星《しょうせい》と呼ば

れる、狙いを定める照準が付いており、かなり正確な射撃を行うことが出来た。威力も小筒とは比べ物にならず、侍の甲冑を貫くどころか、その後ろに立っていた者さえも仕留めたと耳にしている。

だが、彦九郎の中筒の特筆すべきことは他にある。そのような射程と威力のものを作れば、通常は取り回しに苦労するほど重くなる。だからといって軽くするために筒の鉄を薄くすれば、火薬の力に銃身が耐えきれずに爆《は》ぜてしまう。

どのようにして作ったのか、その道の素人の匡介には与り知らぬが、とにかく重量が軽く、その上強靭《きょうじん》な銃身を誇っていたのである。

この「彦九郎中筒」によって、佐敷城は遠方から主だった侍衆が撃ち抜かれ、その隙をついて寄せ手が雪崩れ込んで制圧した。匡介の修復した「楯」は破れたのである。

「来やがった」

匡介がぼそりと呟いた。船の様子を見ていた彦九郎がこちらに向けてゆっくりと歩を進めて来るのだ。

源斎から揉め事はないようにしろと常々厳命されている。脇にいた荷方は慌てて退がるように言い、挙げ句の果てには腕を引くが、匡介は土に根が張ったように足を動かさなかった。

「誰かと思えば、飛田の倅《せがれ》か」

彦九郎は軽く手を上げる。知らぬ者には友好的に見えるだろうが、その目は一切笑っていない。

「お前も国友の倅だろうが」

匡介は腕を組んで顔を顰めた。歳は一つしか変わらないし、彦九郎もまだ跡を継いだ訳ではない。己と同じ立場であるはずであった。

「いや、俺はもう違う」

「何？」

「義父《おやじ》は隠居した」

彦九郎が義父と呼ぶのは、国友随一の腕前で知られている国友三落。彦九郎もまた己のように実の子ではない。その出自こそ知らないが、幼い頃に孤児《みなしご》として引き取られたとは聞き及んでいた。

彦九郎はひょいと上げた手で、己の目を指差して続けた。

「歳のせいで目が弱り、もはや精巧な細工は出来ないということで……先月な」

「そうか」

知らぬことであった。匡介だけでなく、まだ他の穴太衆もそうであろう。つまり、すでに国友三落の工房は、この彦九郎が引き継いで当主となったらしい。

「義父は無念だと、憚《はばか》らず口に出していた」

「遂に爺に勝てなかったからか」

匡介が鼻を鳴らすと、彦九郎は眼光鋭く睨みつけてきた。

近江国に同時期に生まれた二人の天才。一方は鉄壁の石垣を積み上げることから「塞王」の名で崇敬を集め、片や数々の新しい優れた銃を生み出し「砲仙」の名を轟かせた。両者は水と油、光と闇、表裏の存在とも言える。そんな二人が生きたのは、この国の長い歴史において、最も戦が頻発した時代である。二人が生み出した矛と楯は、これまで幾度となく交わってきた。

片やどんな城でも打ち破る至高の矛。片やどんな攻めも撥ね返す最強の楯。矛楯《むじゅん》という言葉がこれほどしっくり当て嵌まることも少なかろう。

だがこの世に矛楯は存在しない。必ずどちらかに軍配が上がるのである。ある時は三落の作った矛が城を屠り、またある時は源斎の積んだ楯が退けた。兵の数、兵糧、軍を率いる者の将器、様々な要因が複雑に絡み合うのは確か。だが結果としては源斎のやや勝ち越しで終わっている。

「率いる将が悪かっただけよ」

彦九郎は奥歯を鳴らすように言った。

「俺たちがそれを言っちゃおしまいだろう?」

己の生み出した石垣を、名将に託したいという想いは確かにある。例えば玲次と話した、西国無双と謳《うた》われる立花宗茂のような男に扱って貰えれば、その性能を遺憾なく発揮してくれるだろう。

だが職人である以上、それを扱うのが何者であろうとも言い訳は出来ない。穴太衆はいかに愚将であろうが守りきる石垣を目指しているし、また国友衆も相手がいかに名将であろうとも突き崩す銃を作り出さんとするものではないか。

「お前との戦いは俺の勝ちだ」

彦九郎は佐敷城の戦いのことを指していると解った。

天下の後押しを受けた数万に対し、梅北の兵はたった二千の劣勢。さらに佐敷城は元々別の組が積んだ石垣である。己でももっとこうしたほうがよいと思える箇所は幾つかあったが、己の仕事は修復と僅かな拡張だけで、それを補おうとすれば一から石垣を組みなおさねばならなかった。

そのように言い訳の一つでも吐きたくなるが、それを口に出しては職人として終わりである。匡介は地を見つめて糸を吐くように溜息を零すと、ゆっくりと顔を擡《もた》げた。

「ああ、俺の負けさ」

彦九郎は勝ち誇るかと思ったが、忌々しげに舌打ちをする。

「だがあれはお前が組んだ石垣じゃない」

「最後に触ったのは俺。だから俺の責だ」

「俺は完膚なきまでに、お前を叩き潰したいんだよ」

「そんな機会はもうないさ」

匡介は視線を外して湖面を眺めた。山の後ろに間もなく陽が沈む。今日を名残惜しむかのように茜の光を強く放ち、それが水面に一本の光の筋を生み出している。

人という生き物がこの世にある限り戦は起こる。今の泰平も仮初《かりそめ》で、いつかはまた戦乱が来るかもしれない。だがそれは五十年後かもしれないし、百年後かもしれない。その時に己は生きてはいないだろう。己の石垣で二度と戦の起こらない真の泰平を生み出したいという夢はあるが、生まれた時が悪かったと思わざるを得ない。だからといって戦のない今を恨む訳にはいかない。せめて今の時代だけでも、己のような者が生まれないというだけでよいことではないか。

匡介が心中でそのように己に言い聞かせていると、彦九郎が小馬鹿にするように笑う。

「穴太は気楽なことだな」

「何……」

己を馬鹿にされるだけならまだしも、穴太衆を侮られて匡介は気色ばんだ。

「この泰平がいつまでも続くかよ」

「誰か叛《そむ》くとでも言うのか」

豊臣家の天下は盤石。梅北のようにこれまで何度か反旗を翻した者はいた。だがその全てが悉く滅ぼされている。まかり間違ってももう叛こうとする者は現れないだろう。

「いいや。だが秀吉はもう歳だ。死ねばまた世は乱れる」

「どうだかな」

秀吉には秀頼《ひでより》と謂う嫡子《ちゃくし》がいる。まだ幼いとはいえ、成人するまで家臣が守り立てるだろう。しかも秀頼には大坂城もある。この城ほど玄人の己から見ても、

――難攻不落。

という言葉が似合う城はない。この大坂城の石垣もまた、源斎が指揮をして組み上げた。仮に豊臣家の天下を脅かそうとする者がいようとも、大坂城のことを思えば腰が引けるに違いない。

「俺も戦を望んでいる訳じゃあない」

「よく言う」

彦九郎の言葉が意外で、匡介は眉を顰めた。

「本当さ。二度と戦が起こらない世を作りたい。そう思っているから俺は作るのよ」

「馬鹿な」

国友衆が作るのは殺しの道具。それで天下安寧を築き上げるなど出来るはずがない。匡介が睨みつけるのも意に介さず、彦九郎は湖面に走る光の筋を見つめ、そこをすうと指でなぞるような素振りをしつつ言った。

「どんな城でもあっという間に落とす砲。使えば一日で万……いや十万、百万が死ぬ砲。そんなものがあればどうなると思う？」

「何……」

彦九郎はふっと頬を緩めて改めて尋ねた。

「どうだ？」

「そんなものが使われたら、どれだけ多くの者が――」

「使わないさ。もし使えば、すぐにやり返されるからな」

こちらが最後まで言い切る前に、彦九郎は遮った。

「そういうことか……」

そんな化物のような砲が仮に生み出せたとして、彦九郎はそれを両陣営に売るつもりでいる。いや日ノ本全土に隈なく行き渡らせようとしているのだ。

「それを使うほど人は馬鹿じゃねえ。泰平を生み出すのは、決して使われない砲よ」

確かに彦九郎の言うことには一理ある。そのような砲があったとして、もし使おうものならば、明日はその砲が己へ向く報いを受ける。そうなれば無限の報復の連鎖が起き、両者とも消滅するまで止むことはないかもしれない。仮に全滅の憂き目を逃れたとして、相当に弱っていることには違いない。第三の勢力がその隙を衝いて襲って来ることも考えられる。

そのような砲を手にした人は、互いに牽制《けんせい》だけし合い、確かに使われることはないのかもしれず、その先にあるのもまた一つの泰平の形かもしれないと考えてしまった。

だが彦九郎の話で、たった一つ解せぬことがあった。

「どうやってそれを示す」

彦九郎の構想は、いわば匡介と正反対の手法で泰平を生むというもの。己は決して破れぬ城を、日ノ本中に布いて誰も手の出せぬ状況を作り出す。それは戦乱の中に一つ一つ、無双の城を築いていくことで、やがて人々はそれが決して破れぬ城と知っていくだろう。

だが彦九郎が言うように究極の砲が出来たとして、人々はそれをどうやって、絶望するほど危険なものだと知ることが出来るというのか。

「やはりお前は気付いたか」

彦九郎は目を松葉の如く細めた。

「お前……」

「使うのさ。そうすれば皆が知ることになる」

「人が死ぬのだぞ」

怒気を抑えきれずに声が上擦った。

「だが一度だ。こちらがどれだけ優れたものを作ろうと、お前ら穴太衆はそれに対抗するものを造ろうとする……一体、どちらが戦を長引かせたのだろうな」

ひやりとするほど冷たい目を向けられ、匡介の胸が高鳴った。

彦九郎の師である三落は、凄まじい早さで鉄砲を成長させた。だが源斎はその度にそれを無に帰するような石垣の積み方、縄張りを造り出してきた。もし対抗する術がなければ、彦九郎の言うように乱世はもっと早く終息していたかもしれないという論理である。

「それは……」

あの日の日野城での光景が瞬時に脳裏に蘇った。源斎もまた同じことを考え、思い悩んでいた。あの時はそうではないと否定したものの、匡介も心のどこかで、

――もしかしたらそうかもしれない。

そう思い続けていたからである。

確かに彦九郎の言葉の通りならば、己の家族も死なずに済んだかもしれない。現に朝倉家は、織田家が自家よりも大量の鉄砲を抱えていると知って慄《おの》のいていた。そこで朝倉家は旧来の守りを捨て、鉄砲に対抗する城を構築しようと源斎を招いた。ようやく着手という矢先、織田家に攻め込まれて滅ぼされたのだ。

もし穴太衆の存在がこの世になければどうか。織田家は当時すでに国友、堺、日野の鉄砲三大産地を押さえていた。朝倉家が対抗して鉄砲を集めようとしても、もはや手遅

れ。十を用意する間に、織田家は百、千と備えていき、その差は開く一方。そうなれば戦っても無駄だと悟り、朝倉家は降伏の道を選んだかもしれない。そうなったならば、まさしく織田家の鉄砲は、彦九郎が言うところの「使わない砲」ということになっただろう。

「だが、力の差が解る賢《さか》しい者ばかりじゃない」

匡介は精一杯の反論を述べた。全ては希望的な見方に過ぎない。朝倉義景は凡愚であったと噂されている。その力の差にも気付かず、いや気付いたとしても武家につきものの誇りとやらを振りかざし、戦うことを選んだかもしれないのだ。

「だからこそ赤子でも恐ろしさが解るほどの砲を作る」

「そんなもの……出来るはずがない」

根拠がある訳ではない。だが一日にして数千、数万の命を消し飛ばす砲など、想像も出来ないことは確かである。彦九郎は気が昂ったか、なおも饒舌《じょうぜつ》に語った。

「俺の生きているうちにはそのような砲には辿り着けぬかもしれぬ……だがいつの日か人はそこに辿り着く。俺の技がその礎になっても構わない。それに……望まぬやり方だが、暫くの泰平を生む方法は他にもある」

「一家に渡すか……」

匡介が呻《うめ》くように零すと、彦九郎は些か驚いた顔になった。

「お前は俺に似ている」

彦九郎は薄ら笑いを浮かべ、人差し指を立てて言葉を継いだ。

「義父と俺はこの仮初の泰平の内に、新たな鉄砲を幾つも生み出した。次に世が乱れれば、全て一家に託し、あっという間に終わらせてやる。その猛威に少なくとも百年は刃向かう者はいまい」

匡介は背筋が冷たくなり、同時に生唾を呑んだ。

――まずい……。

矛と楯。互いに研鑽し、同じように成長してきたと考えている者が大半であるが、実際は違う。先に矛が生み出され、そこからようやくそれに対抗する楯が考案される。性質上、いつも楯が後手に回らざるを得ないのである。それでも次々に生み出される新しい鉄砲に対抗出来たのは、ひとえに源斎の卓越した才によるところが大きい。次の戦が何年後になるかは判らない。その間に生み出される新しい鉄砲は誰も見たことがないのだ。対抗する楯を生み出すのにも時は掛かってしまう。その新しい砲がもしあれば、彦九郎の言うようにすぐに天下は定まるかもしれない。だがその前には死屍《しし》累々《るいるい》。また多くの犠牲が出てしまうことは間違いない。

「爺がいる……」

匡介は絞り出すように言った。飛田源斎の実力を誰よりも己は知っている。きっとその時も源斎がすかさず対抗出来る石垣を構築するはず。

「お前がやるとは言わないのだな」

彦九郎の口元に嘲りが浮かび、匡介はあっと小さく声を漏らした。挑発に押され、何か言い返すのに必死だったということもある。だがそのような時に出た言葉こそ本心ではないか。源斎を信頼していると言えば聞こえはいいが、

——そんな事態になれば、俺には防げない。

と、己の本能が察知しているからであろう。戦う前から負けを認めてしまった形である。匡介はそんな無様な己に腸《はらわた》が煮えくり返り、歯を食い縛りながら視線を落とした。

「賢明な判断だ。だが、飛田源斎でも俺の砲は防げないさ」

彦九郎は哀れむような目を向けると、踵を返してその場を後にした。匡介は何も言い返すことが出来ずに拳を握りしめた。

この泰平の間に国友衆は新たな鉄砲を次々に生み出している。彦九郎の口振りに自信が滲み出ていた。中には梅北一揆で使われた「彦九郎中筒」のようなものもあるが、世間の目に触れていないものもあるはず。安寧が破られた時、それらが一挙に姿を見せて戦場に躍り出てくるというのは、考えただけでも恐ろしいことである。

「指を咥《くわ》えて見ているのだな」

何も言い返せずに拳を握りしめていると、彦九郎は背を向けたまま付け加えて歩んで

行く。

背後から襲い掛かって首を絞め上げて彦九郎を殺せば、多くの命を救えるのだろうか。咄嗟《とっさ》に恐ろしい考えが過った。だがそれも意味をなさないだろう。すでに彦九郎の技は国友に周知されているであろうし、仮に死んだとしても新たな鉄砲を生み出す者が必ず現れる。人の技というものは、そのようにして連綿と受け継がれていく。

それが時として自らの命を縮めることになろうとも、人は研鑽の道を歩むことを止めない。そう考えれば人が技を生み出しているのではなく、技という得体の知れぬものが、自らが世に出るために人に憑依《ひょうい》して操っているかのようにも思える。

夕闇が迫る中、彦九郎は暗い波を立てる琵琶の湖に向けて歩む。その輪郭が朧気になった時、人ならぬ何かに見えたような気がして、匡介は強く下唇を噛み締めた。

流営に戻った翌朝、匡介は大津城へ向かった。城下は多くの人々が行き交っており、活気に溢れている。この賑わいも大津百艘船の影響が大きい。匡介が子どもの頃はこれほどではなかった。それまでのこの辺りの重要拠点といえば坂木城。あの明智光秀の居城である。

光秀が山崎の戦いで秀吉に敗れた後、坂本城は必要性が薄れて廃城となった。その坂本城の石垣や、建材を利用して大津城は築かれている。

織田信長の安土城に次いで壮麗とも言われた坂本城の建材である。瓦の一枚一枚まで精巧な細工が施され、京極という名家の城に相応しい豪奢な造りになっている。

――いつ見ても美しいものだ。

丸い溜息を漏らした。通常、城の豪華さに目を奪われるが、匡介が見るところは違う。縄張りそのものの機能美に感嘆するのである。この縄張りもまた、師である源斎が引いたものであった。

大津城は世にも珍しい水城《みずじろ》である。水城と呼ばれるものはただでさえ少ないが、中でもこの城ほどその名が相応しいものは未だ見たことがない。

三重の堀が巡らされて、真に琵琶の湖に浮かんでいるように見える。

最も北に位置する本丸は湖に向けて北東に突き出しており、その四方を湖水に囲まれている。これはもう湖そのものといっても差し支えないのだが、この城ではこれを「内堀」と称していた。

二の丸は凹《おう》の字状で、その端から本丸と一本の橋で結ばれている。三の丸は二の丸を包み込むようなさらに大きな凹の字状。二の丸とは二本の橋で繋がっており、その間の中堀にも湖の水が引き込まれていた。

さらに三の丸の周りを外堀が囲んで湖と繋がっている。陸に近づくほど高くなっているため、湖に近い場所には水を引き込めるが、全てを満たすことは出来ず、城の正面である南側は空堀となっていた。外堀には三本の橋が架かって城下と結ばれ、それぞれ尾《お》花川《ばながわ》口、三井寺《みいでら》口、浜町《はまちょう》口と名が付けられていた。

これだけでも守りは堅いのだが、この城にはさらに奇想が施されている。

——伊予丸《いよまる》と奥二の丸の秀逸さよ。

匡介は手庇《てびさし》で朝日を除《よ》けながら城を見つめた。

伊予丸は戦の際に橋を落とせば独立して湖に浮かぶ曲輪である。本丸の北西に位置し、三の丸の凹の字状の先端の向こうにある。これによって三の丸に侵入した敵に対して側面から攻撃を加え、本丸にまで迫られたとしても、それを援護することが出来る、出城のような構造となっている。

奥二の丸も同じく独立でき、二の丸の凹の字状の中央に位置する。二の丸に入った敵をどこからでも狙えるというもの。水を最大限に利用した考え抜かれた縄張りである。

「さて……」

雑踏の中、匡介は呟いた。源斎の文によると、今回の京極家の依頼を一言でいえば、

——この城をさらに堅くして欲しい。

というもの。その方法は全て任すとも書かれていた。平城《ひらじろ》としては極めて堅牢なこの城の力を、これ以上いかにして高めればよいのか。伏見から大津に戻るまでずっと考えており、一応の腹案は用意している。この場に訪れてやはりそれしかないという確信も

得ていた。

それにしても崩れた石垣の補修などならば理解出来るが、何のためにこの時期に改修を行うのか。彦九郎が言ったように、知らぬところで乱世が忍び寄っているということなのかもしれない。

「穴太衆、飛田匡介と申します。京極様のご依頼を受け罷《まか》り越しました」

考えながら歩いているうちに浜町口に辿り着いて、門番に姓名を告げた。穴太衆はこれまでの功績を認められ、秀吉から郷士のような待遇を受けている。これまで屋号として用いていた「飛田」を、姓として名乗ることが出来ているのもこのためである。

「お待ちしておりました」

すぐに取次ぎの武士が現れ、本丸へと案内される。その途中も匡介は城内を見渡しながら歩く。よく考え抜かれた縄張りだが、泰平であるがゆえの大きな弱点がある。

「これ、全部知られているんだよな……」

口元を苦く緩め、思わずぼそりと呟いてしまった。

「何か？」

案内の武士が怪訝そうに眉を寄せる。

「いや、申し訳ない」

適当にはぐらかして再び黙考する。泰平における城の弱み。それは縄張りがすでに世間に知られているということである。

元来、城の構造は秘匿されるべきもの。縄張りを知っているのと知らぬのでは、攻める側の難易度が大きく異なる。故に攻める側は間者《かんじゃ》を放って縄張りを知ろうとするし、守る側は知られぬように最大限の配慮をする。

これは泰平でも原則はそうなのだが、実際のところ既に知られてしまっていると見てよい。

まずその理由の一つとして国替《くにがえ》がある。大名が領地を代わるように命じられると、そこには新たな領主が入って来て、居城を引き継ぐことになる。つまりその城の縄張りは、大規模な改修でも加えぬ限り前領主には筒抜けということになる。

例えば岐阜《ぎふ》城。織田信長が名付けた天下に名高き山城であるが、信長が安土に移ってからは、嫡男信忠《ちやくなんのぶただ》が城主となっている。本能寺の変で信忠が死んだ後は三男の信孝《のぶたか》が入り、秀吉との戦いで滅ぼされた後は池田元助《いけだもとすけ》、次いで弟の輝政《てるまさ》の城となった。さらに輝政は国替を命じられて豊臣秀勝《ひでかつ》の手に移り、秀勝が没すると信長の嫡孫である秀信《ひでのぶ》の手に戻った。信長以降もすでに六人の城主を経ており、その家臣たちは岐阜城の構造を知り尽くしていることになる。さらに岐阜城の前身である稲葉山《いなばやま》城時代も含めれば、城を知る者の数はさらに膨大となろう。

二つ目は、そもそも天下を握る豊臣家は大名が謀叛した時に備え、全ての城の構造を把握していること。人の口に戸は立てられぬもの。どの城も凡その縄張りは知られているものといってよい。

まだ見ぬ新たな武器が生み出されるというのに、泰平が続けば続くほど、城はどんどん脆弱《ぜいじゃく》になっていく。これも攻め手を圧倒的有利にさせていく要因の一つである。

「お尋ねしたい。奉行の御名は？」

今度は匡介が眉を顰めた。通常、改修の奉行とやり取りをするのがほとんど。どこかの屋敷で打ち合わせするものと思っていたが、案内はずんずんと本丸に近づいて行く。

「殿が自らお会いになりたいそうで」

「えっ……」

吃驚して声を詰まらせた。幾ら郷士の待遇を受けているとはいえ、懸《かかり》のような非常時を除き、一介の職人に大名自ら会うなど極めて異例のことである。

本丸に入ると、ひと際大きな御殿へと向かう。百姓などの中には、大名は天守閣で寝起きしていると思っている者もいるが、実際はこのような御殿で居住している。戦時だけ天守に移って指揮を執るのである。大広間に通されるとそこで待つように言われた。案内の家臣はそのまま陪席《ばいせき》するようで部屋の隅に腰を下ろした。

――これは、まずい。

礼節の何たるかも知らぬ己である。しかも相手はどこの馬の骨とも知れぬぽっと出の大名ではなく、宇多源氏の流れを汲む近江源氏、佐々木氏から分かれた名家。いかに振る舞うべきかと考えていると、額からじわりと脂汗が滲み出てきた。

何か気を紛らわせる方法はないかと考え、広間の畳を数えだす。乗算を使えばすぐに答えが出るが、それでは本末転倒である。心の中で数を繰るのに没頭し、四十を超えた時、廊下を歩いて来る複数の跫音《あしおと》が聞こえた。

うろ覚えであるが確かこのようにしていなければならないと、慌てて頭を垂れて待った。

「すまぬ。お待たせ致した！」

匡介は畳の目を見つめながら口を窄《すぼ》めた。聞いていた話と違う。このような場合、大名は複数の供に囲まれて現れる。そして高座にゆっくりと着くと、陪席の家臣がいかなる者かを告げたところで初めて、

——大儀である。面《おもて》を上げよ。

などと、大名が大仰に宣《のたま》う。しかし、それでもこちらはすぐに頭を上げてはいけないはず。二度目に言われた時、遠慮がちに顔を上げればよいのではなかったか。それなのにまだ跫音が聞こえている最中から、頭上を声が駆け抜けている。

声の主は供の家臣なのだろうか。京極家は一度滅亡同然になってしまったため、先祖累代の家臣の大半はその過程で他家に流れてしまった。そこから一気に出世を重ねたの

で、身分を問わずにさまざまな者を召し抱えたという。礼儀作法を知らぬ者も交じっていたということかもしれない。

「また……」

陪席の家臣が微かに零すのが聞こえた。頭を下げているので表情は判らないが、呆れている雰囲気を感じ取った。それにしても「また」とは如何なることだろう。余程おかしな家臣が交じっており、このようなことが度々繰り返されているということであろうか。

「丁度、着替えをしておって――あっ！」

素っ頓狂な大声が聞こえ、思わず匡介は顔を上げてしまった。

「なっ……」

匡介の両眼に映ったのは有り得ぬ光景。小袖に身を包んだ小太りの男が宙を舞っているというものであった。

「ぎゃっ！」

見事に顔から着地し、男は踏みつぶされた蛙の如き声を上げる。

「お、お怪我は！」

匡介が腰を浮かせた時、後ろに続いていた小姓らしき若侍が男に駆け寄る。

「す、すまぬ。袴《はかま》を踏んで足を滑らせてしもうた……」

男は介添えを受けつつ身を起こし、掌をこちらに向けた。肉付きのよい、絵に描いたような丸顔である。はっきりとした二重瞼の目、太い眉はやや離れており、その中央に大きな鼻が収まっている。そのすぐ下に薄い唇のちょこんとした口。何とも愛嬌《あいきょう》のある顔で武張《ぶば》ったところは微塵も感じない。

ふと脇を見ると、陪席していた家臣は額を押さえ、首を横に振りながら溜息を漏らした。

「殿……」

「まさか——」

茫然としたのも束の間、匡介は畳を突くように勢いよく頭を下げた。鈍い音が部屋に響く。

——嘘だろう……。

あまりに滑稽な登場であったため、にわかには信じがたかった。これがまことに六万石の領主にして、従三位参議の官位を受けて公卿《くぎょう》に列する男なのか。

「派手に転んだだけじゃ。怪我はない故、心配するな」

柔和で優しい調子は、庄屋《しょうや》の若隠居のようにさえ思える。

「お慌てになるから」

頭の上を家臣の呆れた声が越えていった。先刻の「また」とは、供の家臣ではなく主人に向けられていたのだと察した。それにこの家臣の口の利き方は何だ。まるで段蔵が己を諭す時のような口振りである。よいしょと爺むさい声が聞こえた後、男はようやく口を開いた。

「面を上げなされ」

「はっ……」

うろ覚えではあったが、顔を上げるのを躊躇う素振りをする。

「礼儀は無用じゃ。すでに一度顔を上げておろう」

くすりと息の漏れる音が聞こえ、匡介は恐る恐る顔を擡げた。

「飛田匡介であるな。大津宰相《さいしょう》、京極高次じゃ」

失態を見せてしまったからであろう。高次は少し照れ臭そうにはにかむ。脇に侍《はべ》る二人の小姓たちは必死に笑みを堪え、案内してくれた武士は憚ることなく大きな嘆息を漏らす。

——これが蛍大名……。

思い描いていたのとはあまりに掛け離れた邂逅に、匡介は人の好さそうな丸顔を、暫し茫然となって見つめていた。

「これなるは飛田源斎の倅で……」

陪席した家臣が一頻《ひとしき》り己の素性を語っていく。先刻の衝撃があまりに強過ぎたせいで、匡介は未だ信じられぬ思いで高座の丸顔を見つめる。高次は途中までは大人しく聞いていたが、途中で遮るように手を上げた。

「もうよい。よく知っている。塞王の跡を継ぐ者であろう」

とくんと胸が鳴った。まさか公卿に名を連ねる大名が、己のことを知っているとは思ってもみなかった。匡介が身を縮めるように畏《かしこ》まる。

「そなたのような若い者が育っていること、同じ近江の生まれとして誇りに思う」

高次は満足げに二度三度丸顔を縦に動かした。近江の生まれだと勘違いしている。このような時は正してもよいものか、適当に相槌《あいづち》を打っていればよいのか判らない。後に違うと知れて気分を害されても困る。匡介は思い切ってひりつく喉を開いた。

「申し訳ございません。私は近江の生まれではないのです……」

「穴太衆は皆が近江の生まれなのではないのか?」

高次は身を乗り出し、二重瞼をぱたぱたと瞬《しばた》かせた。

「確かに近江出身の者が多うございます。わが師、飛田源斎もその一人。しかし石工《いしく》を志して穴太に来る者も少なからずおります」

そうして近江に一生留まる者もいれば、故郷に帰って石工として独立する者もいる。世間の人々の中には、石積みの技は門外不出だと思っている者もいるがそうではない。

石積みの技が全国遍《あまね》く広がり、庶民の暮らしを守る楯となればよいというのが穴太衆共通の考えである。

ただし二つだけ条件がある。一つは五年に一度は必ず穴太の地を訪れ、自らの師匠、あるいはその後継者に自らの技を見せること。石積みの技は一日怠ければ、三日分後退する。命に直に関わる仕事である。弟子が技の水準を保っているかを見極めねばならない。

もう一つは決して技を書き残さぬこと。穴太衆の技は口伝のみによって受け継がれる。もっとも書き残したものを見たとて、強固な石垣など造りえない。五尺（約百五十センチメートル）以上に積み上げることすら儘ならぬだろう。「栗石《ぐりいし》十五年」の地道な修業を経た者だけが、研ぎ澄まされた感覚で習得し得るのだ。

さらにそれぞれの組には兵法者でいうところの奥義のようなものがあり、中でもそれは次代を継ぐ者にのみ伝えられる。匡介は跡取りに指名されているものの、源斎から最後の教えはまだ聞いていなかった。

「なるほど。為《ため》になる。で、飛田殿はどこの生まれぞ」

高次は艶のよい顎に手を添え、独り言を交えながら尋ねた。高貴な血筋の者は皆こうなのか。それとも高次の性質か。好奇心が豊かな人であるらしい。

「越前、一乗谷の生まれでございます」

「何……歳の頃からすると……」

「はい。朝倉家滅亡の折に父母と妹は……辛うじて城に逃れた私は、下見に訪れていた師に助け出されました」

「左様か。それは大変だったの……」

高次は目尻を下げて唇を噛み締める。それが匡介には意外だった。全ての大名が血も涙もない者とは思わないが、その言葉が心の底から出たものに感じられたからである。

「我が妻も落城の憂き目に遭っている」

続けて高次が言ったことで、真に思ってくれている訳が判った。

高次の妻、お初は朝倉家の盟友、浅井家の出身である。織田家は朝倉家を滅ぼした後、すぐに浅井家の領地に侵攻した。居城である小谷《おだに》城は大軍に取り囲まれて陥落し、父の長政は自害することとなったのだ。長政が落ち延びることを強く勧めたことと、信長の妹であったこともあり、母のお市《いち》の方は三人の娘と共に城から落ち延びた。その娘の一人こそお初の方である。他に兄もいたがこれは男子であることを理由に、まだ幼いにもかかわらず無残に殺された。

「しかも二度……な」

細く息を吐くように言って、高次は視線を落とした。

「存じ上げております」

お市の方は後に織田家の宿老、柴田勝家のもとへ再び嫁ぐことになった。しかし今の天下人である秀吉と近江賤ケ岳で合戦に及んで敗れ、本城である越前北《きた》ノ庄《しょう》城も落ちた。義父勝家は切腹し、この時は母のお市の方もそれに殉じた。三姉妹だけが命を永らえ、その後にお初は京極家へ嫁ぐこととなったのである。

高次は左右を確かめるとひょいと手招きをする。近付いてもよいものかと戸惑いながら脇を見ると、家臣が小さく頷くのが見えた。匡介は膝をにじらせながら前に進んだところで、高次は口に手を添えて囁くように言った。

「お初は快活で賢い。男に生まれたならば、儂など足元にも及ばぬ武将になっただろう。何といってもあの総見院《そうけんいん》様の姪《めい》よ」

総見院とは織田信長の諡《おくりな》である。

悪戯《いたずら》っぽく笑う高次を、家臣が咳払いで制する。お初を語ったことではなく、自らを貶めるような発言をしたからであろう。しかし高次は意に介さず、いかにお初が優れた妻であるかを滔々と語っていく。そしてその最後に、

「まことに陽だまりのような女だ」

と、結んだ。匡介は己の口が綻んでいることに気付いた。妻のことを話す高次の表情は何とも優しげで、慈愛に満ち溢れていた。これまでも作事《さくじ》の現場で大名を見かけたことは何度かあった。だがこのような顔をする者は終《つい》ぞ見たことがない。

「皆の者、下がれ」

高次は小姓と陪席の家臣に命じる。

「しかし……」

「心配はない。儂が強いのを知っておろう」

目を細めて片方の肩をずいと出した。凡庸との評が駆け巡っているが仮にも大名。武芸を身につけているのだろう。

「恐れながら、殿は弓馬《きゅうば》刀槍《とうそう》全て苦手とされているはず」

家臣が冷静な口調で言い放ったので、匡介は素っ頓狂な声を上げそうになる。

「軽口じゃ。真に受けるな。二人で話したいだけじゃ」

「そこまで仰せならば」

家臣は小姓たちを促して部屋から出て行った。広い部屋に二人きりとなった。ただ匡介に先ほどまでのような緊張はない。この男の纏う朗らかな雰囲気には居心地の良ささえ感じるのだ。

跫音が離れたのを確かめると、高次は静かに口を開いた。

「そのような妻でも未だに悪夢に魘《うな》されておる」

「は……」

匡介は曖昧に相槌を打った。人払いした訳は、そのことを家臣には知らせないようにしているためか。匡介も今でもあの日のことを夢に見る。周囲に余計な心配を掛けたくない気持ちは痛いほど解った。

「城が落ちるということはそれほど恐ろしいということよ」

「はい。全てが消え去ります」

自らが命を落とすのは言うまでもないこと。仮に生き残ったとしても家族を失い、故郷を奪われ、思い出の籠った柱の一本まで灰燼と化す。戦とは間違いなく、人災の最たるものであろう。

「儂は見知った者が死ぬのが辛くてな……これまで、出来るだけ戦うことを避けてきた」

静かに言葉を継ぐ高次の経歴がそれを物語っている。

明智光秀が謀叛を起こした時には、すぐにその幕下《ばっか》に入ることを表明した。蒲生家のように抵抗を示したならば、地理的に真っ先に攻撃を受けていただろう。そうなれば兵力差からして、あっという間に擂《す》りつぶされていたに違いない。さらに秀吉がその光秀を打ち倒した後は、高次は家族と僅かな家臣だけを連れ、城と領地を捨てて遁走《とんそう》した。

「戦っても勝てるはずなく、降ったところで殺されるのは目に見えている……民にとっては誰が領主でも構わないのだ」

確かに言われてみればその通りかもしれない。世の戦は全て武士の都合で行われているといってもよい。事実、高次が逃げたことで戦は起こらず、当時の領民は誰一人死なずに済んだ。あの日、朝倉家も同じようにしていれば、己も家族を失わなかったかもしれないと、ふと脳裏を過った。

「家臣も領地を失う儂なぞより、他家に仕えたほうがよい。歳を食って仕官の叶いそうにない者だけは連れていったがの」

秀吉が光秀を撃破したという報が届くと、高次は夜を徹して家臣への感状を書き続けた。感状とはその者の功績を主君が称《たた》えた証《あかし》であり、他家に仕官するときには推薦状のように大いに役立つ。

高次は糸を吐くように息を漏らすと、こちらを真っすぐ見据えて言い切った。

「皆にも生きて欲しい。儂も死にたくない。大切な者と共に生きたいのだ。たとえ愚将の誹《そし》りを受けようとも」

匡介は愕然《がくぜん》とした。それだけを聞けば、凡そ戦国武将の発言とは思えない軟弱なものとも取れる。しかし匡介はまだ出逢って間もないが、高次と謂う人のことを朧気に解り始めていた。武士に生まれ落ちたのが間違いと思えるほど、優しい心の持ち主なのだ。

「もっとも、儂はまことに自他共に認める戦下手だが」

高次は気恥ずかしそうに言って、こめかみを指でぽりぽりと掻いた。

「一つ……お尋ねしてもよろしいでしょうか」

「そのような殿が何故、城を堅くしようと」

「ああ、構わぬ」

家族、家臣、領民の命を守るためならば、全てを捨て去る覚悟のある人なのだ。仮にまた乱世が訪れても、巨大勢力に屈することも、再び逃げ出すことも厭《いと》わぬだろう。流石にまた逃げるのだろうとは言えず、匡介はそのように言葉を濁した。

「儂が浅はかだったのだ……」

高次はあの時、流石に秀吉が天下を獲るとまでは見通せなかったものの、明智の天下が長続きするとは思っていなかったという。信長の次男信雄《のぶかつ》、三男信孝などの織田家の子息。秀吉も含め、柴田、丹羽《にわ》、滝川《たきがわ》などの宿老。あるいは盟友の徳川家康などが、四方八方から光秀を攻め立てる。これを凌ぐのは容易なことではないと、武士でない匡介も考えていたのを覚えている。

高次が不運だったのは、その猫の額ほどの領地が、光秀の領地と隣り合わせだったこと。もしその条件だったならば、あの蒲生家すら抵抗を諦めたかもしれない。京極家の家臣たちは感状を与えられたものの、

――戦う前に逃げた者たち。

と後ろ指をさされ、思うように仕官が叶わなかったという。流浪の中で家族が病を発して死んだ者もいれば、失意の中で腹を切った者もいたらしい。

高次は京極家が再び大名に取り立てられると、逼塞《ひっそく》していた旧臣たちを呼び寄せた。戻ってきた家臣たちに、高次への恨み言を発する者はいなかった。それどころか、

「あの時は仕方なかったではありませんか」

などと、口々に慰めの言葉を掛けてくれたという。

それでも高次は戦っていたほうが、むしろ死ぬ者は少なかったのではないかと後悔が晴れることはないらしい。せめて形だけでも一戦に及んで逃げていれば、武士としての誇りを失う事態は避けられただろうと言う。

「よく解りました」

匡介は力強く頷いた。

「後に蒲生殿から聞いた。飛田屋の力がなければ、日野城も危うかったと……故に貴殿らに頼みたいと思ったのだ」

蒲生氏郷はあの後、何度かの転封《てんぽう》を経て陸奥会津《あいづ》九十二万石の太守となったが、病を発して一年前の文禄四年に没しすでにこの世にはない。本能寺の変前後の進退を称賛される度、

――あの時、私には最強の楯が付いてくれていましたので。

と自らの武勇を誇ることなく、方々に飛田屋のことを褒めてくれていたらしい。

それだけが要因ではないだろうが、同じ近江に領地を持っていながら京極家と蒲生家

の命運が分かれたのは事実。同じような事態が出来した時、もう二度と過ちを繰り返さないと決意し、高次はこの話を心に強く留めていたという。

「支度が整い次第、改修に入ります」

「貴殿もすでに気付いているように……」

「宰相様」

高次が言いかけるのを、匡介は思わず制してしまった。先程からそうだが、一介の職人に対する口振りではない。気遣いは無用であると告げると、高次は首を捻って少し考え込んだ後、掌をぽんと合わせて微笑んだ。

「飛田ではややこしい故、やはり匡介と呼ぼう」

「何なりと」

「では、匡介。すでに気付いているように儂は戦に疎い。縄張りは任せる。何か良い案はあるか」

「この大津城は、わが師が縄張りを引いた世にも珍しき水城。今でも相当に堅固にございます」

京極家が大津に入る前に、大津城は縄張りが引かれている。それも改修にあたり再び飛田屋に依頼した理由の一つだろう。

「では、もう触れないと申すか」

匡介はゆっくりと首を横に振った。以前から一か所だけ改修の余地があると思っていた。今回、改めて訪れて可能であると確信している。

「外堀全てに水を引き入れます」

「だがそれには莫大《ばくだい》な金と時が掛かると聞いているぞ……？」

大津城天守は湖畔に建っており、外堀に近付くにつれて陸が高くなる。故に外堀の両脇途中までは水が来るものの、最も長い正面は空堀になっている。これに水を引き入れるとなれば、正面側の土を大量に掘り出して低くする必要がある。

さらに掘り進めるということは、石垣下の土の部分がより露呈するということ。これには特有の処置を施さねばならず、かなりの労力、金、時が掛かってくるだろう。

「正面中央部分のみを掘削し、擂《す》り鉢《ばち》状に造り替えます。これだと掘るのも、組むのも最小限で済むかと」

「確かにそうだが……水は高きから低きに流れるもの。それでは水は来ないのでは？」

高次が疑問に思うのも無理はない。それでは結局、水が高いところを乗り越えられず、擂り鉢状の正面に流れ込むことはない。まさか人力をもって水を汲んで移す訳にもいかない。仮にそれが出来ても新たな水の供給がない以上、時を追うごとに干上がってしまうだろう。

「反対に、低きから高きに送ります」

「何……そのようなことが……」

「出来ます」

断言すると、高次は信じられぬといったように目を見開いた。暫しの無言の時が流れる中、匡介は深く息を吸い込むと凛然と言い放った。

「これにて大津城は完全なる水城となります」


高次との面会の後、匡介は一度流営に戻って筆を執った。

己の考えている構想には追加の石が必要であるため、段蔵に申し送って山方に切り出して貰わねばならない。次に伏見から戻った荷方に、それを大津城まで運んで貰う必要がある。さらに源斎が率いている積方を分けて貰う必要もあった。そのために三人に向けて文を認《したた》めたのである。

書面には己が大津城の外堀全てに水を引くことを書き添えてある。ただしその具体的な方法に関しては触れていない。これは決して珍しいことではなく、城という機密の塊を扱う穴太衆にとっては当然のことであった。

堀を掘削する人夫は京極家のほうで、領内の次男三男などを集める手筈《てはず》を整えて貰った。あとは石と人員が揃うのを待つだけである。一月《ひとつき》と少し、年の瀬も迫る頃には支度を始められるだろうと踏んでいた。

三日後に穴太の里にいる段蔵、五日後に伏見から帰ろうとしていた玲次、六日後に未だ築城の差配を続ける源斎から返信があった。段蔵と玲次からの文には多くの文字が並んでいたが、その内容は大まかにいえば同じことが書かれていた。

――外堀に水を入れるのは無理だと考える。まずは流営に向かう。

と、いったものである。熟練の二人でも、大津城の完全水城化は不可能と考えているらしい。

ただ源斎の文面だけが違うものであった。高次との面会への労《ねぎら》い。何にしても職人に怪我をさせぬように細心の注意を払うことなどが軽く触れられていた他は、

――面白い。やってみろ。

といったような言葉で短く締め括られていた。己の考えを見抜いているのかとも思ったが違う。もし気付いていたとすれば、築城の時に行っていたはず。つまり源斎さえも手法については考え及んでいないが、己を信じて託してくれているということだろう。

「任せとけ」

源斎の走らせた文字を目でなぞり、匡介は不敵に笑った。

段蔵と玲次が流営を訪れたのは、それから三日後のことであった。

「お前、馬鹿か。本気で外堀を水で満たそうなんて考えてるんじゃねえだろうな」

玲次は会うなり語気荒く捲し立てた。

「本気だ」

匡介が真顔で返すと、玲次は額に手を当てて大層な溜息を零す。また喧嘩になりかねないと見て取ったか、段蔵が二人の間に入った。

「口を慎め。しかし若……玲次が申すことももっともかと。確かに外堀正面にまで水を入れることは出来るかもしれません。しかしそのためにはこれほどの土を掻き出さねばならないのですぞ」

初めから思いとどまらせるつもりだったのだろう。段蔵は懐から紙を取り出した。そこには実際にどれほどの土を掘り出さねばならないか、事細かに計算したものが書かれていた。

外堀のある札の辻あたりは、湖畔よりも約三丈六尺（約十・八メートル）も高い。空堀としてすでに二丈は掘られているが、あと一丈六尺掘らねばならない。

外堀正面の距離は実に四町（約四百四十メートル）にも及び、幅は平均すると十五丈（約四十五メートル）。これに水が満ちるように全て掻き出したとすれば、その土の量は何と五十二万七千石（約九万五千四十立方メートル）にも上る。これは百人の人夫を使っても二年、三年は掛かる。時はともかく、莫大な銭が必要となってきて、京極家から聞かされている予算を大幅に上回ってしまう。

匡介は段蔵の渡した紙にさっと目を通して返した。

「そもそも湖面より低くなるほど掘るつもりはない」

「どういうことだ」

玲次は顰めるように片目を細めた。

「今ある外堀を擂り鉢状にするだけさ」

「だから、それじゃ水が入らねえだろう……」

「いや、方法がある」

呆れ顔になった玲次に対し、匡介は短く言い切った。

石垣を積むに当たって、最も気を付けなければならないことが「水捌《みずは》け」である。穴太衆にとって時に敵以上に恐ろしいのが、この水の存在であった。組み方を誤ると石垣の下に水が溜まってしまう。そうなれば土が膨張して崩れてしまうのだ。そのため水が綺麗に抜けるように考えて栗石を積み、排水を心掛けねばならない。

土塁だと雨風で徐々に崩れていき、定期的に直す必要がある。そもそも石垣が造られるようになったのは、一説にはこの手間を省くためと言われている。故に穴太衆には、石と同じくらい水への知識も必要となってくるのだ。

「どのように……?」

段蔵は目を細めて覗き込んできた。

「外堀に沿うようにして暗渠《あんきょ》を造る」

渠とはいわゆる溝のこと。外堀の正面から湖に向け、堀に沿うようにして長い水路を造っていくのだ。湖に到達するとなれば、長さはざっと三町ほどにもなろう。深さは地表から約二尺。徐々に勾配が付いているので、深さを均等にすれば水路にも自《おの》ずと傾斜が付くことになる。これだけでは当然ながら水は上がらない。

「掘った渠に木枠を埋め、その上から土を覆いかぶせる」

つまりこれで地中に長大な空洞が出来ることになる。この手法のことを段蔵も知っているようで、顎に手を添えて唸った。

「なるほど……棚田ですな」

山間で耕作地が広くとれない地では、山を削り取って段々に田を作る。従来は山からの湧き水を、上の田から、下の田へ順々に送っていって水を張る。水は高きところから低きところへ流れるのが当然である。だがごく稀に高いところに水源がない棚田も存在するのだ。その時にこの手法が採られることがあるのだが、今回やろうとしていることはその数十倍の規模になる。

「ああ、そうだ」

空洞の中に水が満たされた時、水は下から上へと逆流する。何故このようなことが起こるのか、誰も詳《つまび》らかに解説は出来ない。だが人の知恵とはえてしてこのようなもので、原理は解らずとも暮らしの中で役立てられている。もっとも匡介は水の圧に関係しているのではないかと考えていた。

「ちょっと待て。確かにそんな棚田はあるが水源は池程度だ……どうやって湖の中に空洞を持っていく」

玲次は手で制しながら言った。水路の起点を水中に没さなければこの逆流現象は起きない。池程度なら板などで区切って堰《せ》き止め、水路を造れるが、今回は何といっても日ノ本一の湖なのだ。

「それこそ俺たちの本職さ」

「何……」

「水の中に石垣を組む」

水中に、囲むように石垣を組んで水を堰き止める。余程細かく丹念に組まねばならないが、それでも当然水は隙間から入ってくる。

「石垣で胴木《どうぎ》を挟むのだ」

「なるほど」

世間には馴染《なじ》みのない言葉だが石工なら当然知っており、二人の声が重なった。水堀の際に石垣が組まれている構造は今では珍しくもないが、水中がどうなっているか知っている者は意外と少ない。下にまで石垣が積まれているが、当然底の部分は土である。だがそれでは土が溶け出してしまうことになる。そこで安定させるために杭《くい》を均等に打ち、そこに板を張り付けるように並べていく。この木材のことを「胴木」という。杭や胴木の材質は松が多い。松は水の中にさえあれば、百年経とうとも、五百年経とうとも腐ることはない。ただし一度水から上げてしまえば、半月もしないうちに朽ち果ててしまうという性質がある。

石、胴木、さらにその隙間には粘土を詰めていき隙間を無くす。その上で水を抜き、湖畔に干潟を造る。その干潟に外堀から続く水路を延ばして木枠を埋め、最後に石垣を崩せば、

「水は逆さに流れる」

匡介が言い切ると、二人は無言で暫く思案していた。初めに口を開いたのは段蔵である。

「全ての支度を終えるのに暫く掛かるかと。木枠は腕のよい大工に頼んだほうがよいでしょう」

「それに間もなく冬の盛り。造っている途中に、水が凍ってしまえば厄介だろう」

玲次の言う通りである。暗渠を造り終えれば凍っても問題ないが、その途中だとその都度作業が止まってしまうことになる。

「それにしても……」

「水の中に石垣か」

段蔵と玲次は苦笑しつつ顔を見合わせた。

「やれる……と思う」

些か不安になって言葉を濁すと、玲次は肩を軽く小突いた。

「やると言い切れ。馬鹿」

「いいのか？」

「面白そうだ」

玲次は鼻を鳴らして腕を組んだ。

「改修は来春からということでよろしいですな」

段蔵は口辺に皺を浮かべて話を纏めかけた。

「二人とも頼む」

匡介が力強く言うと、段蔵はゆっくりと頷き、玲次は自らの二の腕をぴしゃりと手で叩く。こうして大津城の改修は慶長《けいちょう》二年（一五九七年）の春からと決まり、伏見の現場と掛け持つ飛田屋は、年の瀬も慌ただしく用意に奔走することとなった。

第四章　湖上の城

日ノ本六十余州の中で、雪の降る国は多くある。代表的な国を挙げろと言われれば、まず真っ先に出てくるのが陸奥国や、かつて越《こし》の国と一括りに言われていた越後《えちご》、越中《えっちゅう》、匡介の生まれ故郷でもある越前ではないだろうか。他にも信濃《しなの》、飛騨《ひだ》などの山深い地、西では中国地方の因幡《いなば》、石見《いわみ》、出雲《いずも》などがある。これらの国では特別暖かい年を除いては、必ず雪を見ることが出来る。

しかしその点において、近江という国は少し変わっていた。大津、草津などの南の地ではほとんど雪は降ることがなく、降ったとしても滅多に積もりはしない。一方、北のほうでは別の国に来たかと思うほど豪雪に見舞われる。秀吉が柴田勝家を破った賤ケ岳、余呉《よご》湖の辺りでは高さ一丈（約三メートル）にまで降り積もることも珍しくはない。一つの国の中でここまで冬景色が変わるのは極めて珍しいことである。

また、琵琶の湖を挟んで東西でも様相がまったく異なる。西側は比叡山、比良山《ひらさん》から吹き降ろす冷たい風のせいか、東岸で一切の雪が降っておらずとも吹雪が吹き荒れることもしばしば。かつて京極家が領地を得ていた近江高島の辺りなども、白銀を撒き散らしたような景色となる。

穴太衆《あのうしゆう》の本拠である穴太、坂本は、琵琶湖の西側でやや南。降ったり、降らなかったり、積もっても脛《すね》の辺りまでとどち付かずの地である。

しかし今年の冬は少し様子が違った。年が暮れる前に一度、大雪が降って坂本はすっぽりと白一色に包まれた。だがそこからは雪が降る日はなくなり、十日もせぬうちにほとんどが解けていった。それを見て近江の生まれである段蔵は、

「今年はようけ降りますぞ」

と、予言した。この時期に一度積もれば、年が明けた頃に凄まじい寒波を呼び込む。つまり次に降る雪こそが本命だというのだ。

源斎は正月こそ一度穴太に戻ったものの、すぐに伏見城へと戻って行った。ここよりはましであろうが、伏見もそれなりに降るだろうと予想される。雪は綿のように軽いものだが、それが塊となれば恐ろしいほどの重さになる。造りかけの石垣は上からの重みを分散出来ず、雪のせいで崩れることも間々あるためである。

「大津城のことだが」

源斎が発《た》つ間際、匡介は切り出した。源斎は蓑《みの》に身を固めており、大きめの菅笠《すげがさ》をひょいと上げながら訊き返してきた。

「何かまずいことがあったか？」

「いや……だが本当にやってもいいのかとな」

大津城の外堀に水を引くということ。源斎からは如何にするのかと尋ねられていない。段蔵や玲次から聞き及んでいるのかもしれないが、少なくとも二人の間でその話はなかった。

「やれるんだろう？」

「ああ」

「じゃあ、いいさ」

源斎は口辺に皺を浮かべて片笑んだ。玲次が言った通り、己を巣立たせようとしているのだろう。これが一人前になるための、実地での試練のつもりなのかもしれない。

こうして源斎が穴太を発って十日後、果たして段蔵の言う通りとなった。五日五晩しんしんと雪が降り続いたのだ。放って置けば家からの出入りも出来なくなるため、雪が降っている最中でも掻き出さねばならない。源斎に付いて行った者を除き、職人総出で雪掻きを行う。

「まるで越前だな」

匡介も皆と共に鋤《すき》を動かしながら零した。誰に向けて言った訳ではないのだが、近くで箕《み》で雪をさらっていた玲次が口を開いた。

「よく降るのか？」

玲次は視線を落としたまま作業を止めない。その頭に薄っすらと雪が被っている。

「毎年のように軽く一丈を超える」

「雪国は損だな。そうでない地の倍は手間が掛かる」

玲次は源斎の甥であるため坂本の生まれ。それでも紀伊《きい》や土佐《とさ》、薩摩のような温暖な地に比べれば雪に悩まされているほうである。

「確かにな」

匡介は額の汗を拭い、再び雪に鋤を突き刺した。息も真っ白になるほどの寒さにもかかわらず、躰は火照っている。雪掻きはそれほどの重労働である。これを損といえば損になる。

「何故、人はそんな寒いところに留まるんだろうな」

冬が来る前、群れながら南へ飛んで行く鳥を見たことがある。きっと冬の間は、少しでも暖かいところで過ごそうとしているのだろう。それに比べて人は同じところに留まり、同じところで生き、そして死んでいく者が圧倒的に多い。

「色々、断ち切れないもんがあるからだろ」

先祖累代の地だからという場合もあるだろう。だがそれ以上に人の繋がりや、そこでの思い出を守ろうとしているのかもしれない。だが時に幾ら守ろうとしても、己のように無理やり引き剝がされることもある。

「だからこそ……」

玲次は箕の中の雪を遠くへと放り投げる。

「俺たちが守るんだ」

一面の雪景色の中に大津城の縄張りをずっと思い描いている。この間、寝ても覚めてもそのことばかりを考えていた。本当に出来るのか。そんな不安を払拭するように、匡介は鋤を強く雪へと踏み入れた。

雪が多いということは、春が訪れても解けるのに時を要するということ。梅の花が咲き誇っても、根雪はしっかりと残っていた。

解けたとしても雪は水へと変わり大地を緩める。そんな弱くなった大地を掘れば、染み出した水によってすぐに崩れてしまう。乾き切るまで辛抱強く待たねばならず、匡介たち穴太衆がようやく大津城の作事に入ったのは、卯月《うづき》の初めのことであった。

「皆、力を貸してくれ」

初めに今回の改修に携わる山方《やまかた》、荷方《にかた》、そして積方《つみかた》の全ての者に向けて匡介は言った。

「お任せ下さい」

当初は反対していた段蔵だったが、今ではこの方法ならば適《かな》うと信じてくれている。

「しおらしいこと言いやがって。お前に言われるまでもねえ」

玲次は悪態をついたが、その口は僅かに綻んでいた。

京極高次に頼んで領民の中から人夫を募って貰っている。積方の職人が小頭になってその者たちを使い、まず水の入っていない外堀の掘削から始めた。水を逆流させるので湖面より低くなるほど掘る必要はなく、しかも擂り鉢状にすることで労力を極力抑えている。

「鎌で丹念に掻くんだ」

匡介は皆を見廻りながら、しつこいほど繰り返した。土というものは石より、それこそ雪に似ている。ある程度まで掘り進めると、壁面が形を留められずに崩れてくる。故に真っすぐに掘り進めず、なだらかな傾斜をつけねばならない。だがそれだけでは一雨来ようものならばやはり崩れる。

そのため、鎌でもって丁寧に壁面を削り取るのである。そうすることで土の崩落を防ぐことが出来る。さらにそこに湿らせた網代《あじろ》を張り付ければ、鉄砲水でも来ない限り耐えうる強度になるのだ。

「その都度、鋤を水に濡らせ。もう少しで底だ」

大地は幾重もの層で構成されている。その断面を注視すれば様々なことが判る。例えば細やかな土の層に挟まれるようにして、礫《れき》の層があったとすれば、

——洪水があった。

という証である。それが何時頃の話かというのも、凡その見当はつけられる。掘っていれば多くの土器が出てくる。人の営みの遺物といえよう。土器は年代によって微妙に形状が異なり、礫を挟む層の中に混じるものを見ることによって当たりをつけられるのだ。

他にも鉄の錆びた薄い層があれば、そこが水田であった証。時には柱の跡、小川が流れていた跡、人が作った流路の跡なども見つかる。これらを総合することで、ここが城造りに向いているのかどうかを見極める助けにもなるのである。

人が紙に残した歴史には書いた者の思惑が介在するが、土は、石は、大地は何も隠さずに事実を告げてくれる。これらのことを教えてくれたのもまた源斎であった。

「出たな。ここからはその都度、鋤を水に浸せ」

掘り進めると、青みがかった灰色の粘土質が出た。鋤に絡みついて掘るのが難しい土である。掘っている者の足にも纏わりつき、まるで団子のようになってしまう。関東では赤土が出るが、畿内ではほとんど見ないといったように、その土地ごとに出る土の層は変わる。

この辺りではこの粘土が出れば、間もなく底が近いということである。厳密に言えば大地に「底」などないのかもしれない。だがこれは各地でほぼ共通しており、掘り進めていけば、硬い礫の層が出て鋤や鍬《くわ》が入らぬようになる。これを穴太衆では底と呼んでいるのだ。

幾ら外堀の全てを深くする訳ではないとはいえ、相当な時と労力が掛かる。掘削を始めて一月ほど経っても、まだ目標の三、四割といったところであった。

「腕だけじゃ歯が立たないぞ。腰を入れるんだ」

匡介は若い人夫に向けて指示を出す。どこかの百姓の倅なのだろう。鋤鍬の扱いに長けている百姓といえども、これほど深く掘ることがないため勝手が違うらしい。

「はい！　このように――」

若い人夫は鋤を突き立てるが、どうも上手くいかない。

「駄目だ。見ていろ」

斜面を滑るようにして空堀の中に入り、人夫に鋤を渡すように言った。粘っこい土に鋤を刺すと、躰の重みの全てを掛けるようにして踏みつける。

「さらにこうすると……出やすい」

地に四角を描くようにして踏み入れていく。そして鋤を梃子《てこ》のようにすると、ぼこりと塊になって土が地から剝がれた。

「ありがとうございます」

「もう一度見せよう。覚えてくれよ」

優しく語り掛けつつ、もう一度手本を示し始めた。注視して見守る若者に向け、匡介は手を動かしながら尋ねた。

「近郷の百姓か？」

「はい。徳三郎《とくさぶろう》といいます」

その名からも察しがつくように、百姓の三男坊で歳は十七。次男までは何とか田を分け与えて分家が出来たらしいが、三男ともなれば厳しく、長兄の元で世話になっているらしい。長兄が出稼ぎの口、つまりはこの大津城改修の人夫を募っていると聞きつけ、徳三郎に行くように命じたという。

「そうか。大変だな……」

愛想ではなく心からそう思った。己は故郷を焼かれ、家族を失うという不幸に見舞われた。それに比べれば徳三郎はましとも思う者がほとんどだろう。だが反面、故郷があり、家族がいたとしても、徳三郎は肩身の狭い思いをしている。田も分けて貰えぬとあれば嫁に来てくれる者もいない。生涯、兄の元で小作をし、こうしてたまに出稼ぎをするだけの一生を送ることになるのだ。

「御奉行、御手ずから申し訳ございません」

徳三郎は頰についた泥を拭って頭を下げた。

郷士の待遇を受けている飛田の家は刀を差すことを許されている。たとえ監督とはいえ作業をする時は邪魔になるため抜いているが、大津宰相の仕事を請け負うとあって、作事場に通う時には両刀を腰に携えていた。故に己を奉行と勘違いしているらしい。

「俺は奉行ではないさ」

「申し訳ありません」

また謝られたので匡介は首を捻った。

だが少し考えてその真意が解った。徳三郎には上だの下だのの判断はつかないだろう。それでも奉行より格上の士分だった場合を考え、咄嗟に詫びたのだろう。百姓の哀しき性《さが》といってもよい。

「名目の奉行はいるが、俺はその全てを請け負っているだけ。刀を差しちゃいるが俺は職人さ」

雇われた人夫は細かいことを知らされていないのだから当然であろう。人夫の中には日銭が欲しいだけで、大津城の城主が誰かも知らない者すらいるかもしれない。

「穴太衆を知っているか？」

すでに手本はもう一度示したが、話を続けている中でまた掘ってみせた。

「はい。存じ上げています」

「それさ」

「あっ……おっ母が言っていました」

「何と？」

「私の命は塞王に守って貰ったと」

聞けば徳三郎は、宇佐山城に程近い村の生まれらしい。織田信長を滅ぼすべく浅井・朝倉連合軍は京に向けて琵琶湖の西を進軍した。その時に信長は配下をこの宇佐山城に入れて阻止しようとしたのである。連合軍は長途であるため常に兵糧に気を配らねばならない。進む各地で徴発、略奪をされては敵《かな》わぬと、織田軍は近隣の百姓も含めて宇佐山城に諸籠《もろごも》りを命じた。徳三郎の母はその時、宇佐山城内にいたということである。

「あの時は『懸《かかり》』だったからな」

織田家の依頼を受け、飛田屋も宇佐山城に駆け付けたのである。そして矢弾が飛び交う中、石垣を造り、崩されても修復し続けた。そして遂に信長の援軍が到着するまで持ち堪えたのである。もっとも朝倉家が健在ということは、匡介はまだ幼く、越前で暮らしていた頃。将来、石積み職人になるなど思いもしていなかった。全ては段蔵から話を聞かされたに過ぎない。

「母様《かか》は？」

「昨年……」

「そうか」

徳三郎の母が宇佐山城に籠った時は、今の徳三郎より少し上の十八、九歳くらいの頃だったらしい。それから足掛け二十八年。四十半ばで亡くなったことになる。

「もし塞王が守ってくれなかったら、あんたはいなかったんだよと……耳に胼胝《たこ》が出来るほど聞かされました」

「え……」

徳三郎は満面の笑みを見せ、匡介は小さく吃驚の声を上げた。

母が宇佐山城に籠った時、すでに次兄は生まれており赤子であった。歳の離れた徳三郎だけが影も形もなかった。勿論、穴太衆だけの働きではないが、源斎があの時に懸を受けなければ、徳三郎はこうして今ここに存在していなかったかもしれないのだ。そして何より母は徳三郎を始め、三人の息子に看取られて穏やかな一生を終えたという。こうして知らぬ間に、間接的かもしれないが、穴太衆が紡いだ命がここにあるのだ。

「手ほどき……ありがとうございました」

徳三郎が申し訳なさそうに言う。

「ああ、頼む」

匡介は泥まみれになった鋤を手渡した。徳三郎は屈託のない笑みを見せて頷き、再び己が手本を示したように土を掘り始める。匡介はその姿を暫し見つめながら、

——俺もやらねばならない。

と、改めて決意して泥で滑る拳を強く握りしめた。

外堀に人を集中させると、肩がぶつかり合うほど狭くなって仕事の効率が却《かえ》って落ちることとなる。人夫の一部を割き、同時に外堀から湖へと続く暗渠を掘り進めていく。こちらの深さは木枠が入る程度の僅か二尺（約六十センチメートル）とはいえ、長さは三町（約三百二十七メートル）とかなり長いものである。ここに嵌める木枠は、段蔵が大工に頼んで手配をしてくれている。一方の玲次率いる荷方は、当面運ぶものがなくなったことで、掘削の作業に合流することとなった。

「そろそろ飯を運ばせるか？」

匡介は自ら堀の中に入り、泥に塗《まみ》れて指示を飛ばしている。すると、上から玲次が声を掛けてきた。朝夕の日に二食というのが普通だが、穴太衆は仕事の時は昼にも飯を食うようにしている。単純に重労働で腹が減って力が出なくなるからである。

どのように昼飯を用意するかは作事場によってまちまちだが、このような城の改修では依頼主に事前に頼むことがほとんどである。城主である京極高次は、

――それは腹が減るだろう。儂なら五度は食べねばへたってしまいそうだ。

と、肉付きのよい頰を綻ばせて快く了承してくれた。こうして城内で炊き出しが行われ、それを毎日、穴太衆が受け取りに行くという流れがすでに出来ていた。

「そうだな。そろそろ……」

匡介が手庇をしながら見上げた時、堀の外から己を呼ぶ声が聞こえた。しわがれたこの声には聞き覚えがある。玲次が振り返り、身振りで堀の中にいる旨を伝えた。

「飛田殿！」

顔を見せたのはこの改修の名目の奉行になっている、多賀孫左衛門《たがまござえもん》と謂う男。北近江の犬上《いぬかみ》郡多賀の豪族で、京極家が守護を務めていた頃からの譜代の家臣である。当年六十三歳。その髪は黒と白が入り混じった加減で、灰色に見える。本能寺の変によって流浪することとなった時、高次は他家に仕えるように勧めたのだが、

――儂は倅もいませんので、どこまでも殿に付いて行きますわい。

と退けて、ずっと行動を共にしてきたと聞いた。

厳密には孫左衛門に倅はいた。しかも三人も。しかしそのいずれもが戦乱の中で父より早く散った。一人娘も他家に嫁いでいる。多賀姓を名乗る分家筋は他にもいるため、己の血はここで絶えてもよいと考えているという。

最も下の子息は、生きていれば己や玲次ほどの歳で、どこか重なるところがあるらしい。孫左衛門はそのような辛い過去まで語ってくれた。

孫左衛門は職人に対しても見下すようなところは皆無で、それどころか一種の尊敬すら抱いてくれているのも感じられる。故にこちらに全てを任せて、自身は京極家との折

衝にだけ奔走してくれている。

「いかがなさいました？」

匡介は眉間に皺を寄せて尋ねた。こちらから何か願うことをしない限り、孫左衛門がこうして来ることはこれまでなかったからである。

「上がって来てくれぬか」

孫左衛門は困り顔で手招きをする。匡介は竹梯子を使って堀から上がった。

「何か悪いことでも出来しましたか」

顔を寄せて匡介は尋ねた。

「決して悪いことではないのだが……耳には入れておかねばなるまいとな。検分に来られる」

「宰相様ですか？」

この間、高次は三度ほど作事場にふらりと現れた。初めは職人たちも恐縮したものだが、

――気にせず続けてくれ。

と軽く手を振って鷹揚に言う。とはいえ見られていては意識をしてしまう。しかも高次は掘る時のこつはあるのか、何歳くらいから職人は修業に入るのか、石はどこから運ぶのかなど、様々な問いを投げかけてくる。仕事に口を出すというのではなく、純粋な

興味からきているらしく、こちらが答えることに一々感心の声を上げた。口にするのは憚られるが、正直なところ作業の、

——邪魔。

なのだ。それは京極家の家臣たちも汲み取ってくれて、この孫左衛門などは正面から職人や人夫が気を使うのでほどほどにしましょうと窘《たしな》める。高次は納得して引き揚げるが、遊ぶのを止められた子どものような残念そうな顔になるので、匡介のみならず皆が苦笑しつつも、その姿に愛嬌を感じていたのも事実であった。

「殿はおられぬ」

高次は秀吉に呼ばれ、昨日に大津を発っている。作業に没頭していたためすっかり失念していた。

「ではどなたが？」

「御方様《おかたさま》よ」

孫左衛門は困り顔で溜息を零した。

「げ……」

横で聞かぬ振りをしていた玲次は思わず声を漏らし、慌てて口を押さえている。匡介も顔には出さぬものの内心で驚いているのは変わらない。

御方様とは、つまりお初の方のことである。高次の妻というだけではない。浅井長政

の娘、織田信長の姪、秀吉の嫡子である秀頼の叔母、五大老筆頭徳川家康の嫡子秀忠《ひでただ》の義姉と、戦乱を彩った数々の英雄との繋がりを持つ人である。そのお初が私も作事を見てみたいといきなり言い出したというのだ。

「では、皆でお迎え致しましょう」

「いや、そのまま続けてくれと仰っている」

孫左衛門いわく、皆が作業をしているありのままの姿が見たいと仰せらしい。

「左様ですか。解りました」

「お二人とも困ったものだ」

孫左衛門は灰色の鬢を掻いて顔を歪めた。

暫くすると数人の女たちがこちらに近付いてくるのが見えた。金糸で刺繍《ししゆう》の施された一等美しい着物に身を包んでいるのがお初の方であろう。他に侍女が五、六人というところである。

「玲次」

「おう」

少なくともこの場を預かる己は出迎えねばなるまい。玲次に作業の指図を一任し、匡介は頭を垂れて待った。衣擦《きぬず》れの音が近付いて来る。高次の時にはそうはならなかったが、今度こそやがて己のところで止まり、

――大儀。

などと声が掛けられるのだろうと考えていた。

だがこの京極という家には、常識というものが通じないらしい。衣擦れの音が速くなり、やがて己の脇を通り抜けていったのである。

「まあ」

背後から丸い声が上がり、匡介は身を翻した。お初の方と思しき人が外堀の中を覗き込んでいるではないか。

「御方様、危のうございます！　足を滑らせでもすれば大事です」

孫左衛門が諸手を突き出して止めに入る。やはりこれがお初の方で間違いない。真ならば仰天するところだろう。だが高次との出逢いがあまりに衝撃であったため、どこか慣れ始めている己に苦笑した。

急に走り出したのだろう。遅れた侍女たちも、慌ててお初の元に駆け寄って下がらせようとする。

「これくらい離れていれば、心配いらないでしょう？」

お初はちょんと後ろに軽く飛び下がり、身を乗り出して再び覗き込んだ。

孫左衛門は額に手を添え、地にまで届きそうな深い溜息をついた。そして匡介が苦く頬を歪めているのに気付いたようで、お初に向けて改まった口調で話し掛けた。

「御方様、こちらが此度の改修を請け負っている者です」

はっとしてお初は振り返り、黒々とした髪が風に靡《なび》いた。抜けるような白い肌、通った鼻筋、切れ長の眼《め》に長い睫毛《まつげ》が乗っている。当年二十八歳らしいが、匡介には七、八歳は若く見えた。

「気付かずに、ごめんなさい」

高次と同様、己のような一介の職人に対し、お初は申し訳なさそうに頭を下げた。

「いえ、こちらこそ名乗り遅れました……飛田匡介と申します」

「初です」

お初は名乗るとにこりと微笑んだ。その屈託のない笑みに匡介は息を呑んでしまった。

お初の母であるお市の方は絶世の美女と名高かった。その長女で秀吉の側室である淀《よど》殿《どの》は、母の生き写しなどと言われる。だが人によっては、

――お初様こそ、そっくり。

だと語る。お市の方はその笑み顔が人々の心を惹《ひ》きつけて止まなかったが、その点、淀殿は滅多に笑うことがないらしい。反対にお初の方はどんな時も笑みを絶やさず、その顔が瓜二つだという。

「ご覧になりますか？」

「是非」

匡介が尋ねると、お初は弾けるように頷いた。

「御足元にお気を付けて下さい」

万が一、足を滑らせてもすぐに支えられるよう、匡介はお初の傍にぴったりと付き添った。

「大変そうですね……」

お初はそう言うと、唇をきゅっと結ぶ。

「はい。掘れば掘るほど難しくなるものです」

「でも……泥んこで楽しそうです」

「そうですかね」

そのようなことを考えたこともなかったので、匡介は相槌がやや適当なものになってしまった。

「どうやって降りるのですか？」

「ああ……その梯子で――」

「御方様!!」

匡介が竹梯子を指差した次の時、孫左衛門と侍女たちの声がぴたりと重なった。何とお初は身を翻して梯子に足を掛けたのである。その状態から無理に引き上げようとすると却って危ない。竹梯子を握ってぐっと支えるのが精一杯であった。

「御方様、危のうございます。お止め下さい」

努めて冷静に言うが、緊張で声が上擦った。

「ゆっくり降りますので心配いりませんよ」

お初はまったく意に介さず手と足を交互に動かそうとする。

「そういうことではございません。御着物も汚れます」

「それも心配いりません」

――この夫婦はおかしいのではないか。

高次もかなりなものだと思ったが、それに輪をかけたお初の大胆さに愕然とした。玲次を始めとする周りの職人、人夫たちも信じられないといったように茫然としている。

怪我をさせる訳にはいかず、どうにか止めねばならない。匡介は細く息を吐くと覚悟を決め、一段ずつ足を降ろしていくお初に向け、上から静かに言った。

「御方様、邪魔になります」

あっと声を上げたのは、職人や人夫だけではない。孫左衛門や侍女たちも同じである。

お初は手を止め、じっと此方《こちら》を見上げた。その眼が一瞬の内に潤んだように見えた。

「判っています……」

お初はか細い声で答える。

「では……」

「一言だけ。この城のために力を貸してくれている皆様に、一言だけ申し上げたいのです」

その時に匡介の脳裏に浮かんだのは、故郷一乗谷で最後に見た母の姿。決して酔狂で言っているのではなく、訴えるお初の眼に浮かぶ強い意志を感じ、思わず下の配下に向けて命じてしまった。

「忠五郎《ちゅうごろう》、下で備えろ」

「へい」

積方の配下に匡介は命じると、一人は下で梯子を支え、もう一人は諸手を広げて万が一の時には受け止める体勢になった。玲次は正気かと言うように片眉を上げる。

匡介は両手でしかと梯子を摑むと、なおもじっと見上げるお初に向けて穏やかに言った。

「ゆっくりお降り下さい」

「ありがとう」

お初は口元を綻ばせて頷き、一段、また一段と梯子を降りてゆく。

「裾を踏まぬように、焦らず……」

「母上も昔は馬で野駆けをして叱られたそうです」

だから私もこれくらいは出来るというのか、それともこれくらいは珍しくないというのか。あるいは両方なのかもしれない。確かに天下が統べられた今でこそ、大名の妻など畏まったものになっているが、乱世の間は自らが薙刀《なぎなた》を手に戦うことも間々あった。これくらいのことをしてのける女は沢山いたのかもしれない。

お初は遂にぬかるんだ地に降り立った。当然、美しい着物の裾はすぐに泥に汚れる。心配そうにする配下や、人夫たちが、まるで花に吸い寄せられる蜂の如く自然と集まった。

「大丈夫なのか？」

玲次が横から不安げに尋ねた。

「多分……な」

先ほどの様子から職人や人夫を叱責するという訳ではないらしい。だが何を話すのかまでは全く見当がつかなかった。先程までの活気が嘘のように作事場は静まり返り、鳥の鳴き声、風の音までが耳朶《じだ》に届いている。

「皆様……どうぞこの城を……」

お初はそこで一度言葉を途切らせ、泥に塗れた衆をゆっくりと見渡して続けた。

「大津の城をよろしくお願い致します」

お初は手を膝前で合わせ、深々とお辞儀をする。

一介の職人に、領民に、流れ者の人夫にである。これまで数多くの城に携わってきた

飛田屋であったが、このような光景はただの一度も見たことがない。穴太衆の他の組も同様に違いなく、今日の話をしたところで、

――そんなことがあるかよ。

と、一笑に付すに違いない。

「お、お任せ下さい！」

真っ先に声を上げたのはあの徳三郎である。若い故に感極まって思わず口を衝いて出たという様子であった。

「ありがとうございます」

お初が嬉しそうに微笑んだのが遠目に見ても判った。

「疲れが吹っ飛びました」

「気合いを入れてやります」

「末代まで語り継ぎます」

などと皆が口々に言うのに対し、それはよかった、無理はしないようにして下さい、そのような大袈裟な、と、お初は笑みを絶やさずに応じる。

「これは仕事が捗るな」

玲次はぼそりと呟いた。

幾ら銭を貰っているとはいえ過酷な仕事である。長く続けていれば倦《う》む時期も来る。

そうならぬように努めるのも頭の重要な仕事であり、玲次はそれをよく解っている。お初の言葉によって、見るからに皆の士気が高まっているのが判った。

「うちの頭は次の塞王ですからご安心下さい」

普段は無口な者の多い配下の職人まで口を開く。高次もそうであったように、お初もまた場を温かくする何かがある。天性それを持ち合わせた二人が夫婦になったというより、夫婦になって育んできたもののような気がした。

「塞王……」

「ええ」

職人がこちらに目を向けると、お初も振り返ってこちらを見上げた。

匡介は眉を開いて軽く会釈をすると、お初はやはり、注ぎ込む陽の光を集めたような笑みを返した。その頰に撥ねた泥の粒が付いているのに気付き、匡介も思わず頰を緩めてしまった。この些か他家とは趣の異なる京極という家に、匡介も少しずつ惹かれ始めているのを感じた。

お初が作事場に来てから変わったことが二つあった。

まず一つ目は、作事場の士気が頗る高くなったことである。お初は邪魔にならぬ程度にまた見に来ると言った。その時までにはしっかり進めておこうと、職人たちまで口に出すほどである。

「気張り過ぎてへばるなよ」

匡介は一応声を掛けていくものの、さほど心配はしていない。かつてないほどに作事場の雰囲気が良く、このような時は却って怪我も少ないことを経験から知っている。

三日後に相談に現れた段蔵などは、作事場が見違えるように活発になったことに瞠目《どうもく》していた。そして皆がお初のことばかり話すので、

「儂もお会いしとうございました」

と、眉間を摘まんで悔しがっていた。

二つ目は、城から昼餉《ひるげ》が運ばれて来るようになったことであった。毎度、こちらから城の炊事場まで足を運んで取りにいっていたのだが、

「何故、運ぶくらいしないのです」

と、お初は腰に手を添えて多賀孫左衛門を叱った。その時の頰を膨らませる姿がまた何とも可愛げがあり、皆が思わず噴き出したものである。

今回は名目の奉行とあって、孫左衛門は取次ぎだけを担っている。他の家臣にも銘々お役目があり、動かす手がないと説明した。

「では私たちでやりましょう」

お初は事情を知ると、侍女たちに向けてそう言った。一度、二度は固辞したものの、

お初は早速てきぱきと采配を振って段取りを決めていった。

毎度ではないものの、お初自身も炊事場に立てるだけ立つと言うものだから皆が仰天した。だが皆、恐縮はするもののやはり嬉しそうにしていたのも確かであった。

「そろそろ……」

匡介が中天に昇る陽を見て独り言を零すと、暫くして昼餉を運んで来る侍女たちが姿を見せた。

「飛田様、お持ち致しました」

そう言って声を掛けてきたのは、お初の侍女で昼餉運びの采配を任されている夏帆《かほ》と謂う女である。二重瞼の円《つぶ》らな目。決して高くはないが丸く整った鼻筋。唇はやや厚く、上唇だけがほんの少しだけ捲れあがっており、どこか仔犬《こいぬ》や仔狸《こだぬき》を彷彿とさせる愛嬌のある相貌をしている。

齢二十六であると小耳に挟んだが、こちらもお初に負けず劣らず若やいで見え、たとえ二十歳と聞かされても通用するだろう。玲次などはそれを聞いて、匡介に向かって、

――京極家は不老の仙薬でも持っているんじゃねえか。

などと、ふざけて言っていたほどである。

「何か……？」

夏帆が首を捻った。

「い、いえ」

間が空いてしまい、匡介は慌てて慇懃に礼を述べた。

「ありがとうございます」

皆に休息を命じた。

泥や土で汚れ切った手を井戸で洗い、女たちから握り飯と漬物を受け取る。皿の代わりに竹の皮を使い、食い終わったらまた集めて洗うのだ。

皆が木陰に集まり、握り飯を頬張り、水で喉を潤している。どの者の顔にも失われかけていた活力が、みるみる戻ってくるのが見て取れた。

「飛田様も」

「ええ」

皆にゆき渡ったのを確かめた後、匡介はいつも最後に受け取る。竹皮を受け取り、盥《たらい》の中から握り飯を三つ取り出し載せた。次に漬物をと思ったところ、壺《つぼ》の中は空になっている。人夫の顔ぶれは日によって少しずつ入れ替わるので、決まりを知らぬ誰かが誤って多く取ったのかもしれない。

「夏帆様」

漬物を配っていた侍女が、菜箸を手に顔を強張らせた。

「すぐに用意を」

「大袈裟な」

まるで戦の最中に矢弾が尽きたように深刻に言うので、匡介は苦笑してしまった。

「大袈裟ではありません。皆様の昼餉の手配は私どもが請け負ったのです。ご無礼をお許し下さい」

夏帆が慇懃に頭を下げるので、反対に申し訳なくなって恐縮してしまった。

「たかが香の物です。それも私の一人分だ」

「私は石垣には詳しくありません」

夏帆が唐突に話を変えたので、匡介は首を捻った。

「そうでしょうな」

「もし石が一つ足りなければどうなります？」

「場所によるが即座に崩れるという訳ではありません。しかしそれは完成とは言えぬでしょう。百年、二百年後に崩れる遠因になりかねない」

「そういうことです」

「そういうこと？」

匡介は言わんとするところが解らず、口を尖《とが》らせて鸚鵡返しに問い返した。

「私たちも誇りをもってお世話しています。たかが香の物一人分、されど香の物一人分。まことに申し訳ございません」

夏帆は改めて深々と頭を下げた。小さな旋毛《つむじ》を見つめながら、匡介はふっと微笑んだ。責任をもって仕事を全うしようとする姿を好ましく思ったのである。

「では、頂きましょう」

匡介は先に握り飯だけを貰うと、皆から離れた木陰に腰を下ろした。飯の時などは互いの関係が顕著に出るもの。誰と誰の仲が良いのか。反対に孤立している者はいないか。こうして皆を見渡すのも積方の頭の役目である。職人や人夫の関係を円滑に保つことで、事故も少なくなり、仕事も早くなると源斎に教えられた。

「飛田様、お待たせ致しました」

握り飯を頬張っていると、夏帆が壺を持って歩み寄って来た。

「ありがとうございます」

菜箸で漬物を取り分けてくれる夏帆に会釈をした。

「では、ごゆっくり」

「夏帆殿もどうです？」

匡介は立ち去ろうとする夏帆を思わず呼び止めた。

「私は後で頂きますので……」

振り返った夏帆は、少々戸惑ったような顔を見せた。誤解を与えたかと、匡介は慌てて続けた。

「他意はないのです。宰相様や御方様、京極家のお話でも聞かせて頂ければと思ったのです」

「それならば」

夏帆は引き返して来ると、壺を手に持ったまま目の前に立った。座っては失礼に当たると考えたようだが、このまま話すのもおかしなものだ。しっかりしてはいるが、何処《どこ》か抜けたところもあるようで、匡介は思わず苦笑してしまった。

「それじゃあ、飯が喉を通らない。お座り下さい」

「はい」

夏帆は無用に逆らうこともなく、匡介の横に腰を下ろした。職人や人夫たちの楽しげな声が聞こえる。匡介は握り飯を一つ平らげて切り出した。

「京極家には驚かされてばかりです」

高次も並の大名とは違うが、その妻のお初もまた稀有《けう》な存在である。家中の者もこの二人のことを心の底から好いているのが感じられ、他家には決して見られない朗らかな雰囲気が流れているのを感じていた。

「珍しいことではありません。殿も、御方様も、いつもあのように」

「なるほど」

匡介は手に付いた米粒をねぶって答えた。取って付けた行動でないことは一目瞭然であった。

「お堀は上手くいきますか？」

夏帆は首を捻ってこちらを見つめながら尋ねた。

「ええ、やり遂げてみせます。これで完全な水城になるでしょう」

「では、落ちることはありませんね」

夏帆はほっと安堵したように、艶のある唇を綻ばせた。

「いや……それはどうでしょうな」

「え……」

匡介が言うと、夏帆は一瞬で表情を曇らせた。不安を煽《あお》らぬために適当に答えることも出来たが、石垣という命を守るものを手掛ける以上、嘘をつきたくはなかった。

「今のままでも堅固な城です。外堀正面に水が入れば、さらに堅くなるのは間違いありません。しかし必ず落ちぬかといえば、それは違うのです」

塞王が石垣を積んだ城は如何なる敵も弾くと言われ、反対に国友衆随一の職人の称号である砲仙《ほうせん》が造った砲で攻めればどんな城も落とすと語られる。故に両者がぶつかった時には大いなる矛楯が生じることになる。

実際にこれまで幾度となく対決することになり、結果はほぼ五分の勝敗となっている。そういった意味では両者ともが誤りともいえよう。

しかしそこに時の概念を持ち込めば話はさらに変わってくる。攻め手の兵糧が切れず、片や援軍もいない場合、ずっと攻め続けられたならば、如何なる強固な城とていつかは陥落する。

難攻不落を謳われた北条家の小田原城が、豊臣秀吉の大軍による長期の包囲で落ちたのが良い例であろう。この点でも守り手のほうが余程不利なのだ。

「と、いうことです」

それらのことを匡介は滔々と説明した。

「確かに考えれば解ることですね……」

夏帆は目を伏せて細い声で呟くように言った。匡介は夏帆の横顔に翳《かげ》のようなものを感じた。それは水面に映る己の顔に滲むものに似ている気がする。

「もしや……」

ある考えが頭を過った。夏帆は反応を敏感に察したようで、些か迷いながら頷く。

「幼い頃に落城に立ち会ったことがあります」

匡介の胸が小さく鳴った。夏帆は二十六歳と聞いている。その夏帆が幼子の時ならば、ある城のことが思い出された。

「小谷……でしょうか」

「はい」

夏帆は訥々《とつとつ》と己の来《こ》し方《かた》を話し始めた。夏帆の父は浅井家の足軽大将で、母はお市の方に仕える侍女であったという。その二人の間に生まれた一人娘ということらしい。

匡介の故郷を治める朝倉家と浅井家は盟友の間柄で、共に織田信長と戦った。だが姉《あね》川《がわ》の戦いで織田家に大敗を喫した後、朝倉家の本拠である一乗谷城が落ちた。即ちそれは匡介が父母や妹の花代と生き別れ、源斎と出逢った日のことである。

織田軍は一乗谷城を落とした後、返す刀で小谷城に兵を移して猛攻を加えた。そして朝倉家が滅んだ直後、小谷城も陥落して浅井家は滅亡したのだ。

夏帆の父はこの戦いの最中に討ち死にしたという。城に籠っていた母は流れ矢を受けて重傷を負った。城から落ち延びることになったお市の方に、母は幼い夏帆を託したということらしい。

「その時のことはほとんど覚えていません。ただ城が紅蓮に染まっていたことだけは……今も夢に見ます」

恐らくは城から落ち延びた時の記憶であろう。小谷ほどの城が炎に包まれるのは、地獄絵さながらである。そのあまりに鮮烈な光景は、幼くとも眼に焼き付いたに違いない。

その後、お市の方やお初を含む三人の娘、侍女と僅かな家臣と共に夏帆は織田家に引き取られた。父母の仇である織田家の米を食って育ったのだ。今の主であるお初の方は織田信長の姪に当たるので、なかなか口には出来ないだろうが、語る夏帆の顔を見ていても、複雑な心境であることが垣間見《かいまみ》えた。

その頃から夏帆はお初の方付きの侍女になるように育てられた。夏帆はお初の二つ年下で、馬が合っているのをお市の方が見てそうしたのだという。

これが夏帆とお初の方の縁の始まりである。もしその時に長女の茶々付きになっていても、三女のお江《ごう》付きになっていても、ここにはいなかったことになる。

「その後は北ノ庄に」

「では……夏帆殿も二度」

夏帆は深く頷いた。本能寺の変で織田家が瓦解した後、お市の方は柴田勝家と再縁した。三人の娘たちも伴われ、お初の方付きの夏帆もまた同行することになったという。

だが柴田勝家は賤ケ岳の戦いで秀吉に敗れ、居城の北ノ庄城もまた、あの日の小谷城のように炎の中に沈んだ。

その時の夏帆は十二歳。まだ幼かった一度目の落城の折と異なり、天を衝くような喊声、狼狽《ろうばい》して右往左往する城内の者の表情、鼻が曲がるような煙の臭いまで克明に覚えているという。今思い出しても身の毛がよだつが、不思議と夢に見るのは、決まって一度目の落城だという。両親の記憶は全くないものの、その戦で亡くしたという悲哀がそうさせるのかもしれない。

「私もです」

「と、申しますと……？」

「私は一乗谷の出です。父母や妹をそこで亡くしました。夏帆殿と同じように、今でも度々その時の夢を見ます」

朝倉家滅亡から、源斎に拾われて今に至るまで、匡介は己の生い立ちを掻い摘まんで話した。出逢って間もない者にこのような話をしたことは一度もなかった。あまりに夏帆と己の身の上が似ていたから、話さずにはいられなかった。

こうして思い起こすのも辛いことは、匡介には痛いほど解る。城が落ちれば多くの命が散るが、生き延びたとて心に深い傷を負う。己や夏帆にとっての「落城」は、その刹那だけでなく、今も途切れることなく続いているのである。

「無限に時を掛ければ、落ちぬ城はありません。しかし……安心して下さい」

京極家の兵力は三千ほどである。城攻めには三倍の兵力が必要などと語られ、この場合は九千弱を相手にする計算となる。だが大津城を完全な水城にしてしまえば、並の城とは比べ物にならぬほどの堅さとなる。五倍以上の敵、一万五千くらいまでならば耐えきれると匡介は見ている。そこまで説明した時、夏帆はまた不安げな顔で尋ねてきた。

「それ以上の敵が来ればどうなるのです」

「大津という地では、それはほぼ有り得ないでしょう」

大津は京と目と鼻の先にある。現在、源斎が移築を行っている伏見城とも極めて近い。

さらに豊臣家の本拠である大坂からも、一昼夜休まずに歩み続ければ辿り着くほどの距離。豊臣家のお膝元といってもよい。そのような場所で一万五千もの兵を率いて謀叛が出来る者は皆無である。

「万が一……明智様のような例《ためし》もあるかもしれないのでは？」

秀吉の旧主、織田信長を討った明智光秀は天下の大悪人と流布されている。そのような世にあって夏帆は敬称を付けて呼んだ。普段は周囲を慮《おもんぱか》ってそのようなことはないのかもしれないが、話に熱中して思わず本心が漏れ出てしまったのだろう。やはり己と同様、家族を殺した信長のことを快く思っていないらしい。

そのようなことが一瞬頭を過ったが、匡介はすぐに話を戻した。

「仮にそうしたことが起こっても、謀叛人は大津を狙うとは思えません」

匡介は首を横に振った。別に卓越した戦略眼を持っている訳でもなく、一介の職人に過ぎないがそれくらいは判る。

畿内で謀叛が起きたならば、真っ先に狙うのは伏見城か、大坂城であろう。もっともどちらもたかだか一万五千の兵力で易々《やすやす》と落ちるような城ではない。内通者でもいない限り難しい。攻めあぐねている間に畿内の豊臣軍が駆け付け、謀叛人は虫けらのように揺りつぶされるだろう。

百歩、いや千歩譲って、謀叛人が標的を大津城に定めたとする。それでも大津城はどれだけ少なく見積もっても十日は耐えられる。そうなれば結果は同じで、豊臣軍が僅か一日で背後を衝いて敵は総崩れになる。十日どころか、たった一日耐えれば大津城は守られるのだ。

「安堵致しました」

夏帆は胸に手を添えてほっと息をついた。

「それでも念には念を入れ、今まさに大津城の守りを厚くしているのです。これで万が一にも起こり得ません」

人が今の夏帆を見れば些か心配し過ぎと思うかもしれないが、無理もないことである。落城の体験は人を悲観的にさせる。しかも二度も蒙《こうむ》っているのだから猶更《なおさら》であろう。己の場合は、それが結果として石積みに活かされている。

――どこかに穴はないか。

と、目を皿のようにして何度も繰り返し確かめる。百度敵を退けても、一度落とされれば意味がない。穴太衆は臆病なくらいで丁度よいのだ。

「それでも……もし、畿内が全て敵に回ればどうなります」

「え……」

そのようなことは有り得ない。そう断じようとした時、

――秀吉はもう歳だ。死ねばまた世は乱れる。

という、過日の彦九郎の一言が頭を過った。

あの時には秀吉には秀頼と謂う嫡子がおり、難攻不落の大坂城があるから心配ないと考えたが、果たして本当にそうなのか。明智光秀の謀叛も、誰も予期しなかったからこそ成功したのではないか。世の中に絶対はないという証左であろう。謀叛でなくとも、秀吉の死によってまた乱世が戻ってくれば、大津城とて無関係という訳にはいかないかもしれない。

「万が一、そのようなことがあった時は……」

己が守る。そう喉元まで出たが呑み込んだ。己は穴太衆である。依頼がなければ城に入ることとも出来ないのだ。

「少々、話が飛びすぎましたね。飛田様の仰いますように有り得ないのでしょう」

夏帆は頰を緩めて詫びた。匡介が口籠ってしまったことで、意地悪な問いになってしまったと考えたのだろう。だが不安が払拭されていない証拠に、夏帆は無理して笑っているように見えた。

「いえ……はい」

「お食事の邪魔をして申し訳ありません。そろそろ食べ終わられた方もおられるようですので、私は片付けに参りますね」

曖昧な返事をすると、夏帆は軽く会釈をして他の侍女たちの元へと戻って行った。

「絶対はないか……」

それを見送って暫く経った後、匡介は先ほど頭で考えたことを反芻した。

夏帆の言う通り四方八方が敵に囲まれたら。一万五千を超える大軍が押し寄せて来て、しかも援軍の見込みがなかったら。どうなればそのような状態に陥るのかは判らないが、世の中は時に人の脆弱な考えの及ばぬ、不可思議な動きをするものである。大津城が幾ら堅牢であろうとも、後詰めのない籠城戦に勝ち目などない。

「いや、一つだけ」

道はある。南蛮唐天竺《なんばんからてんじく》はいざ知らず、少なくともこの国の籠城の歴史にはない。籠城の考え方を根底から覆す方法である。

——守りながらに攻める。

つまり本能寺の変の折、日野城攻防戦でやったあれである。守ることをつきつめ、攻めることなど考えないのが穴太衆である。

——あれでよかったのか。

と、今も考えることがある。だが、あの時も周囲は敵ばかりで、援軍はすぐに駆け付ける見込みはなかった。加えて甲賀衆《こうかしゅう》の兵糧も本拠から近いこともあり十分。普通に守っていれば敵も被害を見ながら、力加減を変えていつか城は陥落する。こちらから攻めて敵に甚大な被害を与えるほかなかった。もっともあの時の甲賀衆は、被害は大きかったがまだ戦いを続けられる余力は残っていた。だが甲賀衆は明智光秀に依頼されて恩を売ろうとしていただけで、あれ以上戦いを続けても利はないから退いていっただけである。

たとえ如何なる被害に遭おうとも城を抜こうとする敵だったならば、あれでは十分とはいえない。

「どうすればいい……」

匡介は小声で漏らした。答えは未だに見つかっていない。いかなる攻撃も撥ね除ける城。己が生きている内にその境地に辿り着くであろうか、そのようなことを考えながら、匡介は一口齧った最後の握り飯を見つめた。


外堀の掘削は順調に進んでいき、五月の半ばには終えることが出来た。これは当初の見込みよりも半月ほど早い。次にその外堀から湖まで続く暗渠を完成させていく。一所に人が密集して動きにくい外堀の掘削に比べ、こちらのほうがより手際よく作業を進めていける。

その掘った溝には木枠を埋めていき、地中に水路を通すのが次の手順である。

「如何でしょうか？」

外堀を掘り出して間もなくの頃、腕の良い大工を手配していた段蔵が木枠の見本を手渡した。

樋《とい》のようなものを二つ組み合わせると筒状になる。水路は微妙に曲げたり、勾配を付けたりしなければならないため、あまり長いものになっては上手く嵌まらない。そのため長さは二尺五寸（約七十五センチメートル）ほどである。これを横に繋げていくのだ。

「いい塩梅《あんばい》だ」

この木枠には釘《くぎ》が一本も使われていない。いわゆる木組みという工法で、寺社の他に城の天守などでもよく使われる。

「見込みよりも早い。間に合うか？」

「はい。普段している仕事に比べれば、容易いとのことです」

寺の本堂や山門、寺社の本殿、あるいは天守や門を造ろうと思えば、極めて複雑な木組みを用いねばならない。それに比べればこの木枠の構造など基本も基本。弟子たちのよい訓練になると大工たちは笑っていたという。

こうして数日おきに大量の木枠が流営に送られてきて、品検《しなあらた》めを経て大津城に運ばれて来た。掘った暗渠に木枠を入れて、嵌め込むようにして横に繋いでいく。完成したところから土を掛けていくのだが、この時にしっかりと押し固めていく。そうしなければ水が漏れて流れが止まってしまう。

「今日の分だ」

流宮から木枠を満載した台車を運んできた玲次が声を掛けてきた。

「助かった。丁度、切れかけていたところだ」

「さらに早くなったんじゃあないか」

玲次は作業を見渡しながら唸った。

「皆、気合いが入っているからな。よく働いてくれている」

「お前もだろう？」

「ああ、御方様があそこまでして下さったんだ。気合いを入れざるを……」

「いや、お前は別にもあるだろう」

「うん？」

玲次は片眉を上げ悪童のような笑みを見せたので、匡介は首を捻った。

「あの侍女さ。何て言ったか……夏帆殿だっけな」

「何を」

匡介は鼻を鳴らした。あの漬物騒動の時、二人で座って話していたのを玲次は目敏《めざと》く見ていた。

「その後も食事を運んで来た時、度々話し込んでいるだろう？」

玲次は揶揄うような軽妙な調子で言った。

「人夫の数は日によって増減する。飯が無駄にならぬように打ち合わせているのさ」

「それだけであんなに長く話し込むかねえ……」

玲次は首の後ろで手を組んで笑った。

「夏帆殿は御方様の最も信頼の篤《あつ》い侍女だ。次に御方様や宰相様がいついらっしゃるか、我らの働きは城内でいかに見られているのか、その辺りのことを話していたに過ぎねえよ」

「まあ、大切なことだな」

造った石垣が向こうの思い描いているものと違っていたり、途中から前もっての見込みが変わって費えを減らされたりと、依頼主と揉めるということは少なからずある。そうはならぬように良好な関係を保つのも、作事場を取り仕切る者の大切な役目なのである。

だがそうは言いつつ、半ば言い訳であることを匡介は自覚している。陽が中天に差し掛かる少し前になると、

――そろそろだな。

などと、何処か心待ちにしている己を感じていた。

夜眠る時にもふと夏帆のことを思い出すようなことがあった。己と同じ境遇だからか、自身の役目に懸命だからか、あるいはたまに見せる屈託のない笑みが眩《まぶ》しいからか、少しずつ惹かれ始めていると感じていた。

「なあ……お前はどうだったんだ？」

唐突に尋ねられた意味が解らず、玲次は首を傾《かし》げた。

「何がだ」

「お前のかみさんだよ」

玲次は今から六年ほど前に妻を娶り、男と女一人ずつの子宝にも恵まれている。妻は穴太の百姓の娘だということは知っていたが、その馴《な》れ初《そ》めなどは訊いたことがなかった。

「そういうことか。まだ駆け出しだった頃は、城の石積みなんてやらせて貰えねえだろ？」

「ああ」

「穴太の田を仕切る石垣を造る時に知り合った。そっからは何となくか……」

己も含めて職人たちは若い頃から修業に没頭する日々を送る。作事場に出られるようになった頃には、すでに二十二、三歳になっている。その辺りになって近隣からの縁談が持ち込まれ、夫婦になるという場合が殆どである。玲次のような例は珍しい部類に入るだろう。

「あ、お前。やっぱり……」

玲次は嬉しそうに、にんまりと笑った。

「違うよ」

匡介は手を宙で横に振ってすぐに答えた。

「お前も三十一だ。身を固めろよ。飛田屋の跡取りがな……」

「飛田屋は血筋じゃねえだろう」

「そりゃあ、そうだが」

「血筋って言うなら、お前の子が継げばいいさ」

玲次は源斎の甥である。他に源斎の近しい親族はおらず、血筋ならそちらのほうが正統になる。

「無理だ」

「そんなこと判らねえだろう」

玲次が断じたので、匡介は眉を顰めた。玲次の息子はまだ三歳のはず。石積みの才があるかないかなど、流石に判らないではないか。

「……生まれた時に腕が曲がっていてな」

匡介は上の娘は見たことがあったが、そういえば息子には会ったことがない。玲次の話によると、右手が肘の辺りから曲がって生まれてきたという。まだはきとは言えないが、どうも手の感覚も劣っているように思えるという。これは玲次と妻を除けば、源斎の他はほんの一部の身内しか知らないとのことであった。

「そうか……」

「でも関係ねえさ。近頃は俺を父《とと》と呼んで、膝にしがみついてくる。それが可愛くてな」

玲次はまた項に手を重ねるようにして、天を仰ぎつつ続けた。

「百姓も務まらねえかもしれねえ。商人なんかがいいのかもな。どちらにせよ、あいつが笑って暮らせる泰平が続くことを祈っている」

積方から外れて腐っていた頃もあった玲次だが、ここ数年は特に仕事に打ち込んでいた。恐らくその息子が生まれたことで、人を守る、泰平を守る石積みという業、それを支える荷方としての自覚がさらに強くなったのだろう。

「お前は強いな」

匡介は思ったことを素直に口にした。人を守るには強さがいるが、その源流には優しさがある。今の玲次を見ていて改めてそう思った。

「どっちでもいいがよ。夏帆殿も含め、皆を守る城を造ろうや」

玲次は少し照れ臭そうに笑った。匡介が荷方に赴いて仕事ぶりを学んで以降、玲次は少しずつ己を信頼してくれているのを感じている。匡介もまた玲次を頼りに思うようになっている。

「ああ、そうだな」

「造るといえば……出来たらしいぜ」

「何がだ」

「伏見城さ」

今日ここに来る直前、新しい伏見城の天守閣と殿舎が落成したという報が流営に入ったらしい。

「遂にか」

「十二の曲輪《くるわ》も順次出来ている。あとは長屋や茶亭も造られて、神無月《かんなづき》頃には全てが終わる見込みだ」

今月の四日には秀吉も天守へ登った。その日は大雨であったのだが、石垣の隙間から幾本もの細い滝のように水が流れ出ているのを見て、

――流石だな。

と、源斎に満足げに声を掛けたという。秀吉は若い頃から土木に才を見せ、多くの城を築いてきた。そこらの穴太衆の職人などより余程目が肥えている。水捌けが石垣の重要な要素であることをよく知っている。今後、秀吉は大坂城と行き来することになるが、徐々に伏見城にいる時を長くしていくつもりらしい。天下人の両の城を手掛けた源斎は、やはり塞王の名に相応しいだろう。

「こっちは長月《ながつき》までに終わらせるぞ」

別に競い合っている訳ではない。伏見城を丸ごと造り直すのと、大津城の改修では規模が違い過ぎる。しかしそれくらいの意気でないと、源斎には生涯追いつけぬだろう。

「この調子だと出来そうだ。でもいいのかよ」

「何がだ？」

「本当はもう少しゆっくりやりたいんじゃ……」

「馬鹿」

再び口元を緩めつつある玲次を、匡介は一蹴した。夏帆に惹かれているのは確かである。だが匡介は妻を娶るつもりはなかった。その気ならば三十一になる今日まで独り身ではいまい。

「さて、やるか」

「もうすぐ昼だし、いいところ見せないとな」

いつまでも軽口を叩く玲次を残し、匡介は作業を続ける皆のもとへと歩み出した。群《む》雲《くも》が瓦の黒光りする天守を越え、燦《さん》然《ぜん》と輝く湖上の空へと流れていく。その下には多くの商い船が行き交っている。この美しい景色を見ていると、匡介にはやはり泰平がそう容易く破られるようにはどうしても思えなかった。

外堀正面の土をひたすら掻き出し、同時に暗渠を造って木枠を埋める。石積みを生業にしている穴太衆にとっては、少しばかり物足りなさも感じる地道な作業が続いた。

梅雨の季節ということもあり、雨が降る日も多かった。そうなれば幾ら鍬で壁面を掻いて整えているとはいえ、水を含んだ土が崩落してくるし、底がぬかるんで作業は難航する。それでも人夫たちは、こちらが指示をする前に声を掛け合って復旧させようとするなど士気は頗る高かった。

当主の高次、お初は空模様に関係なく、だいたい五日おきに作事場に視察に出て来た。やはりそれがよい影響を与えているのだ。相変わらずお初の人気ぶりは凄まじく、遠目に誰かが姿を認めるだけで、

「御方様だ！」

などと弾んだ声を上げ、皆がこぞって迎えようとする。

それに対してお初も飛び跳ねるように、いや実際に兎《うさぎ》のように飛び跳ねて大きく手を振るものだから、皆がどっと沸き返るのだ。

高次も負けておらず一々励ましの声を掛けていき、皆も感激して鍬鋤を握る手にも力が籠るようである。もっとも高次は邪魔をすることも多い。奉行の多賀孫左衛門が止めるのも意に介さず、

「儂も手伝おう！」

などと鼻息荒く意気込んで、掻き出した泥の入った箕を運ぼうとし、蹌踉《よろ》めいてぶち

まけたりするのだ。

初めは笑ってはならぬと、必死に口を噤《つぐ》んでいた人夫たちだったが、誰かが思わず噴き出したのを拍子に作事場は笑いの渦に包まれた。高次は気恥ずかしそうに頬の泥を拭って笑みで応じる。その様子がまた大名と思えぬほど愛嬌がたっぷりで、

――この殿様のために気張らねば。

という気になるらしく、さらに仕事に身が入るようになっている。このように大津城の改修にあたる職人から人夫まで、皆すっかり京極の夫婦を好きになっていた。

季節はさらに巡り、油照りの続く水無月《みなづき》となった頃である。遂に水の中に石垣を積み、隙間を胴木で仕切って囲いを造る作業に着手した。湖の水量が少なくなる夏を待っていたのである。

匡介は背後に職人、人夫を従えつつ琵琶の湖畔に臨んだ。己の助手を務める数人の石積み職人以外は、皆が石を抱えている。一人で持てるほどの大きさのもの、二人掛かりでようやく持ち上がるものと大きさはまちまちである。

茹《う》だるほどの炎天下である。湖に踏み入れた足をひやりと心地よい感触が包んだ。風に煽られて波が起こり、水面に何本も筋を引いたような波紋が浮かんでいる。

「さあ、始めようか」

匡介を先頭に数十の男たちが湖に駆け込んだ。飛び散った水飛沫《みずしぶき》が陽の光を受けて煌

めき、宙に薄っすらと小さな虹が見えた。

「別に走る必要はねえだろうよ」

玲次は湖岸で腕を組みながら苦笑した。

石を積ませても、玲次は積方の職人に負けていない。久々にやるかと尋ねたが玲次は断った。己が荷方のことを知らなかったように、玲次も近頃の己の石積みを見ていない。この機会に見ておきたいというところであろう。

「験担ぎみたいなもんさ」

腿《もも》のあたりまで水に浸かっていた匡介は振り返って片笑んだ。

気だるくのそっと始めるより、気合いを入れたほうが上手くいくような気がする。別にこの仕事に限ったことではあるまい。

「お手並み拝見といくか」

片笑む玲次に対して軽く頷き、匡介は深く息を吸い込むと湖面を指差した。

「まずはその石をここだ！」

用意した全ての石の検分を終え、すでに頭の中では完成の形が浮かんでいる。湖の底の凹凸も足の裏で確認済みで、積み上げる順番まで全て記憶していた。

「右にそれ、左にそれ」

石、湖面、石、湖面の順に指差していく。指差された人夫はそこまで運び、いざ置く時は職人が手を貸す。適当に置けばよいというものではないからである。
渡した人夫たちは、次の石を求めて岸へと戻る。使う順にしっかりと並べてある。そ
れを取ってまた浅瀬へ戻って来るという流れである。匡介は石の順番を示すと共に、
「吉次《きちじ》、それは上下逆様《さかさま》だ。それくらいしっかり見ろ」
などと誤りを正させたり、
「金四郎《きんしろう》、それは突き出たところをしっかりと嚙ませろよ」
と、注意を促したりするのも同時に行った。
迷うことは一切なかった。岸でこそ順に並べているが、ここまで持ってくるうちに人
夫は入り乱れる。それでも匡介には石の聲《こえ》が聴こえている。
――次は俺だ。
と、石が呼び掛けてくるのだ。厳密には呼び掛けてくるような気がするのである。実
際に石が声を発する訳がないことは解っている。これは子どもの頃からそうであった。
源斎に言わせるとこれは、優れた耳を持っているのではなく、特殊な眼を持っているこ
とに起因しているという。
「お前は知らぬうちに三つのものを同時に見ている」
幼い頃、源斎が匡介の力を詳しく解説してくれたことがあった。源斎は指を一本立て
ながら続けた。

「一つ目は石の『今』の顔だ。よく似た石を百個の中に混ぜても、お前はすぐこれと見抜くだろう？」

「うん。でもそんなの簡単じゃあ……」

「馬鹿いえ。それが出来るまで並の職人なら十年は掛かる。生涯懸けても出来ねえ奴《やっ》もいるんだぞ」

「へえ……」

匡介はそう言われてもぴんと来なかった。人の顔が違っているように、明らかに一つ一つの石が違って見える。むしろ同じものに見えると言う者の感覚が解らない。人は兄弟で瓜二つの者が稀におり、そちらのほうが見分けるのが難しいのではないかとすら思うのだ。

「二つ目は石の『昔』だ。どのようにして今に至ったのか、お前には見当が付いていている」

石の成り立ちとも言い換えられる。石は太古の昔よりそこに存在している。子どもの頃に上に乗って戯れていた石を、大人になって撫でながら、

——何も変わっていないな。

などと感慨深く思う者もいるだろう。

だがその数十年の間に、ごく僅かだが形は変わっている。百年、千年の時を掛けて、

水の滴りによって穴を穿《うが》たれることもあれば、さらに途方もない時を要し、風が撫でる柔らかな力で表面を削られたりもしている。あまりにゆっくり変わっていくため、人がその生涯で気付かぬだけなのだ。

源斎と出逢って一乗谷城から逃れる時、匡介が、

——こっちだと思う。

と、言ったのは石から吹き上げる風の流れを感じ取っていたものではないか。源斎はそう言った。

「そうかな」

それも自分では判らず、当時十歳ほどの匡介は首を捻った。

「自分でもよく判ってねえのが、お前の凄いところさ」

源斎はまだ潤いのあった頰を苦く緩めながら続けた。

「石の成り立ちが判ると、他に大事なことが見えてくる」

「石の目……」

匡介が呟くように言うと、源斎は唸りながら頷いた。

一口に石といっても様々な種類がある。この大地が生まれた時からそこにあったとしか思えぬものや、ある時に山が噴火し、零れ出た溶岩が固まったようなものもある。その石の歴史を紐解《ひもと》けば、それぞれの石の「目」が見えてくる。それに沿って力を加える

ことで労力少なく、最も相応しい形へと加工することが出来るのだ。

「ここまでに二十年といったところか。到達出来る者はさらに少なくなる」

源斎は三本目の指を立て、少し間をおいて言葉を継いだ。

「そして三つ目……これは俺の知っている限り、見えるようになった者は俺だけだ」

源斎の表情には確固たる自信と、微かな戸惑いの色が見えた。その若かりし頃の源斎の顔が、水飛沫の中に消えていく。現実に引き戻され、人夫たちの活気溢れる掛け声、水の揺れる音が耳朶に戻ってくる中、匡介は囁くように呟いた。

「石の『先』……」

造りたい石垣のためにはどれほどの石が必要か、あるいは手持ちの石の中から如何なる石垣が造れるのか。それを見抜く力である。

何故、己にこのような力があるのかと尋ねたが、源斎はそこに訳を求めても仕方ないと首を横に振った。例えば武士にも刀槍の扱いに長けた者、弓を引けば百発百中の者、どんな悪路も走破する馬術に優れたる者がいる。それらは大なり小なり「武士」には役立つ才である。

だが中には武士でありながら、商いに才を発揮する者もいれば、田畑を耕しよりよい作物を育てる才を持つ者もいる。そんな者にとっては武士であるよりも、商人や百姓になっていたほうが、豊かな一生を送ることが出来るかもしれない。

源斎いわく、人はそれぞれ何かしら才を持って生まれ落ちる。だが人の生涯の中で、己の才が何かということに気付く者は少ないし、たとえ気付いたとしてもそれを活かさぬまま一生を終える者が大半である、と。

己の石積みの才など、普通に暮らしていれば活かす場に巡り合うことはなかったであろう。だがこうして巡り合ったのは僥倖《ぎょうこう》であると共に、天が己に何かの使命を与えているのだと源斎は語った。

「次はそれ、その次はその二人で持っている石だ！」

今日、この日、今のこの作業にも何か意味がある。そう信じて匡介は弛まずに指示を出し続けた。

石を水の中に沈めると当然見えなくなる。普通は手探りでやらねばならないため時を要するが、それも匡介にははきと見えている。故に作業は全く滞ることなく流れるように続いた。

「ええと……」

並べてはあるものの順が判らなくなったようで、岸に石を取りに戻った人夫が戸惑いを見せる。

「違う。そっちだ」

玲次はそちらを一瞥することもなく指で石を指し示す。その間も真剣な眼差《まなざ》しでこちらを見据えていることに気付いていた。

「水面に石の先が見えてきた。このまま一気にいくぞ！」

「おお！」

匡介が鼓舞すると、皆が声を揃えて応える。

「玲次！　そろそろ……」

「ああ。今、段蔵さんに報《しら》せる」

玲次はそう言うと、荷方の若い者を使いに走らせた。

囲いに用いる胴木のことである。土台が出来たところに差し込み、挟み込むようにさらに石を積むのだ。大量の石を広げているため、胴木を置く場所がなく、半分を積んだところで岸辺に運んでくる手筈となっているのだ。

「おお、早いですな」

胴木を運ぶ者たちを率いて段蔵が現れた。思いのほか早く組み上がりつつあるので、目を見開いて驚いている。

「あいつにとっちゃ、水の中も何も関係ねえらしい。あっという間さ」

玲次は手庇をしながら一笑した。まだ陽が東の空にあるということである。胴木を使うのは正午頃だという打ち合わせになっていたが、見込みよりも早く作業が進んでいるのだ。

「胴木、いくぞ！」

匡介は岸に向けて招くように大きく手を振った。

「段蔵さん、俺たちも手伝ったほうがよさそうだ」

「そのようじゃな」

胴木の据え付けは素人には難しいのだ。二人も加わって作業はさらに捗りを見せた。胴木はやや湾曲させて作ってあり、それを横に並べて囲いを造っていく。大きな桶を造るような恰好である。

とはいえこれではどうしても僅かな隙間が出来てしまう。二枚の胴木の内側にもう一枚、胴木を張り付けるように立てて水漏れを防ぐのである。

立てた胴木を次々に石垣で挟んでいく。大津百艘船の一隻が通り掛かり、あれは何をしているのだと船縁《ふなべり》から身を乗り出して見ている。

「湖の水は冷たいさかい、そんな岩風呂は誰も入らんぞ」

などと、からからと笑いながら呼び掛けてくる者もいる。確かに知らぬ者にはそのように見えるのかもしれない。匡介が鼻を鳴らすと同時に、皆が反対にどっと笑ったので船乗りたちは訝しそうに首を捻っていた。

「きりのいいところまでいくぞ。次はその石。違う隣の――」

言いかけたところで、岸辺に夏帆が立っているのが目に飛び込んできた。いつからそこに立っていたのか。気が付かなかったが、すでに陽は高くなっている。

昼餉の用意が出来たのだろうが、夏帆は声を掛けてはこなかった。己たちがいつになく作業に没頭しているのを見て取り、一段落するまで見守るつもりだったのだろう。その気遣いを思うと、ふっと口元が綻んだ。

「もう少し……」

だけ待ってくれ。そう声を掛けようとするより早く、夏帆は遠目にも判るように頷いて見せた。匡介も頷き返すと、ぐるりと皆を見渡して声を張り上げた。

「あと胴木二枚で丁度半ばだ。昼餉にするぞ！」

銘々、気合いの入った声で応じる。再び指示を出しながらも、匡介は目の端に夏帆を捉えていた。水の爆《は》ぜる音と、囂《かまびす》しいほどの蟬《せみ》の声が入り混じる中、夏帆は燦々《さんさん》と降り注ぐ陽の光を受けて立っている。まさしく名をそのまま現したような姿に、匡介は美しさと眩しさを感じていた。

湖中の石垣が完成したのはその翌日のことである。すぐさま手桶を用いて、囲われた中から水を抜く作業へと移る。果たして外から水は入って来ないのかと、些か緊張しながら皆が手を動かした。

「おぉ……」

感嘆の声が上がる。桶で水を掻き出す度に水位が下がっている。つまり囲いは上手くいったということである。

「矢弾を止める飛田屋の仕事だ。水を止めるなんて……」

玲次は自身も手桶で水を汲みながら、胴木の隙間を確かめている己を見て片笑んだ。

「ああ、当然だ」

そうはいうものの、何事もやってみねば判らない。正直、胸を撫でおろしていたところである。だがまだこれでも道半ば。ここから水を吸い上げ、外堀正面に流し込む仕掛けを造らねばならない。そこが上手くいかねば、ここまで使った時、労力、銭が水泡に帰すことになる。

水を抜き切ると湖底が見えてきた。砂の多い海と異なり、藻の絡んだ礫ばかり。次はこの礫を取り除く作業に追われた。ようやく砂地が見えたところで、掘り進めてきた暗渠をさらに延ばす。そこに木枠を嵌め込んで埋めていくのは同じで、もはや日雇いの人夫たちも慣れたものであった。

全ての作業が終わったのは、水を抜いてからさらに十日後のこと。外堀正面の掘削はすでに終えているので、あとは石垣を崩して再び水を流し込む。木枠の中を水が逆流するかどうか、そしてそれが外堀にまで届くかどうかである。

この日、いよいよこの作業を行うということを、奉行の多賀孫左衛門が高次に告げたので大変である。高次とお初が見物に現れた。夫婦揃って姿を見せるのはこれが初めてである。見物者はそれだけで止まらなかった。

——皆の者、飛田屋の仕事を見届けようぞ！

と、まるで出陣するかの勢いで高次が言ったので、多くの家臣たち女中たちもぞろぞろと姿を見せた。その中に夏帆の姿もあることにすぐに気付いた。作業に当たっていた職人、人夫たちと合わせると、その数は実に千近くに上った。

「多賀様……」

匡介は顔を歪めながら呟いた。孫左衛門はばつが悪そうな顔で、片手で拝むようにして詫びた。

「すまない。このような騒ぎになるとはな」

「あの宰相様ですよ。察しが付きそうなもの……」

「うむ。よく考えればそうだ」

孫左衛門もどこか抜けたところがある。この京極家の絶妙に寛容な雰囲気を好ましく思っているが、此度ばかりは困ったものである。

——上手くいくのか。

と、未だに不安を払拭出来ないでいるのだ。

今までの経験からして、石垣と胴木で水を堰き止めることは何とか出来ると踏んでいた。だがここからは未知の領分である。穴太衆の歴史の中でも聞いたことがない。常ならば、失敗してもまたやり直せばよい。そうして技術というものは研鑽されていく。だが流石にこの大人数の前で、高次やお初の見ている所でしくじるのは気まずかった。

「失敗してもいいじゃねえか。腹を切らされるだけだ」

白い歯を覗かせる玲次に対し、匡介は溜息で返した。

高次はそのような類の男でなく、たとえ失敗したとしても咎めることはないだろう。玲次もそれを重々知っていながら揶揄っているのだ。

「匡介、支度は出来たぞ」

高次が手を大きく左右に振りながら呼び掛けてきた。すっかり見物人が集まるのを待たされてしまった形になっており、匡介も苦笑しつつ頷いて見せた。

「承知しました」

湖中の石垣を崩す支度に移らせた時、高次がゆっくりと近付いて来た。

「此度は苦労を掛けた」

「まだ成功した訳では……」

「儂は城をこのように触るのは初めてだ」

これまで高次は転封を繰り返してきたが、そこにはすでに城があった。僅かな塀の破れ、石垣の崩れを修復させた程度で、一から城を建てることは疎《おろ》か、大規模な改修すらしたことがないという。

職人たちが行き交うのを見つめながら高次は言った。

「頭では解っていたつもりだった。だがこの眼で見ると違うものだ」

「と……おっしゃいますと?」

「人が安んじて生きる場所を造るのがいかに大変か。職人たちがどれほど腐心しているのか……京極家の皆の分まで礼を言う」

噛み締めるように語った後、高次が頭を下げたものだから、匡介は慌ててそれを止めた。通常なら有り得ない光景であるし、家臣たちも主君の威厳を保とうとして制止するに違いない。だが高次の人となりを知っている京極家の者たちは、温かな眼を向けて微笑んでいる。

「宰相様、先刻も申しましたようにまだ成功した訳では——」

「それでも懸命に働いてくれたのは同じこと。しくじればまたやり直せばよい」

ありふれた言葉なのかもしれない。だがこれまで何度も滅亡の危機に瀕《ひん》し、それでもまた大名へと返り咲いた高次が語ると重みを感じた。その一言で心がふわりと軽くなった。

「ではやります」

大津城外堀正面から湖までは約三町の距離がある。湖の中でその時を待つ職人たちに合図を出すため、大きな白布を棒に括りつけた簡易な旗を用意してある。

「崩せ！」

匡介が高らかに叫ぶと同時、白旗が掲げられて左右に大きく振られる。

暫くすると湖の中にいた職人の一人が駆けてきて報じた。

上から石を取り除いていき、遂に胴木が抜かれた。初めは一か所から岩清水の如くちょろちょろと流れていただけだが、やがて一気に囲いの中を満たしていくという。それは枠の中に水が流れ込んだということを示しているのだ。

──来い。

外堀から突き出た木枠をじっと見つめながら心で念じた。見物人たちの騒めきもいつの間にか止み、皆が固唾を呑んで見守っている。煙草を一服、二服するほどの時が過ぎた。

──駄目だったか……。

諦めかけたその時である。木枠から一滴の雫《しずく》が落ちた。それはほんの息を呑むほどの間のことで、次の瞬間には塊が弾けるように水が噴き出した。まるで大雨の日の樋を見ているかのような水量である。

「やった」

匡介が拳を握った時、皆の衆がわっと歓声を上げた。京極家の家臣は感嘆しながら木枠を指差し、女中たちは掌を合わせて娘のように跳ねる。職人と人夫の境なく皆で肩を叩き合って喜んでいる。家臣たちの輪に飛び込んで歓喜する高次、職人たちに労いの言葉を掛けていくお初の姿もある。

「匡介！」

玲次が歓喜しながら肩を小突いた。

「上手くいったな」

玲次の肩越し、まだ興奮冷めやらぬ衆の中、子どものように無邪気に喜び合う夏帆が見えた。夏帆もこちらに気付き、頰を紅潮させながら見つめ返す。匡介が会釈をすると、夏帆もまた微笑みながら会釈を返す。

玲次は首を傾げて振り返ったが、すぐに会釈の答えを見つけてにんまりと笑った。何か言われる前に、匡介は先手を打って話を引き戻した。

「十日ほどで堀に水が満ちるだろう」

水は止まることなく、外堀正面につけた傾斜を流れていく。不具合が出ないか暫く経過を見なければならないが、この分だと大きな問題は起こりそうにない。

「まあ、俺も終わっちまうのは寂しいさ」

玲次は茶化すのを止め、目を細めて賑わう衆を見つめた。

「ああ……そうだな」

一つの仕事を終える度、一抹の寂しさを感じる。それは祭りの後のもの悲しさと何処か似ているものである。

穴太衆の石垣は五百年保ってようやく一人前と言われるため、生涯で二度同じ作事場に立つことは稀である。恐らく己が大津城に関わることはもうないのだ。

しかも今回は京極家の気持ちよい人々に囲まれ、今までのどの仕事よりも充実した日々を過ごさせて貰った。そのため寂しさも一入《ひとしお》である。

「でもこれで大津城は完全な水城だ。鉄壁といっていいだろう」

玲次は誇らしげに言った。

「いや……」

「ん？」

玲次が訝しげに首を捻った。

――これは鉄壁じゃあない。

かつて夏帆と話したことが、匡介の頭の片隅にずっとある。確かにこれで大津城は一段階守りが堅くなったことは間違いない。だが次にこの城が戦に巻き込まれる時、見たこともない武器や、新しい戦術が生み出されているかもしれないのだ。それに対応出来るか否かは、その時を迎えねば誰にも判らないのである。

故に鉄壁の城など有り得ない。ずっとそう思っていた。だがこの作事の間で、匡介は一つだけその問題を乗り越え得る道を思いついていた。しかしそれは実際に行うには難しい方法だと解っていた。

「匡介、よくやってくれた」

高次が嬉々《きき》としながら近付いて来た。

「本当に水を引き上げるなど驚きました」

お初も一緒である。その後ろには夏帆も寄り添っている。

「ありがとうございます」

「これで皆も安堵するであろう」

高次はお初と顔を見合わせて頷いた。皆もというのは嘘ではないが、中でもお初や夏帆、二度の落城を経験している者たちを一番に想っているだろう。

「宰相様……」

匡介が消え入るような声を発した。

「どうした？」

高次はふくよかな頬を緩めた。

「おい」

玲次が肩を鷲摑《わしづか》みにした。

　先程は言葉の綾《あや》で鉄壁などと言ったが、玲次もまた完全無欠の城などないと知っている。それほど穴太衆の中では常識なのだ。だが徒《いたずら》に不安を煽るため、それを依頼主に告げることは決してしないのである。今の己は余程深刻な顔をしているに違いない。玲次はそれを口にしようとしていることを察している。

　――この人たちには教えたい。

　落城の恐ろしさを知っている彼らだからこそ、これで安心など軽々しく言ってよいのかという葛藤があった。玲次は首を振る訳にもいかず、右手に力を込めて軽く前後に揺らした。

「いえ……何も」

「そうか。ご苦労だったな」

　高次はひょいと首を捻ったが、すぐに元の笑顔を取り戻して再び労いの言葉をくれた。教えたところで何になるのだ。高次は己を戦下手というが、京極家も武門の家である。どんな城でも完全でないことは解っているはず。そう己に言い聞かせ、匡介は口を真一文字に結んだ。

　慶長二年（一五九七年）長月、大津城の改修工事は完了し、飛田屋は大津の地を去ることとなった。高次やお初、京極家の家臣や女中までもが繰り出した大層な見送りに、こちらが恐縮してしまった。勿論、その中には夏帆の姿もある。

「いいのか?」

玲次が耳元で囁くように尋ねた。

「ああ」

もはや想いを認めぬつもりはなかった。己は確かに夏帆に惹かれている。だがそれは似た境遇を歩んだという同情が発端だったように思うし、己は源斎のように生涯妻を娶らず石積みの業を極めるつもりでいる。匡介は夏帆に向けて深々と頭を下げると、身を翻してその場を後にした。

翌月には源斎が伏見城の移築を完全に終えたとの報も入り、石や道具の差配所である流営も取り払うこととなった。当分は城の石垣の点検や、寺社の石垣の補修などがあるのみで、大きな仕事はないのである。

低きところから、高きところに水を運び、大津城の外堀正面を水堀と化したということは、たちまち評判を呼んだ。豊臣秀吉でさえも噂を聞きつけて、源斎に、

——お主に負けぬほどの息子らしいな。

と、声を掛けたと後に聞いたほどである。

天下人に功績を知られたとなれば、多くの穴太衆は飛び上がって喜ぶだろう。だが匡介はそれを聞いても何も思わず、むしろ不安が強くなるだけであった。

秀吉の耳に届くほどということは、天下に遍く知られたといっても過言ではない。構造を知られれば知られるほど、守りにくくなる。生まれたその瞬間だけが完全で、時と共に弱くなり始めるのが城というものなのだ。

作事に奔走して多忙であった年が暮れ、翌年になると大津城の水堀を一目見ようと、他国からも見物人が訪れていると聞いた。城をこのようにまじまじと見ることが出来るのも、泰平ならではのことである。

「若、よろしいか」

段蔵が耳に入れたいことがあると、話し掛けて来たのもその頃のことである。

「知り合いの百艘船の船頭から聞いたのですが……国友彦九郎が大津城を検分していたようです」

段蔵は忌々しそうに口を歪めた。

「そうか……」

匡介は深い溜息を零した。

覚悟していたことではある。戦が起こっている訳でもないのだ。彦九郎を咎める訳にもいかないし、己にそのような権勢がある訳でもない。国友衆という戦国を荒らしまわった「矛」は、こうして泰平の間も「楯」を検分して、さらなる磨きをかけているのである。

どうもその泰平の雲行きが怪しい。秀吉が今年になって急速に衰え始めており、臥所で寝込む日も度々あるという。跡継ぎの秀頼がいれば豊臣家は安泰と思っていたが、彦九郎がかつて言い放ったように、もしかすると一波乱あるかもしれない。

規模の小さな仕事を請け負い、近江を歩き回っているのだが、どうもここのところ行き交う武士たちの顔が強張っているのだ。己が子どもの頃に見ていた、戦に明け暮れる武士の顔である。

——戦に巻き込まれなければよいが……。

匡介は近江八幡の寺の石垣を直している最中、大津城のある南西の空を眺めた。今日もまたあの朗らかな会話が繰り広げられているのだろう。浜風で鬢から零れる髪を手で押さえつけながら、匡介は茫とそのようなことを考えた。

慶長三年（一五九八年）の桜が舞い散る季節のことである。

第五章　泰平揺《ゆ》る

昨年も相当だと思ったが、今年の夏はそれ以上の暑さであった。手拭いで拭った額にまた汗が噴き出す。どの職人の背にも汗が紋様のように浮かび、露わとなった褐色の胸元が照っている。

「次はそれ、その次はあれだ」

匡介は並べた石の合間を縫うように歩きながら、てきぱきと指示を飛ばしていく。

「若はすっかり頭に似てこられた」

古株の職人が作業に当たりながら呵々《かか》と笑った。最近ではそう言われることが特に多い。もっとも己の石積みの技は、まだ源斎の半分ほどだと思っている。いや石積みの技はほとんど吸収出来ているのかもしれない。だが圧倒的に場数を踏み足りず、経験の点において遥かに源斎に劣っている。もっと経験を積みたいと思うのだが、如何《いかん》せん、

――仕事がない。

のである。源斎が己くらいの歳の頃は、世は戦乱の真っただ中であり、掃いて捨てる

ほど多く仕事の依頼が来た。豊臣家によって世が泰平となってからも、戦で崩れた石垣を見栄えよく改修するだの、領民に権威を示すために新たに城を造るだのと、まだ仕事はそれなりにあった。だがそれも年々数を減らしていき、今ではそのような城の仕事は殆どなくなっている。

今、行っている仕事は南山城《みなみやましろ》の童仙房《どうせんぼう》一帯を治める土豪、野殿《のどの》家の砦《とりで》の石垣を組むといったものであった。野殿家の砦は山の上にある。砦だけでなく集落も山の上にあるという珍しい形で、領主の名と同じく野殿と呼ばれている。恐らくは地名のほうが早く、後からそこを治めていることで領主が姓を変えたのだろう。

砦と言ってはいるが、庄屋の屋敷に毛が生えたようなもので、伏見城や大津城などとは比べ物にならない。急がずにゆるりと作業をしても一月も掛からない程度である。

先々まで入っている仕事は、このような小さな規模のものばかりなのだ。それでも源斎は二つ同時に仕事を請け負うと、

——こっちにはお前が行け。

と、より大きいほうを己に任せてくれる。少しでも経験を積ませようとしてくれているのだ。

だが、今回だけは常と異なり源斎のほうが大きな仕事を取った。この砦の三倍はあろうかという寺の石垣を造るというものである。その訳を匡介は解っていた。

「越前か……」

匡介は小声で呟くと、山に遮られた北の空を見つめた。同時に進められている大きな仕事というのは、己の故郷である越前のものなのだ。

朝倉家滅亡の折に近江に逃げてからというもの、匡介は一度も越前の土を踏んでいない。それどころか皆の前で口にすることすらしてこなかった。源斎は慮ったのであろう。匡介もまた何も言わず諾々と従った。

やはり越前に行くとなると様々な想いが湧く。仕事にとってそれは雑念になるだろう。そうでなくとも今なお、仲睦《なかむつ》まじげな家族を見た時など、父や母、妹の花代の顔が眼前をちらつくのだ。

「若、支度が出来ました」

職人の一人が声を掛けてきて、匡介ははっと我に返った。

「飯にしようか」

昼餉の支度が出来たのである。この暑さでは飯もなかなか喉を通らない。炊いた飯に水をぶっかけて腹に流し込む程度のものである。大津城の改修の時とは異なり、これらの支度も全て己たちで行う。大津城が異例だったのである。飯の支度を始めとして京極家の者たちは、共に城を造っているという気持ちでいてくれた。故に最後には家中、職人、人夫の別なく、言葉に尽くせぬ一体感が生まれていた。あのような現場にはもう生涯巡り合えぬかもしれない。たった一年前のことなのに、匡介は懐かしみながら飯を搔きこんだ。

「何だ？」

匡介は箸を止めて眉を顰めた。この山に延びる一本道を駆け上って来る者が目に留まったのだ。風体を見るにどうも野殿家の者ではない。近付いて来るとそれが玲次だということに気が付いた。

此度の普請でも初めは山方《やまかた》の段蔵、荷方《にかた》の玲次と共に入った。石は現地で調達するのが原則である。まず段蔵が童仙房によい石場を見つけて切り出す。それを終えると段蔵は一度近江へと戻り、次に越前へと向かった。

流営を築いて待っていた玲次は、切り出した石をこの野殿の砦まで運ぶ。一昨日《おととい》に全ての石を運び終え、昨日には流営の始末をつけており、今日には一足先に近江に帰る段取りになっていたのだ。

そのはずがここに向かって来る。しかも顔が見えてくると、玲次の様子がただ事ではないと感じ、匡介は椀を置いて立ち上がった。

「玲次！」

呼び掛けるが玲次は頷くのみで何も答えない。野殿家の者、あるいは他の職人にも聞かれてはまずいことなのだと察した。玲次は己のすぐ傍まで駆けこむと、息を弾ませながら目配せで場を移すように訴える。二人で端に移動すると、匡介は堪らずにすぐ訊いた。

「何があった」

「落ち着いて聞け……太閤が死んだぞ」

「何……」

　ここのところ病床に臥《ふ》すことが多かったが、春先より小康を得て政《まつりごと》も執り始めたと聞いていたのだ。だがそれは事実ではなく、日々衰えていたというのが実際のところらしい。そして五日前の八月十八日、息を引き取ったというのだ。

「知るのが早くないか」

　秀吉の嫡子である秀頼はまだ幼い。成長を待つためにも少しでも長く生きていたいと秀吉は望んでいただろう。そうであればその死も、出来るだけ長く秘匿したいはず。一介の職人である己たちのもとに報せてくるはずもない。故に誤りではないかと疑ったのだ。

「八月十九日、太閤の使者が穴太に来た」

　玲次は一層声を落として話し始めた。秀吉の死の翌日のことである。源斎は越前に赴いており、ちょうど戻った段蔵が応対をした。その使者は秀吉から己の言葉を一言一句違えずに源斎に伝えろと言われていたらしい。その内容というのが、

——伏見を何としても落ちぬ城に。儂はもう死ぬるがそちに頼む。

と、いうものであったという。

天下人にとっては些細《ささい》なことである。ましてや人は死の間際でもそのようなことを考えるものか。いや、死の間際だからこそ細かいことにも未練が残るのだろう。治部少丸の虎口《こぐち》はもう少し狭くしたほうがよかった、名護屋丸に続く上り石垣の勾配は緩過ぎぬか、松の丸の石垣をあと二尺高くすべきだったなどと、秀吉は譫言《うわごと》で繰り返していたというのだ。そして思い極まって、己の死を告げてでも源斎に伏見城をより堅くするよう頼むと使者を発たせた。

「使者は段蔵に話したのか？」

「やはり渋ったらしい。だが段蔵さんがな」

天下人の死ともなれば秘事中の秘事。飛田屋の当主である源斎以外に告げるのは、危険が大きいと考えるはず。渋る使者に対して段蔵は、

——これまで穴太《あのう》衆《しゆう》が縄張りを漏らしたことがありましょうや。たとえ殺されても口を割りませせぬ。

と、凜然と言い放ったという。それで使者もようやく納得し、源斎の名代《みようだい》として段蔵に事の次第を話したという流れである。

「だが結局無駄だ。早くも太閤が死んだという噂が流れている」

段蔵がこちらに報せるために走らせた者の話によると、草津宿あたりでもすでに太閤の死去を口にする旅人が散見出来たという。人の口に戸は立てられぬというが、これほど重大な話ならば伝わる速さも凄まじいらしい。

「爺には？」

「ああ、越前にも人を走らせている」

「太閤も最後に余計なことを……」

「ああ。面倒なことにならなきゃいいがな」

匡介が苦々しく零すと、玲次も頰を歪めつつ返した。秀吉が死ぬ間際の言葉のことである。夢現も定かではない時の譫言であり、当人としてはもう一度城を点検してほしいといった程度の思いだったのかもしれない。相手の人柄を慮る余裕もなかったのだろう。

結果的に秀吉が発したのは、

――伏見を何としても落ちぬ城に。

と、いうものになった。ただの気の迷いの一言として流してしまえばよい。だが周囲が秀吉の遺言の一つとして、真にそのような仕事の依頼をするならば厄介である。そもそも匡介も常々考えているように、絶対に落ちない城など有り得ない。己たちは限られた費えの中で、限りなく落ちにくいものを造っているに過ぎないのだ。そして依頼主が満足したところで仕事は終わる。

だが、すでに依頼主はこの世にいない。つまりどこまでいっても依頼主が満足したかどうかは判らない。ただ「何としても落ちぬ城」という依頼だけが独り歩きし、造っても造っても際限がなくなるのだ。

「仮に再び伏見城に携わることになったとしても、奉行がある程度のところで止めるだろう」

匡介は自らに言い聞かせながら話した。

「どうだろうな。船頭が沢山出てきて、ああしろ、こうしろと口煩《くちうるさ》くなるかもしれねえぞ」

すでに没しているにも拘わらず、秀吉に忖度《そんたく》して徹底的に伏見城の守りを堅くしようとする者。豊臣家の財政に響かぬように適当なところで収めようとする者。あるいはまた移築すべしなどと宣う者も現れるかもしれない。とにかく死んだ人間の依頼など受けるべきではない。

とはいえ天下の豊臣家に、しかも秀吉の遺言として仕事を命じられれば、飛田屋も易々と断ることも出来ない。ただ何事もなく、皆が忘れることを祈るしかなかろう。

「わざわざすまなかったな。とにかく話は判った。まずはここの仕事を終わらせる」

雨が降ろうが槍が降ろうが、まず目先の仕事に向かう。それが穴太衆の流儀である。たとえ天下人の死であろうがそこに介在する余地はなく、ただ淡々とこなせばよい。それは源斎とて同じことである。越前の源斎は今から石を切り出すため、少なくともあと四、五か月は近江に戻らない。その間に伏見城のことなどすっかり忘れてくれれば儲けものである。

「じゃあ、俺は穴太に戻る」

玲次はそう言うと身を翻した。この後、今度は玲次が越前に向かい、段蔵が切り出した石を運ぶのである。このように時間差で山方、荷方の頭を動かして二つの現場をこなしているのだ。

「玲次……」

匡介の脳裏をふっと過るものがあり、去ろうとするのを呼び止めた。

「何だ？」

玲次は振り返って訊き返した。

「段蔵爺はあと一月で石を切り出して穴太に戻ることになる」

「ああ、そうだな」

「穴太で石を切り出してほしいと、伝えてくれないか」

「お前らしくもねえ。どの程度の大きさを幾つだ。それだけじゃ判らねえよ。だいたい……次に近くで仕事があったか？」

玲次は話しながら気付いたようで、怪訝そうな顔つきで首を捻った。

「いや、次は美濃は大垣《おおがき》の寺だ」

確かに言う通りで暫くは近隣での仕事はない。近江以外で二、三、寺社の石垣の修復が入っているだけで、その後の仕事も絶えている。

「そうだろう。じゃあ、何で……」

「こんなことになったんだ。仕事が沢山舞い込むかもしれない。近くはその石で対応出来る」

すぐにではないかもしれないが、秀吉が死んだことで世上に不安が広がるだろう。行き先が見えない中、大名たちは我が身を守ろうとするだろう。その時に真っ先に考えるのが、城の守りを厚くすることである。

「なるほど。そういうことか。伝えておくよ」

「ああ、頼む」

玲次は軽く手を上げて山を下って行った。世が乱れれば修復だけでなく、新たに城を建てようとする大名は必ず現れる。特に豊臣家は畿内の諸城の守りに気を配るだろうから、近江で石を切り出しておいて損はない。だが匡介の頭にあるのはただ一つの城である。あの城が戦火に巻き込まれる見込みは限りなく低い。

「何事もなければいいんだ」

匡介は独り言《ひとりご》ちた。石はあまりに多く切り出せば置き場に困るものの、腐るといったような代物ではない。使わないに越したことはない。だが、妙な胸騒ぎが止まらない。それを紛らわすように首を横に振ると、匡介は努めて平静を装って皆が休息する作事場へと戻った。

南山城の野殿砦の修復を終えたのは、九月の末のことである。匡介は仕事を終えると、配下の積方《つみかた》の職人に後を任せて穴太へと帰った。段蔵は越前での石の切り出しを終え、玲次と入れ替わりで戻っており、己の指示通り石を切り出し始めているという。

匡介は久しぶりに石切り場へと足を向けた。穴太衆が石頭《せっとう》と呼ぶ鉄の鎚で、石を叩く高い音が遠くまで鳴り響いている。

「段蔵、先ほど帰った」

「若、お久しぶりです。野殿の砦は如何に」

「上手く終えた。野殿殿もお喜びだった」

「それは祝着《しゅうちゃく》ですな」

段蔵は深い皺を浮かべて相好を崩した。

「やってくれているんだな。頭は何か言っていたか？」

匡介が尋ねると、段蔵は少し間をおいて答えた。

「いえ……匡介の言う通り、これから仕事が増えるかもしれない。切り出しておいて損はねえだろうと……」

「どうした？」

段蔵が訝しむように口を窄めるので、匡介は石切り場に目を逸らしつつ訊いた。

「今、若が頭とお呼びになったので」

「普段からそう呼べと言っているだろう」

「そうなんですがね。一向に聞き届けて下さらなかったのが、これはどうしたことかと」

「呼び間違っただけさ」

未だ不審そうに首を捻る段蔵を一瞥し、匡介は短く言い放った。源斎は己の魂胆に気付いているのか。それが気に掛かっており、己でも知らぬうちに気が張っていたらしい。

「それならよいのですが。いや、よくありませんな。きちんと頭と……」

「また始まった」

匡介は苦く頬を緩めて歩み出すと、石場で励んでいる山方の職人たちに労いの言葉を掛けていく。どの職人も嬉しそうに顔を綻ばせた。

「どんな具合だ」

切り出された石の隙間を縫うように歩きながら、匡介は訊いた。

「はい。七等級までの大きさに切り分けてますが、よろしいですかな？」

「十分だ」

石垣には多様な積み方がある。穴太衆が主として行うのは、そのうち最古の手法である野面《のづら》積みである。野面積みは積む場所の地形に合わせて、様々な大きさの石を組み合わせて積んでゆく。その辺りに転がっている石でもよい。とにかく石を選ばないのである。それは切り出したものではなく、その辺りに転がっている石でもよい。とはいえ積む場所が未だ決まっておらず、予《あらかじ》め石を用意するならば、様々な種類の大きさを用意しておくのが最適である。

「三番石は控えの長いものを集めています」

段蔵は石切り場を歩きながら説明を続けた。石材の奥行のことを穴太衆では「控え」と呼ぶ。細長い石材を間に挟むことによって、より強く、より高く積むことが出来るのだ。

「ちと短過ぎやしないか？」

匡介は眉間を寄せた。

「頭はこれで十分。若も今の腕ならば問題はないかと」

「まあ……な」

控えの短い石材を用いて石垣を積むのは、かなり高度な技術が必要とされる。転ずれば腕の悪い者は使える石材の幅が狭まり、腕の良い者ほどいかなる石材も用いることが出来るのだ。

「こちら五番石は、打ち込み用です」

段蔵が掌で指し示した先には、一尺（約三十センチメートル）四方ほどの石材が並んでいる。こちらは「打込接《うちこみはぎ》」と呼ばれる工法に使う。積み石の合端《あいば》、つまりは接合部分を加工し、石同士の接着面を増やしてより隙間をなくす手法である。そのため、打込接で造った石垣は上りにくいという特徴がある。このような技術があるのならば、何故なおも野面積みを行うのかと疑問に思う者も多い。実際に大名や奉行でも知らず、

——手を抜いているのではないか。

と、疑心の言葉を掛けられることも多々あった。

だが打込接で造った石垣には、目に見えぬ大きな弱点がある。石垣は外からの圧には強いものの、内からの圧には存外脆い。石が詰まっているということは水捌けが悪いということを意味し、長雨で中に水を孕《はら》んで中から爆ぜるように崩れることがあるのだ。天候に左右されずに数百年保たせようとするならば野面積みのほうが良い。

さらに外からは強いといっても、そちらでも野面積みのほうに軍配が上がる。一見すると隙間の多い野面積みのほうが弱いと思う者も多いが、計算された隙間は衝撃を緩和させる。

昔ならばそこまで外圧に気を配る必要はなかったが、乱世の末期になってくると大筒《おおづつ》が戦に投入されるようになった。大筒を撃ち込まれて打込接の石垣が粉砕されるという

ことも出てきた。だが野面積みならばたとえ大筒の弾であろうともびくともしないのだ。

「近頃は切込接《きりこみはぎ》を勧めようとする馬鹿もいるらしいな」

「口が過ぎますぞ」

匡介が鼻を鳴らすと、段蔵はしっと鋭く息を吐いた。

切込接とは打込接から一歩進んだ工法ともいえる積み方で、石の接着面を徹底的に削って密着させ、隙間を全くなくすというものである。人は疎か、鼠《ねずみ》であろうとも足を掛ける隙間がない。何より見栄えが良い。だが打込接が持っている弱点もより顕著になり、内外ともに何とも崩れやすい。もっとも通常ならばいきなり崩れるということはないのだが、こと戦においては危険極まりないものといえる。場所さえ見極めれば、大筒といわず、大きな焙烙玉《ほうろくだま》でも外から崩すことが出来るだろう。

まだ切込接の石垣のみで造られた城は存在しないが、技術としてはとっくに定まっている。幾らこの十年大きな戦が絶えているからといって、いつ何時世が乱れぬとも限らない。それなのに「見せる石垣」を安穏と推奨して回っている穴太衆がいることを、匡介は内心苦々しく思っていた。

「あいつらは『見せる』なんて毛頭考えちゃいねえ。たとえ泰平が来てもな」

匡介は忌々しい顔を思い出して舌を打った。

「国友衆ですか……」

「ああ。国友の連中は、いかに無駄なく殺せるかだけを念頭に置く。だからこそ手強《てごわ》い」

もうすぐ彦九郎と相見《あいまみ》えるのではないか。ここのところ、そのような予感がずっとしているのだ。

「他に何かお望みのものは？」

段蔵は溜息を零して尋ねた。

「布積《ぬのづ》みに適した石がもう少しあれば、どんなところでも造れる」

「承りました」

野面、打込接、切込接というのはいわば石の加工の仕方であり、積み方そのものを指す訳ではない。積み方としては「乱積《らんづ》み」と「布積み」の二つに大別される。

乱積みは大小、不規則な石を積み上げるもの。一見すると雑然と組んでいるように思えるが、上下左右の石を上手く嚙み合わせなければならず、極めて高い技術が要求される。

もう一方の布積みは石を一段ずつ横に並べて据え、横目地を通す積み方である。同じような高さの石を選んで積まねばならないが、技術的にはこちらのほうが易しい。二つの積み方の見分け方は横目地が並んでいれば布積み、揃っていなければ乱積みということになる。つまり野面の乱積みもあれば布積みもあり、打込接の布積みもあれば乱積みもあるのだ。

では穴太衆が得意とする積み方は何か。それは乱積みであり、布積みであり、あるいはその両方の中間ともいえる。基本は野面であるが、時と場合によっては打込接も使う。いかに城の守りを厚くするかということだけに焦点を絞り、臨機応変に行うのである。これを人によっては、

――穴太積み。

などと呼ぶ者もいるが、穴太衆にとってはこれが普通であり、別段そのように名付けてはいない。

――型のないのが穴太の型よ。

石積みを学び始めた頃の匡介に、源斎が不敵に笑ってそう語ったのをよく覚えている。敢えて一つだけ特徴を挙げるとすれば、石垣の隅は交互に石を嚙み合わせて鈍角を造ることくらいか。これは「鎬隅《しのぎすみ》」といい、力を分散させるのに欠かせない穴太衆特有の積み方であった。

「しかし、いつかは我らの積み方も廃れるのかもしれませんな」

先程話していた見栄えの美しい石垣のことを思い出したのだろう。段蔵は遠くを見ながら呟いた。

「そんなことはないさ」

「それは再び乱世が来ると？」

段蔵は険しい顔つきで尋ねた。

「確かにそれもある……だが泰平の世にこそ俺たちの強い石垣が必要なんだ」

再び世が乱れたとしても、いずれまた誰かの手によって鎮まる。その時こそ穴太衆の真の出番といえる。天下に堅い石垣を造ることによって、永劫《えいごう》の泰平を築くというのが匡介の夢である。

「そうかもしれませぬな。しかし、その頃に儂はもう生きてはおらぬでしょうなあ……」

段蔵はひたひたと乾いた頰を叩きながら苦笑した。段蔵は源斎より二つ若いものの、今年で五十七歳である。五十まで生きれば御《おん》の字という世にあっては、そう思うのも無理はないかもしれない。

「そう言っておきながら、段蔵のことだから百まで生きるかもしれぬぞ」

「ふふ……儂はよいのです。若が見る世の礎となれば」

互いに支え合って一つのものを造るということ、目立った功績の裏には目立たずとも礎となる者がいること、ふと石垣と人は似ているのかもしれないと思った。段蔵が白い片眉を上げ、上手く言ってやったとばかりに口角を上げて匡介の顔を覗き込む。

「また恰好を付けて」

匡介は茶化したが、段蔵は何も答えずに石頭を振るう若い職人たちのほうへと目をやる。その目尻には深い皺が浮かんでおり、穏やかに微笑みながら二度、三度頷いていた。

次の作事場である大垣の寺の石垣に取り掛かったのが昨年の十一月のこと。これは改修の類ではなく、小規模ながら新たに石垣を積まねばならず少々時を要することになる。

一方、越前の源斎は仕事を終えて年の瀬には戻ったという報告を受けた。しかし匡介は当初より、

――年を越えて仕事を続ける。

と、言い残していた。日に日に世間に流れる不穏の色が濃くなるのを感じている。どのような形でかは判らないが暴発するのではないかと匡介も感じ始めている。その時がいつ訪れてもいいように、今抱えている仕事を終えておきたかった。

そうして慶長四年（一五九九年）の正月を、匡介は美濃大垣で迎えることとなり、ようやく穴太に戻ったのは閏三月の半ばのことであった。街道は商人の往来が激しく慌ただしい。世が乱れて商いが出来なくなる前に、今のうちに少しでも稼いでおこうというのだろうか。時折、米を満載した荷駄の行列ともすれ違った。米を蓄えておこうとする大名の考えであろう。庶民から大名まで、皆が見えぬ先に不安を感じているのが判る。

「おう。戻ったか」

帰ったことを報告しに行くと、源斎は軽い調子で応じて自室へと招き入れた。二人で

別々の現場に赴くようになっていたため、こうしてゆっくり顔を突き合わせるのは久しぶりのことであった。

「大垣は上首尾だ」

匡介は腰を下ろすなりそう言った。

「そうか。よかった」

昔ならばさらに詳しく報告を求められたが、最近では特に踏み込んで訊こうとはしない。大津城の改修以降は特にそうである。己を信頼して仕事を任せてくれているのが判った。

「今後のことについて訊いておきたい」

暫し間をおいた後、匡介は重々しく切り出した。

秀吉の死後、その家臣団が真っ二つに割れて対立している。争いの一方は戦場で軍を率いて戦ってきた者たち。加藤清正、福島正則《ふくしままさのり》、黒田長政《くろだながまさ》、加藤嘉明《よしあき》、細川忠興《ただおき》らで、武断派《ぶだんは》などと呼ばれている。

もう一方は政の中枢を担っていた吏僚《りりょう》で、戦においても兵糧の運搬など後方支援をしてきた者たちである。石田三成《いしだみつなり》を筆頭に、増田長盛《ましたながもり》、前田玄以《まえだげんい》、長束正家《なつかまさいえ》などで、こちらは文治派《ぶんちは》と呼称されている。

名を挙げた者たちだけではなく、その血縁にあたる者、それぞれに利害関係の深い者も両派閥に分かれている。さらに武断派には秀吉の正室の北政所《きたのまんどころ》が、文治派には側室で嫡子秀頼の母である淀殿が近しいようで、その閨閥にまで争いは及んでいるのだ。このような話が一介の職人である己の耳に入るほどなのだから、両派閥の対立がいかに激しいかを物語っている。

「ああ、戦の臭いがしてきた」

腕を組むと、源斎は鼻孔で深呼吸をした。比喩という訳ではない。源斎は常から戦は特有の臭いを発すると言っていた。

「加賀大納言も死んだしな……」

匡介はまだ真新しい報せを口にした。加賀大納言とは豊臣秀吉の朋友《ほうゆう》にして、五大老次席を務めた前田利家《としいえ》のこと。その利家が死んだのはつい先日、閏三月三日のことであった。この利家が両派閥に睨みを利かせていたのだが、今後はその抑止もなくなることになるのだ。

「さらに内府殿も動き出したようだ」

源斎は唸るように言うと、顎を傾けて天井を見た。内府とは内大臣のこと。この官職に就いているのは、五大老の筆頭にして、関八州《かんはっしゅう》二百四十万石の太守である徳川家康のことである。この家康と武断派大名には以前から交流があったが、利家の死後から目に見えて行き来が盛んになっているらしい。

「俺たちはどうする?」

匡介は声を落として訊いた。大名と異なり己たちは戦に出る訳ではない。とはいえ抗争が激化すれば、城を固めようとして依頼を出してくる者もいるだろう。そうなれば己たちも無視を決め込む訳にはいかない。

「依頼があれば……仕事をすりゃあいい」

源斎からそう答えが返ってくるであろうことは、匡介もまた解っていた。穴太衆は誰の味方をするでもなく、ただ請け負った仕事を粛々とこなす。穴太衆黎明《れいめい》の頃からずっとそうしてきたのである。だが今回だけは少々事情が変わってきている。

「後藤《ごとう》屋の彦八《ひこはち》みたいな奴が、これからどんどん出てくるぞ」

匡介は怒りを押し殺しながら低く言った。

穴太衆は幾つもの職人集団に分かれており、飛田屋がそうであるようにそれぞれに屋号がある。後藤屋もその中の一つで、頭の名を彦八と謂う。彦八は今年に入ってすぐ、

——加賀前田家に仕える。

と、他の穴太衆たちに表明したのである。それはつまり前田家専属の石工《いしく》になるということでもあるし、自身が武士になるということでもある。

「穴太衆の風上にも置けねえ」

匡介は吐き捨てた。これは特定の者の仕事を受けない穴太衆への裏切りである。しか

も彦八が前田家から食むのは百石ほどと多い訳ではなく、その石高ならば三、四人ほどしか養えない。だが後藤屋には三十人を超す職人がおり、二十数人の職人たちを見捨てたということなのだ。

「他の連中もふざけやがって……」

匡介は胡坐を掻いた膝の上で拳を強く握りしめて続けた。大垣でこのことを聞いてからというもの、ずっと憤慨している。だが会合の場で彦八から知らされた他の穴太衆は、己のように怒るどころか、俯いて考え込む者が続出したという。恐らくは後藤屋のような身の振り方を考えているのだろう。その中にあって源斎だけが彦八を見据え、

――穴太衆であることをやめるのか？

と、静かに問いただしたと聞いた。彦八は苦悶の表情を浮かべていたが、やがて居たたまれなくなったのか席を立ったらしい。

「次にくる泰平は長くなりそうだ。彦八はこれが最後の機会と考えたのだろうな」

源斎は怒ってはいないようであった。ただどこか哀しげな眼をして深い溜息を零した。

この十年、戦がないことで穴太衆の仕事は激減していた。百あった仕事が十にも満たぬほどである。わずかに残った仕事は腕の良い職人に先んじて依頼されることになる。故に飛田屋は仕事が切れなかったが、後藤屋は収入が減って抱えている職人を食わすのにも苦労していた。次の泰平が百年続けば、後藤屋は完全に干上がってしまう。大乱の

気配が漂って、己たちの価値が上がっている今のうちに、他家に仕えてしまおうと考えたのだろう。

「そんなこと――」

言いかける匡介を手で制し、源斎は大きく頷く。

「判っている。言い訳だってんだろ」

穴太衆が一つの勢力に与しない理由の一つは、自らを守るためということもある。もし力を与え続けた勢力が滅べば、穴太衆が根絶やしにされてしまうからである。

だがそれ以上に大きな訳は、穴太衆そのものが戦の火種にならぬため。優れた技術が一所に集まると、人はそれを独占しようとし、また奪わんとする。塞の神を信仰し、人々の命を守ることを掲げる穴太衆にとって、それはあってはならないことであった。

「だが……穴太衆も変わる時がきたのかもしれねえ」

源斎は神妙な顔つきで言葉を継いだ。それが彦八のように主に仕えて武士となることなのか。あるいは切込接に代表されるような見せる石垣を造り、絵師や塗師のようになることなのか。畔《あぜ》の石垣を造るような小さな仕事しかなく、貧しくなろうともあくまでこれまでの流儀を貫くのか。どの姿が次代の穴太衆の姿か。誰もが模索し、迷い、決めねばならない段階に来ているといってよい。

「俺たちはどうする？」

匡介は先ほどと寸分違わぬ問いを投げかけた。だがさっきは戦が起これば俺たちはどうするとの意であるのに対し、今度は来る泰平にどのような生き方を採るかと訊いたつもりである。

「さあ、どうだろうな。その時には答えを出す」

源斎は曖昧に濁したが、匡介にはすでに何かしら腹が決まっているように思えた。宙の一点を見つめるその眼に、一切の曇りがないように見えたからである。

世上が目まぐるしく動き始めた。

まず源斎と二人で話をしていた時にはまだ伝わって来ていなかったのだが、利家の死後間もなく、文治派の筆頭である石田三成を、武断派の武将たちが襲撃しようとしたのである。

三成は常陸《ひたち》の太守である佐竹義宣《さたけよしのぶ》、五大老の一角である宇喜多秀家《うきたひでいえ》の家老に頼み、伏見城治部少丸にある自身の屋敷にまで送り届けて貰った。二家ともに三成と関係が深いとされている大名である。

三成が屋敷に立て籠ったところで、家康が仲裁に乗り出した。このままでは自身に悪い裁定が下されると、三成は他の五大老である毛利輝元《もうりてるもと》、上杉景勝《うえすぎかげかつ》にも仲裁を依頼したが、さらに秀吉の正室で家康派の北政所までが仲裁に現れた。両派閥入り乱れての暗闘が繰り広げられたのである。結果、三成は奉行職を解かれ居城の佐和山《さわやま》城に蟄居《ちっきょ》となった。

これで一度は小康を得たものの、九月になってまた事件が勃発する。大坂城の秀頼に挨拶に現れた家康を、暗殺しようとする計画が露見したのである。首謀者は父利家の跡を継いで五大老になっていた前田利長《としなが》であったので、誰もが耳を疑った。事実、家康はそれを糾弾しているものの、大坂城の淀殿などはでっちあげであると捲し立てているらしい。このことを耳にした源斎は、

「こうなったら何が真か判らねえ。戦が始まる時ってのはこんなもんだ。ここからまた色々と起こるぞ」

と、苦々しく言い放っていた。その言葉通り、さらに事態は急速に進展していくことになる。

家康は首謀者と断じた前田利長を征伐するべく軍を起こす。前田家は無実であると弁明の使者を送るが、家康はならば人質を送るようにと返答した。実質、決戦か降伏かの二択を迫ったということになる。結果、利長は生母である芳春院《ほうしゅんいん》を始め、重臣の子どもたちを送って家康に従うこととなったのである。

「若……少しいいですか」

そのような時、元後藤屋の職人が声を掛けてきた。彦八が前田家の士《さむらい》となったこと

で、放逐された職人たちは路頭に迷っていた。他の穴太衆を頼ったのだが、他の組も明日の仕事があるかどうかも判らないという身。新規で抱えるのは難しいと断られたらしい。そんな時に源斎が、

――うちに来いと言え。

と、抱える考えを示したため、後藤屋の職人の大半が飛田屋に抱えられることになった。その職人たちが風の噂で聞いたことを伝えてきたのだ。匡介は源斎のもとに赴くと、聞いたままに話した。

「彦八が謹慎を命じられたらしい」

前田家が最近になって穴太衆を抱えたという話は世間に知られている。人質を送るまでして戦いを避けようとしたのだ。前田家としては抗う姿勢がないことを見せねばならない。そのため召し抱えたばかりの彦八を謹慎に処し、城を触るつもりはないことを示したのである。

「そうか……彦八も災難だったな」

源斎は同情の言葉を零しただけで、それ以外は何も言うことはなかった。

年が変わって慶長五年（一六〇〇年）、今度は会津の上杉家が謀叛を企《たくら》んでいるという噂が流れた。武具を揃え、浪人を雇い、城を改修しているのは事実らしい。

四月になって、家康は謀叛でないならば上洛して釈明をしろと上杉家に求めた。しか

し上杉家は前田家とは異なり、

——武家ならば当然の倣いである。

という反論に加え、逆に謀叛を企んでいるのは家康のほうだと糾弾したのである。これに対して家康は激怒し、六月上杉討伐の軍を起こすと、東北の諸大名にも命を発しながら会津へと軍を進めたのである。今の段階でも戦は避けられないものとなっていたが、日ノ本中にさらなる衝撃が走ったのはその翌月のことであった。

「匡介、すぐに頭に！」

丁度、玲次は前回仕事をした大垣の寺の残金を受け取りに向かっていた。その玲次が思いのほか早く、血相を変えて戻って来た。

「何があった!?」

「北近江で軍勢が止められている」

北近江に急造の関所のようなものが出来ており、西国から遅れて上杉討伐に向かう軍勢が足止めをくらっている。それだけでなく商人や旅人の往来まで堰き止めているらしいのだ。故に玲次も東に向かうことが出来ず、これはただ事ではないと引き返してきたということらしい。

「それは……」

「五大老の毛利中納言、宇喜多中納言を担いで、石田治部少輔《じぶのしょう》が挙兵した」

もう何が起こっても不思議ではない情勢ではあったが、流石にこれは想像を超えており匡介は息を呑んだ。

関所で止められた軍勢は望んでか、あるいは止むをえずか、ともかく続々と石田方に加わっているらしい。このままだと日ノ本中の大名が東西に分かれて戦うことになる。

「大変なことになった」

己の意思に拘わらず声が震え、奥歯が擦れて音を立てた。

匡介はすぐに源斎のもとに駆け付け、飛田屋の主だった者で会合の場を持つこととなった。

玲次が改めて次第をつぶさに説明していくと、皆の顔色がみるみる悪くなっていく。人は経験したことのないものには激しい恐れを抱くものである。このような規模の戦は誰も経験したことがないどころか、古今未曽有といってもよいのだから無理もない。

ただその中にあって、源斎だけが瞑目《めいもく》して黙然と話を聞き続けている。その微動だにしない態度に、匡介は言い知れぬ胸騒ぎを感じ始めていた。

「新たに依頼は来ているか？」

源斎は話を聞き終えると、すっと眼を開いて尋ねる。

「いえ、何も」

段蔵がすかさず答えた。己たちより早くこの異変に気付いた大名が、事態を告げずに依頼をしてくる場合も考えられる。しかしこの数日、新しい依頼は入っていないし、相談もなかった。

「今後はどうなるのでしょう……」

玲次が身を乗り出して訊いた。

「俺は戦の玄人じゃあねえが、ある程度のことは見通せる」

源斎はそう前置きして語り始めた。ある程度とは言っているが、石垣に活かすために実際の戦場で行われる戦術を、時には戦局をずっと見て研究を続けてきた。生半可な武将よりもずっと戦を見る眼があると知っている。

「内府殿はこちらに帰って来る」

源斎は顎に手を添えつつ言った。家康がこのまま上杉と戦えば、三成ら上方勢はその間に畿内を制圧し、江戸に向けて進軍するだろう。そうなれば家康は挟み撃ちを受けてしまう。これを打破するために家康が採れる唯一の方策は、上杉への抑えを残し、こちらに向けて取って返すということである。

「上方勢はそうなれば、急いで畿内周辺を抑えなきゃならねえ……」

劣勢に立たされるとはいえ、上方においても家康に味方する大名家が現れるかもしれない。そうなれば三成たちは、家康が戻る前に盤石にしようと、それら大名家を討ち滅ぼさんとするだろう。

「それは……」

　玲次が声を漏らした時、先のことが見えてきた皆も唾を呑み込む。暫し流れた静寂を破り、匡介が口を開いた。

「懸《かかり》の頼みが来るかもしれねえと」

「ああ」

　源斎が深く頷いたところで、匡介はさらに訊いた。

「来たらどうする。今までとは訳が違う」

　そもそも懸の例はそれほど多くないし、匡介もこれまで日野城の一回しか経験していない。だがあの時とは稼がねばならぬ時の長さも、相手にする敵の数も規模が違い過ぎることになろう。穴太衆とてどんな仕事でも受ける訳ではない。無理だと思えば断ることも出来るのだ。

「それはお前が決めろ」

「え……」

「今日よりお前が飛田屋の当主だ」

　このような局面で継承が行われるとは誰も思わず、一座にどよめきが起こった。ただ匡介だけがじっと源斎を見つめる。その真意は他にある。そう直感しているのだ。

「爺……頭はどうするんだ」

匡介の問いに、源斎は悪戯が露見した子どものように苦笑を浮かべた。

「判っちまったか」

「ああ」

「俺は頭として、最後の仕事をしなきゃならねえ」

皆が意味を解しかねて眉を顰める。が、匡介だけはすでに真意を察して声を上げた。

「駄目だ。あれは仕事じゃねえ！」

「いいや」

源斎は穏やかに首を横に振る。

「銭が貰える訳じゃねえだろう……」

「もう貰っている」

「内府から依頼を受けた訳じゃねえだろうが！」

二人を除き、この場の誰もが何を話しているのか解っていないようで困惑している。

「もう判っているだろう？　依頼主は内府殿じゃあない」

「それは……」

「俺の仕事はまだ終わっていない。依頼主が満足してねえんだからな」

その一言でようやく段蔵と玲次は察しがついたらしい。段蔵は抱え込むように両手で髪を撫で、玲次は口を掌で押さえ込んで俯く。

「あんなの呆《ぼ》けた老人の譫言だ……」

「かもな」

源斎はふっと頬を緩めた。

「じゃあ——」

「それでも……手掛けた仕事は最後までやり通す。それが穴太衆ってもんだ」

ここに来てようやく皆も全て察したようで、あっと声を上げる者、天を見上げて細く息を吐く者、首を振って眼で訴える者、反応は様々であった。

源斎は拳を震わせる匡介に向けて片笑むと、ぐるりと一座を見渡して凜然と言い放った。

「亡き太閤殿下の依頼を受け、俺は伏見城に入る」

日の出と共に匡介は屋敷を出た。鉛色の雲が天を覆っており、篠突《しのつ》く雨が大地を濡らしていた。向かった先は四谷川の河原である。

幼い頃によくここで石を積んでいた。子どものうちに死んだ者は賽の河原で石積みをさせられ、それが終わるまで成仏することが出来ないと言われている。あと少しで積み上がるという矢先、鬼がやって来て積んだ石を崩してしまう。これを救ってくれるのが穴太衆の信仰する「塞の神」である。現で誰かが石を積んでやることで、三途の川に塞の神が現れるのだと言い伝えられている。妹の供養のため、匡介は石積みを行っていたのだ。

「くそ」

匡介は濡れた頬を手で拭った。こんな日に雨だというのが忌々しい。

だが今日はそのために河原に出た訳ではない。ただどうしても屋敷にいたくなかったというだけである。本日、源斎が伏見に向けて発つのだ。

あの日、匡介はなおも源斎に食い下がった。秀吉が死の床で発したという言葉は、依頼などではない。遺言ですらなく、ただの妄言だと匡介は痛烈に言い放った。

源斎は目を瞑って何も答えなかった。匡介はまるで物言わぬ古木に向かって、説得しているような思いに襲われた。思えば源斎は歳を取った。出逢った頃は髪や髭は黒々としていたものである。だが今は白いものが交じっている。何より随分と痩せた。

――どこか躰が悪いのではないですか。

と、段蔵も常々心配しているが、当人はそんなことあるものかと笑い飛ばしている。思えば職人にしては陽気な男である。それ故に歳をあまり感じさせないのだが、そのように黙っているとやはり老けたと思わずにはいられない。

「匡介、一生の願いだ。これだけは俺の勝手にさせてくれ」

己の猛烈な反対を全て受けとめた後、源斎は床に這うが如く静かに言った。そこまで言われてしまえば、流石にもう匡介も口を噤むほかなかった。

源斎は一人で伏見に入ると言い張った。だがこれだけは認めない。これは匡介だけでなく、段蔵や玲次などの主だった職人も同じであった。此度は十八年ぶりの「懸」である。幾ら塞王と呼ばれる源斎であろうとも、一人では何も出来るはずがないのだ。

それでも源斎は伏見城の人手を借りると言った。だがそもそも一兵でも欲しい中、借りられるという保証もない。たとえ叶ったとしても素人ばかりではまともな働きも出来るはずがないだろう。

「解った。それは聞くこととする」

皆の反対を受けてようやく源斎は聞き入れた。だがその職人を選ぶにあたり、源斎は二つ条件を付けさせて欲しいと言った。

「懸がかなり危険であることは皆も知っているだろう。俺に付いて来ようと思ってくれる者に限りたい」

「皆が望むところです」

間を空けずに玲次が応えた。

「ありがたい。だが今一つ。年嵩の者に絞りたいのだ」

「何故です。我らが役に立たぬとでも」

玲次が迫ると、源斎は首を横に振った。

「伏見は戦いの始まりに過ぎぬだろう。この後、各地で狂乱するかのように戦がしきりに起こる。必ずや他にも依頼をしてくる大名があるはずだ」

匡介は畳に目を落としながら耳を傾けた。源斎の言っていることは大いに有り得ると感じている。

「それが陸奥からであったらどうする。薩摩であったらどうする。穴太衆は場所を選ばぬ。そこまで駆けて行かねばならぬとなれば、これぱかりは若い者のほうがよい」

「確かに……」

玲次は納得したような声を上げた。

「故に若い者は取って置きたいのだ。幸いにも伏見は近い。年嵩の者だけで十分だ」

「我らに行かせて貰えぬでしょうか」

手を挙げたのは最近飛田屋に加わったばかりの、元後藤屋の職人の一人である。頭の彦八が前田家に仕えたことで、配下の職人は職を失うことになった。それでも特に若い数人はまだ雇い先があった。全く受け入れ先がなかったのは歳を食った者たち。結果、源斎は大半を受け入れたため、元後藤屋の年嵩の職人は全て飛田屋にいる。その元後藤屋の者が十一人、元々飛田屋であった者が四人、計十五人が源斎と行動を共にすることになった。

それから出立という今日まで、匡介はほとんど源斎と言葉を交わしていない。屋敷の中ですれ違うこともあったが、匡介が会釈をし、源斎もまた同じようにするだけである。

――伏見は危な過ぎるだろうよ。

匡介は小ぶりの石を拾い上げた。雨に濡れて色が黒く変じている。

誰が呼び始めたか、五大老の一人徳川家康に与する者たちを東軍、石田三成に味方する者を西軍と呼ぶようになっている。この間、飛田屋からも琵琶湖対岸の近江草津、あるいは逢坂の関を越えて山科《やましな》あたりに人を出し、情勢を探り続けているが、どちらが優勢なのかは判らない。

近江で引き留めた諸将を取り込む西軍の圧勝だと言う者もいれば、東北で東軍が膨張しており、そちらが優勢だと口にする者もいた。真偽のほどは確かではない。ただでさえ戦は蓋を開けてみなければ判らないことが多く、此度は日ノ本全てを巻き込んだ大乱なのだから全貌が見えなくて当然である。

ただ少なくとも、畿内とその周辺に関しては西軍有利なのは間違いない。その数は軽く見積もっても五万を超えるだろう。それがまず伏見城を落とさんとして向かって来る。一方の伏見城には、家康が家臣の鳥居元忠《とりいもとただ》らを残している。その数ははきとしないが二千前後だと思われた。家康が戻って来るまで耐えきるのは至難であった。

「やはりここか」

背後から声が聞こえて、匡介は振り返った。そこには笠をかぶり、蓑を羽織った旅装の源斎の姿があった。他には誰もいない。

「来たか」

「えらい言いようだ。見送りにも来ねえで」

笠の縁を持ち上げると、源斎の苦笑が覗き見えた。いつもより若やいで見えるのは気のせいか。

「いつもの仕事だろう？」

日頃は匡介も忙《せわ》しなく自らの仕事に追われており、わざわざ見送ることのほうが少ない。今回もまた数多くある仕事の中の一つに過ぎない。そう己は思っているという意味である。

「ああ、そうだな」

源斎は横まで歩いて来ると、微かな雨音に溶かすように答えた。二人で暫し川面を眺めていた。その無言に堪え兼ね、先に匡介が口を開いた。

「いつ帰る」

「お前は解っているだろう」

懸を行うということは即ち、敵が退くか、城が落ちるまでやりきることを意味する。伏見城に関していえば、いかに源斎が入ろうとも、十中八九後者となるだろう。

「無茶はするなよ」

「もうそんな歳じゃねえさ」

穴太衆は職人であって武士ではない。東西どちらに付こうという思惑はなく、あくまで銭で雇われて仕事をしているだけのことである。たとえ城が落ちようとも、敗将のように首を斬られることはない。これは戦国を通じてそうであった。つまり戦の最中で死ぬような無茶さえしなければ、負け戦でも帰って来ることが出来るのだ。

「今からでも遅くねえ。止めちまえよ」

「そうはいかねえよ」

匡介が吐き捨てると、源斎は溜息交じりに言った。

「天下人の頼みだからか」

「別に誰でも一緒だ。天下人だから断るとなれば、反対に差別することになる。仕事の相手は選ばねえのが穴太衆ってもんよ」

源斎は自らに言い聞かせるように頷くと、ゆっくりと言葉を継いだ。

「だいたい太閤殿下って持ち上げられてはきたが、きっと頼んだ時は尾張《おわり》の百姓の気持ちだっただろうよ。あの時のお前とさして変わらねえ」

「そうかよ」

匡介は曖昧に返事をした。

「なあ、匡介。俺はこの仕事を最後にするつもりだ」

「だろうな」

このところ、源斎は二つの普請場が重複しない限り、己に任せることが増えてきていた。そして先日の当主を譲るという言葉で、そうではないかと薄々思っていたのだ。

「これからの時代に俺の居場所はねえ」

石垣を積む技とは、突き詰めれば人を守る技。さらに飛躍させれば泰平を築く技だと、かつて源斎が言っていた。長い泰平が訪れればその技を振るう機会も失われる。つまり穴太衆の職人とは、

――自らがいらない世を、自らの手で築こうとする。

という矛盾した存在であるともいえる。

「泰平でも仕事はある。見せる石垣ってやつが流行《はや》るだろうよ」

切込接に代表される整った石垣のことである。源斎はより実用的な野面積みに拘《こだわ》りを持つが、何もそれらの石垣が出来ない訳ではない。むしろ生半可な職人よりも美しいものを造り上げるだろう。

「俺の石垣は戦でこそ活きる。性に合わねえよ。俺の技は戦国に置いて来る」

「それは俺も同じさ」

「いやお前は違う。乱世と泰平を繋ぐ石垣だ」

「乱世と泰平を……？」

匡介が横を向いて問い返す。源斎は無数の波紋を描く川面を見つめたままである。

「ああ、俺はそう信じている。だからお前に託すのよ」

その一言でぴんと来るものがあった。何故、ここまで源斎が伏見城に拘るのかという理由である。

「全部、吐き出させるつもりか」

「気付いちまったか」

この十年の泰平で、鉄砲はさらなる進化を遂げた。十年とは短いようだが、戦国の余韻を残した仮初の泰平の中では十分過ぎる時である。

一方、後手である石垣の技は、鉄砲がどのような発展を遂げているのか見ていないためあまり変わっていない。むしろ匡介が言った「見せる石垣」のほうへと進化の舵《かじ》を切りつつある。

源斎は目を細めてこちらを見つつ続けた。

「俺のは時代遅れの技だが、出来る限り出させてやるつもりだ」

伏見城はこの大乱における最も初めの攻城戦の舞台となる。つまり十年間磨かれた「攻め」の技、最新の鉄砲が一斉に蔵出しされることになるのだ。それを源斎は全て受け止め、発展した鉄砲の技を余すところなく出させようとしているのだ。

「だが万が一……死んだらどうするんだ」

ずっと考えていたことである。この戦、かつてない猛攻が予想される。陣頭で石垣の補修、改築の指揮を執って、開城まで無事でいられる見込みのほうが少ない。

「だからお前を残しているんだ。何とかして伝える」

「それじゃあ逆だ。俺が伏見で相手の技を出させて伝える。それを爺が――」

「無理だ。対抗出来る技を、石垣を生み出すには時が足りねえ」

「馬鹿な。あんたが出来ねえってのなら誰も出来ねえだろう」

「いいや、お前なら出来る」

源斎は断言したが、匡介にはどうしてもそう思えない。確かに己でも腕を上げたとは思う。他の組の一番職人にも劣っていないという自信もある。だが己の師は、源斎は、当代穴太衆の最高の職人である「塞王」なのだ。

「久々にやってみるか」

源斎は頰を緩めると屈んで見せた。蓑の擦れる音に合わせるように、匡介は眉間に皺を寄せた。

「何を……」

「適当に渡せ」

源斎はすっと手を差し伸べた。己が幼い頃にやっていた石積みである。いや、昔よりも回数は減ったものの月命日には今も続けているのだ。

「何も今……」

「いいから早く渡せ」

掌に雨が打ち付けている。静かではあるが威厳のようなものを感じ、匡介は適当な石を渡した。源斎は大振りの石の上に据えると、また手を差し伸べた。

「次」

源斎は二段、三段と積み上げていく。いずれもここしかないという一点を、瞬時に見抜いた流石の技である。一段積むごとにその難しさの度合は飛躍的に高くなる。素人ならば四段いければよいほう。優れた石積み職人でも六段までで、余程よい形の石が揃わぬ限り七段目は積めない。だが源斎はすでにその七段目を積み終えている。八つ目の石を渡した時、源斎の手が止まった。

「無理だな」

「だろうな」

匡介も無理だと思っていた。今、手渡した石ならばどう積んでも崩れてしまうのだ。

「積めそうな石を探してくれないか？」

源斎は石の塔を見ながらふわりとした調子で言った。薄墨を撒いたような河原を見渡した。幾十、幾百、幾千の石の囁きの中から、匡介はこれはというものを見つけて拾ってきた。

「どうだ？」

「やってくれ」

匡介は神経を研ぎ澄まし、手に持った石、台となる石の聲に耳を傾けた。前者はあそこに行かせてくれと、後者はここに来いと呼び掛けているような気がする。匡介は声に導かれるまま、石を摘まむようにして据えた。塔はぴくりとも揺れることなく、立ち続けている。

「これでいいか」

「ああ……やはりな」

「何がだ」

「お前はすでに俺を超えている」

「それはない」

謙遜ではない。己の実力は己が一番解っている。

「言い方を変える。少なくともある一点ではすでにお前が上だ」

源斎はよいしょと声を上げて膝を伸ばすと、腰を軽く叩きながら続けた。

「俺は条件さえ揃えば、八段目だけでなく九段目も積めるだろう。だが八段目に相応しい石を見つけるのに丸一日は掛かる。九段目ともなれば一月掛けても見つけ出せるかは運次第だ」

笠を上げて河原を見渡し、源斎はなおも言葉を継ぐ。

「敵の新たな技に合わせ、こちらの技を編む。時には新たな積み方も考えねばなるまい……その速さはお前のほうが確実に上だ」

「伏見城で国友衆の技を見られたとして、次の戦まで一月もないかもしれねえ。いや、今の情勢ならそれより短いことも考えられるぞ……」

「そうだな」

互いにこれまで口には出さなかったものの、すでに敵は国友衆であると見定めている。この十年、鉄砲の注文を受けた数は国友衆が他の鉄砲鍛冶の里に比べて飛びぬけている。それこそこれまでの戦乱を二度、三度繰り返せるほどの数である。

「そんなこと――」

「やるんだ」

源斎は遮るように言った。

「此度の戦、懸を受けねえという道もある。何でそこまで……」

大名の家臣のように命じられれば必ず戦に出る訳ではなく、何も必ず仕事を受けなくてはならないということはない。此方が無理だと判断すれば断ってもよいのだ。

「この大乱の後、また戦があるかもしれねえが、それは一方にかたよったものとなるだろう」

この戦での勝利者がどちらであったとしても、次に起こる戦は天下の総仕上げのようなもの。桁違いな物量でもって追い込まれた者に、止めを刺すような戦になることが予想される。五分と五分の戦は恐らくこれが最後になると思われた。

「その最後の戦……矛と楯のいずれが勝つかで泰平の質が変わるだろう」

もし矛が勝った場合、数少ない兵力でも良質な武器さえ集めれば天下を覆せると考える者が現れるだろう。だが楯が勝った場合は、よしんば兵を集められても、城一つ容易に落とせないと踏み止まる者も出てくる。泰平に繫がる最後の戦、つまり此度の戦は泰平の形を決めることになると源斎は語った。

「それにもし助けて欲しいと縋る者が現れたら、お前はそれを放っておけるのか？」

「それは……」

頭を過ったのは高次、お初、京極家の者たち、そして夏帆の顔である。

畿内の大半は西軍に味方している。京極家も望む望まないにかかわらず、御多分に漏れずに西軍に味方すると表明している。故に大津城が戦場になることは考えにくい。だが彼らにもし頼られたら、いや彼らでなくとも必死に助けを請われたら、己は放ってはおけないと思うに違いない。

「そうだろう。これは役割分担だ。俺が相手の技を引き出す。お前が手立てを考える。それに何も死ぬつもりはない。城が落ちると決まれば、両軍に話を付けて出させて貰う」

　最悪、西軍に拘束されることは有り得るかもしれないが、降るとなった一介の職人を殺すなどということはないだろう。それに西軍としても源斎の技を自軍に引き入れたいと思うに違いない。

「奥義の件だ」

　当主のみに口伝されるものである。源斎が第一線を退くなら、今こそ聞く時なのだろう。

「教えてくれ」

　匡介は静かに言った。

「実はもう伝えている」

「何……？　聞いちゃいねえぞ」

「いいや、教えた。そもそも技じゃねえ」

「どういうことだ……」

「爺の小言みたいな奥義だが……先代たちはずっとそれを胸に石を積み続けた。言葉で伝えても意味がねえ。もうすぐお前にもきっと解るはずだ」

　源斎はそこで言葉を区切ると、にかりと笑って続けた。

「俺の言ったこと……共に生きた日々をよく思い出せ」

「爺が戻らなきゃ、答えを合わせられねえじゃねえか……」

匡介が言うと、源斎は戯《おど》けた顔を作った。

「まず伏見城が落ちると思うか？」

「西軍は五万を超えるかもしれないぞ」

「十万でも撥ね除ける」

「城に籠るは二千ほどとか」

「千で十分だ」

源斎は呵々と笑い飛ばした。

「えらい自信だ」

「誰が縄張りを引き、誰が積んだと思っている。塞王だぞ」

自らの胸を軽く叩き、源斎は不敵に片笑んだ。

「てっきり死ぬつもりだと思っていたが、心配して損した」

「お……だから見送りたくないと拗《す》ねていたか。大人になったと思ったが案外……」

「あー、うるせえ。とっとと行きやがれ。爺」

匡介は手をひらひらと宙に舞わせながら、ぞんざいに言った。

「おう。行くとする」

「ああ、頼むぜ」

「またな、匡介」

名を呼ぶ源斎の声はいつもより若やいで聞こえた。一乗谷で初めて会った時を彷彿とさせるほどに。匡介は去り行く源斎の背を見つめていた。

幾分緩くなったものの雨はまだ降り続いている。ただ雲間には光が差し込んでいる。豆粒ほどの大きさとなった源斎もそれに気付いたようで、笠を持ち上げて空を眺めていた。


国友彦九郎はゆっくりと歩を進めながら、周囲を隈なく見渡していた。義父から引き継いだこの工房は広い。鍛冶場だけでも十人ほどが同時に働いており、仕切られた隣の間では木を加工する職人が働いている。その者たちの仕事ぶりを見て、必要とあれば指示を与えるのだ。

「若……いや、頭。これで如何でしょうか」

職人の一人が声を掛けてきたので、彦九郎はそちらに向かった。頭の地位を引き継いで四年近く経つが、まだ呼び間違うのも無理はない。先代の存在がまだまだ強いのだ。

「見せてくれ」

受け取ったのは筒、それも鉄の部分だけのものである。彦九郎は様々な角度から、時に片目を瞑って、まじまじと見つめた。

「巣口《すぐち》をあと少しだけ狭く出来ないか？」

弾が飛び出す口のことである。それをあとほんの少し狭くしたいと思った。

「これ以上狭くすると、弾も小さくなり、風を受けて狙いも定まらぬかと」

「先目当《さきめあて》の調節に気を配るように言っておく」

先目当とは筒の先に付いた狙いを定める部位のこと。これを付けるのは別の職人が受け持っている。

火縄銃は一人で全てを作る訳ではない。それぞれに専門の職人がいて分業で製作する。全ての塩梅を見て統括することこそ、頭たる己の役目である。

「解りました。如何ほど狭く致しましょう」

「針一本分……いや、髪三本を目安にしてくれ」

これほどの微調整になると、長さの単位ではもはや表し難い。このような例えを用いて、職人の勘でやらせたほうがよいのだ。

「承りました」

「頼む」

彦九郎はそう言うと、木材を加工している間へと足を運んだ。ここでは火縄銃の木で出来た部位、台木と呼ばれるものを主に製作している。主にというのは己の工房では、大筒も扱っており、近頃ではその台座を作るという仕事も増えてきている。

「どうだ？」

彦九郎は一人の職人のもとへ行き、今度はこちらから声を掛けた。

「はい。頭に言われたように」

曲がった木製の取っ手のようなもの。これまでの火縄銃にはこのような部位は存在しない。彦九郎が考案した新型火縄銃に付けるものである。これまでも何度か試作したが短過ぎては用を成さず、長過ぎては扱いづらい。太さもそうである。多少荒々しく使う部位であるため、細ければすぐに折れてしまう。かといってこれも太くしてしまえば、重くて持ち歩くことも儘ならない。

ある程度の長さは保ちつつ、根本は太く、手で扱う先は細く、木を加工して最も適したところを目指していた。

「よい具合だ。明日にでも取り付けて試してみよう」

「ありがとうございます。しかし、こんなことを言っては何ですが派手派手しい銃になりますな」

職人は遠慮がちに言っているが、形として美しくないというのだろう。

「もっと良い形を思いついてはいるのだがな。鍛冶が難しくて時が掛かりそうだ」

この木製の取っ手は、火縄銃の側面の「外」に飛び出る恰好となる。南蛮時計に使われている平発条《ひらばね》を用いれば、銃の「内」に収めることが出来ると想像は出来ている。だが複雑な構造になるため細工に時が掛かる上、中途半端だと弾が発射しない恐れもある。

「なるほど。まずは……ということですな」

「ああ、武器は時との戦いでもある」

いかに優れた武器を作ろうとも、実戦に間に合わさねば意味がない。実用まで漕《こ》ぎつける早さが肝要である。そして実戦に用いれば新たな気付きがあるものだ。それを取り込み、武器はさらなる進化を遂げる。

反対に時代を席捲《せっけん》するような武器でも、いつかは廃れていくものである。人が手にした初めての飛び道具は恐らく礫《つぶて》ではないか。つまり石である。

やがて弓が生まれ、その亜流として弩《いしゆみ》が生まれた。弓が時代の寵児《ちょうじ》であった時期は長かった。だがそこに火縄銃が世に現れた。今でも弓は使われているし、時には礫すら用いられる。だがやはり今は銃の時代である。これから銃はさらに幅を利かせ、亜流として大筒なども登場しており、当分の間は主役の座を譲ることはなかろう。

「銃の優れたところは何だと思う」

彦九郎は部品を職人に返しながら尋ねた。木の加工が上手いことで、昨年の夏に美濃から連れて来た若い職人で、これまで武器に携わることがなかった。この機に少し話しておこうと考えたのだ。

「やはり、遠くの敵を倒せることでしょうか？」

「それは銃に限ったことではない。礫の時代に弓が現れた時も同じことを思っただろう。だが礫や弓と異なり、銃にだけ秘められている優れたところがある」

「銃にだけですか……見当もつきません」

「礫は投げる人間の力の強さに影響を受ける。加えて命中させる技も必要だ」

単純に躰の大きさだけではないが、肩の力はそれに比例する場合がほとんどである。身の丈五尺に満たぬ者と、六尺を超える大男では、威力、飛距離共に段違いの差が出る。

「力の差を極力埋めるため弓は生まれた。だが技は依然として求められる。いや、むしろより必要となった」

力の強い者はより強い弦を引けるため、やはり差は出るものである。しかし礫の時よりは確実に縮まっている。たとえ子どもの弓であろうとも、人を殺せるほどの威力があるのだ。

だがより技が必要となった。たった五間（約九メートル）の距離でも下手な者は外し、極めし者ならば二十間離れた場所の鼠一匹をも射貫《いぬ》く。つまり弓とは力の差を、技で埋める武器とも言い換えられる。そして、その技を身に付けるためには、時を掛けた修練が必要である。

「銃に力はいらない。引き金を引く指と、放つのに耐えられるほどの足に、ほんの少しの力があればいい」

彦九郎は宙で指を動かしながら続けた。

「技の差はやはり出る。巧みな者だと三十間、四十間先でも当てる。だが下手な者でも……初めて握った者でも十間先の敵を撃つのはそう難しいことではない。銃は技の差も大いに埋めたのだ」

弓を初めて扱う者だと矢羽を弦に番えることすら難しい。さらに矢が落ちずに前へ飛ばせる者は半分、初めから十間先の敵を射貫ける者は皆無だろう。

銃にも撃つまでに弾込めなどの手順があるのは事実だが、特別な技がいる訳ではない。正確に一つずつこなせば誰でも撃てる。そして十間先の敵を撃てればそれはもう「武器」といってよかろう。

「初めての者でも二十間、三十間と、弾込めをより簡単に幼子でも出来るように……持ち手が技の習得に必要な『時』を、極力削り取って肩代わりする。それが我ら国友衆の目指すところだ」

彦九郎が滔々と語ると、職人は喉を鳴らした。

「幼子が武器を手にする必要があるのでしょうか……」

「ある」

彦九郎は即座に言い返すと、作業に没頭する職人たちを見渡しながら続けた。

「技など必要ない。誰でもただ引き金を引くだけで、三十間先の敵を屠る……そんな武器を生み出す。それが団子を買うほど廉価になり、世に満ち溢れればよい」

「そうなれば世は酷い有様になるのでは……？」

「俺はそうは思わない。子どもでも一騎当千の荒武者を容易く殺せる。そんな武器が溢れているのに、野盗が村を襲おうとするか。男が女を手籠《てご》めにしようとするか。戦を起こそうとするか。人は己の命が最も愛《いと》おしいのだ」

「確かに……」

職人は得心したように唸った。

「そんな世がいつか来る。その一歩に携わっていると思って仕事に励んでくれ」

彦九郎が職人の肩をぽんと叩くと、職人は頷いて作業に戻った。その表情は先程までより心なしか引き締まって見える。

――誰でも抗える世を作る。それを世に見せつける。

話している最中、彦九郎の脳裏をずっと過っていたのは父の背である。といっても義父の国友三落ではない。彦九郎が八歳の時に死んだ実の父のことである。

彦九郎は永禄《えいろく》九年（一五六六年）、近江守護である六角氏の家臣、吉田《よしだ》家に嫡男として生まれた。吉田家の禄高は五百石と多くはないが、少なくもない。中堅の家臣というところである。

母は産後の肥立ちが悪く、彦九郎を産んで間もなく亡くなったので顔を知らぬ。下女の手を借りつつであるが、父に男手一つで育てられたのである。

父の名は吉田宇兵衛《うへえ》と謂う。政向きの性格ではなかったらしい。彦九郎が生まれる前に奉行の補佐に任命されたこともあったらしいが、銭の計算を誤って記するという大きな失敗をしたという。

かといって兵を率いての戦はあまり得意ではない。熱戦の中、気が付けば一人で敵中に踏み込んでしまい、配下の兵を置き去りにすることもしばしばであった。戦ののち上役の叱責を受けては、

「申し訳ございません。すぐに周りが見えなくなるのです!」

と、言い訳することもなく両手を合わせて拝むように詫びる。父は身の丈六尺に迫る大男である。そんな父が必死に詫びる姿に一抹の滑稽さと、愛嬌を感じるようで、

——宇兵衛殿ならば仕方ない。

と、苦笑して許してしまう次第であった。

そんな父だが一つ、家中でも一、二を争うほど優れていた特技があった。それが弓の腕である。

そもそも六角氏は弓矢の研鑽を行う家であった。六角氏は日置《へき》流と呼ばれる弓術を奨励しており、当主の義賢《よしかた》も相当な腕前であった。

この日置流は日置弾正正次《だんじようまさつぐ》を祖とする。元は大和《やまと》の人といわれているが、その足跡はよく解っていない。何の理由があったのか、ともかく近江に流れて来たらしい。

その高弟の一人に吉田重賢《しげかた》と謂う男がいた。六角氏の配下の豪族で、川守《かわもり》城を本拠としていた武将である。吉田氏は主家の六角氏と同じ近江源氏の流れを汲み、古くは源頼朝《みなもとのよりとも》に従って活躍した佐々木定綱《ささきさだつな》の弟巌秀《いわひで》に始まる。近江吉田荘を支配してその姓を名乗ったと伝わっている。

この吉田氏の分家、そのまた分家が彦九郎の生まれた家であった。父は幼い頃から弓で天稟《てんぴん》を発揮した。人よりも大柄であったこともあり、齢十二を数える頃には大人でも難しい三十間の遠当てが出来ていたというから、かなりのものである。

「俺は弓と向き合うのが大好きなのだ」

父は相好を崩してそう言っていた。弓を引くには当然力もいる。だがそれ以上に心の構え方が大事だという。弓と向き合うことは即ち、己と向き合うこと。どこか座禅に似ているという。心に迷いがあれば、矢はあらぬ方角に飛んでいく。しっかり向き合えばいかに遠い的であっても、一間の距離に縮んで見えると語っていた。そのような父だから、戦が始まれば配下のことなど眼中から消え去ってしまうのだろう。

だが己一人となれば話は違う。馬に跨《また》がって戦場を駆け巡りながら矢を放つ。いわゆる流鏑馬《やぶさめ》の技も人外に上手かった。父は矢を放った瞬間には、次の矢を箙《えびら》から抜いて番えている。あまりの早業に妖術のようだと舌を巻く者も多かったという。

政は大の苦手、兵を率いることも出来ない。だが弓を取れば一騎当千。そんな戦国の武士を絵に描いたような父を、家中の者はどこか好ましく思っている。

理由は他にもある。六角家には歴とした弓術師範がいる。同じく吉田姓であるが、こちらは本家である。決して腕が悪いという訳ではないが、弓の神に愛されているとしか思えぬ父の足元にも及ばない。家中の子弟は挙《こぞ》って父に教えを請いに来た。それに対して父は嫌がる顔を一切せず、

「もそっと脇を締めるとよいぞ。もそっと、もそっとじゃ」

などと丁寧に教えてやった。そして、

「本家殿には宇兵衛が教えたことは内緒じゃぞ」

と、白い歯を見せて笑う。つまり家中の武士のほとんどが一度は父に弓の手ほどきを受けており、叱る立場の若い上役も例外ではない。出世は全くしないこの隠れた弓の師匠を、

「宇兵衛殿ならば仕方ない」

と、許してしまうという訳であった。

彦九郎は幼い頃より父から弓を教えて貰った。どうも己は父に比べれば才がないようであった。父は七歳の頃には十間先の的を十中八九は射ていたものだが、同じ歳の彦九

郎は十のうち一度射貫ければよい程度。

「一、二年足踏みしても、ある日、突然出来るようになることもある。技というものはそのようなものだ」

落ち込む己に対し、父は優しく励ましてくれた。

「それに人には向き不向きもある。彦九郎にはもっと他の才があるやもしれぬぞ」

自身が弓術の才があるからといって、他の技を下に見ることもなければ、息子に押し付ける訳でもない。彦九郎はそんな父が大好きで、だからこそ弓術を身に付けて喜ばせてあげたいと熱心に修行に励んだものである。

一方、彦九郎にとって主家の六角家はとても尊敬出来る存在ではなかった。彦九郎が記憶のない三歳の頃、足利義昭《あしかがよしあき》を奉じて上洛する織田信長に本拠の観音寺《かんのんじ》城を奪われていた。その後、甲賀郡に本拠を移して抵抗するものの、勢いのある織田家には全く歯が立たない。近江守護の名家も見る影もなくなっていた。

いや、織田家と戦う以前から六角家は衰退の一途を辿っていた。庶流である京極家が台頭し、その所領を少しずつ削られていたのだ。六角家はこの京極家を織田家以上に憎んでいた。だが、その京極家もやがて配下の浅井家に取って代わられ、六角家以上に追い詰められている。同族といった意味では、近江国における佐々木源氏の支配が崩壊した時代でもあった。

元亀《げんき》元年（一五七〇年）、彦九郎が弓を握り始めた五歳の頃。六角家は織田家に反攻を始めた。同じく織田家と対立する朝倉家、浅井家と結び、信長の重臣である佐久間信《さくまのぶ》盛《もり》と柴田勝家が籠る長光寺《ちょうこうじ》城を攻め立てたのだ。

——宇兵衛の活躍は鬼神の如しであった。

彦九郎は後に家中の人々から聞いた。先陣を切って城に向かうと、土塁の上を守る織田兵を次々に射貫いていったのだという。時には二本の矢を番え、同時に放って二人を射る。そのような人並み外れた技をも見せたらしい。

だが父の活躍も虚《むな》しく、城を落とすことは叶わなかった。織田家と六角家の間には、もう如何ともしがたいほどの力量差が生まれていたのだ。

彦九郎の運命を変えたのは、天正元年（一五七三年）九月のことであった。その先月に六角家と同盟を結んでいた、朝倉家、浅井家が相次いで織田家に滅ぼされ、六角義治《よしはる》の籠る鯰江《なまずえ》城も攻撃に晒《さら》されたのである。

六角家は諜報に長けた甲賀衆《こうかしゅう》と昵懇《じっこん》の仲である。織田家の精兵は朝倉、浅井攻めの疲れが溜まっているため休ませており、猛将柴田勝家の麾下《きか》は新兵ばかり。そのような情報が伝わって来ており、六角家としても返り討ちにする気でいた。しかも四月にも織田家の攻撃を鯰江城で撥ね返していたので、追い込まれているとはいえ、六角家中は自信に満ち溢れていた。

だがその自信は脆くも崩れ去ることとなる。鯖江城は僅か一日で陥落したのだ。前回と比べて何が違っていたのか。しかも相手は新兵ばかり。その違いは単純なことであった。火縄銃の数が圧倒的に多かったのである。

鯖江城は空堀を増やし、土塁を高くする改修を施していたものの、弓を飛び道具の主として考えた城である。火縄銃をこれほどまでに投入される状況は考えていない。高さを活かして投石、弓で守ろうとするものの、織田家の火縄銃の一斉射撃でばたばたと味方は倒されていく。

彦九郎は陥落間際の鯖江城から落ちることとなった。すでに当主の義治が逃げ出しているのだから誰に咎められることもない。ただ父はその当主のためにも時を稼がねばならず、下男下女に己を託して、

「俺は鉄砲などには負けぬ。あとですぐに追いつくからな」

彦九郎の頭を撫でてにかりと笑うと、颯爽《さっそう》と前線へと向かった。

ここで父は己たちを逃がす時を作って果てたとすれば美談にもなろう。だが現実の話はそれほど上手くは出来ていない。父が去って僅かな後、恐らく百を数えるほども経っていないのではないか。

――吉田宇兵衛殿、討ち死に!!

と、本丸に伝わって来たのだ。まだ彦九郎が逃げる支度をしている最中のことである。

火縄銃というものは長年積み上げた技をいとも簡単に粉砕する。それは稀代の弓の達人である父とて例外ではなかった。

——父上は何のために技を磨いたのだ。これでは修行など無駄ではないか。

幼心にそう思ったのをよく覚えている。

彦九郎は前線に向かう父の背を今もはっきりと覚えている。それは勇壮だったからという訳ではなく、その後の顚末《てんまつ》も相まって、悲哀にして何処か滑稽なものとして目に焼き付いたのだ。

その後、彦九郎は命からがら鯰江城から落ち、北近江の縁戚のもとに身を寄せることになった。父のような立派な武士になりたかろう。何処かよい家に仕えられるようにしてやる。そう言う縁戚に対し、彦九郎は学びたいことがあると強く言い張った。

「火縄銃を……鉄砲職人になりとうございます」

父がいかに才に恵まれていたか、研鑽を続けていたか、彦九郎は誰よりも知っている。そんな父を瞬く間に屠った火縄銃。それを激しく憎悪すると共に、心のどこかで惹かれている自分に気付いた。また父を殺した火縄銃を遥かに超える火縄銃を作りだせば、それらは世間で無用の長物となる。かなり歪ではあるが、彦九郎なりの仇討ちでもあった。

こうして彦九郎は武士の身分を捨て、身一つで国友衆のもとへ弟子入りした。手先が器用だったこともあり、こちらの才には恵まれていたらしい。人の数倍の早さで技を身に付けていき、彦九郎は齢十五にして頭角を現すこととなる。そんな彦九郎に見込みがあると、子のいない師の三落が養子に迎えたのもその頃のことである。

そして今や三落も隠居し、彦九郎はその工房を任されるようになった。国友衆には他にも工房があるが、他の頭たちにも一目置かれていることを知っている。国友衆として最高の職人の称号である「砲仙《ほうせん》」を継ぐのは、国友彦九郎で間違いないとまで言われるようになっていた。

引き続き工房を見廻っていると、外から一人の男が慌てて駆け込んで来た。彦九郎の配下ではなく、他の工房の職人で平吉《へいきち》と謂う年配の男である。

「おお、平吉殿。久しぶりでござるな。そのように血相を変えて如何された」

彦九郎が迎えると、平吉は肩で息をしながら答えた。

「大変でござるぞ……」

それで脳裏に閃くものがあり、彦九郎は近くに寄って声を潜めて尋ねた。

「戦ですか」

「ああ、すぐそこで関所を設け、上杉討伐に向かう軍勢を堰き止めている。治部少輔の手の者だ」

「判った。すぐにこちらも支度を整えます。お報せ頂きありがとうございます」

これは天下を二分する戦になると悟った。鉄砲、大筒の注文が押し寄せてくるのは間違いない。だがすでに上杉討伐に向かう大名家から、大量の鉄砲の注文を受けて納めており、手持ちはもう二割ほどしか残されていないのだ。

「皆の者、よく聞いてくれ」

彦九郎は今しがた平吉から報せて貰ったこと、今後起こりうる見通しを職人たちに語った。

「これが戦乱の世の最後の大戦となるだろう。稼ぎ時ということもあるが……もっと大切なことがある」

息を呑んで見守る職人たちに向け、彦九郎は悠々と続けた。

「我らの鉄砲が最も優れていることを示す最後の機会ということだ」

「他の工房に負けていられませんな」

嗄れた声で応じたのは、義父三落が子どもの頃から工房にいる職人の行右衛門《ぎようえもん》であった。今では彦九郎の補佐役も務めている。

「もう他の工房には負けぬわ」

この十年の泰平の間に、彦九郎は様々な新しい鉄砲を生みだした。その数は他の工房の追随を一切許さない。国友衆の連中にはその新しい鉄砲を見せることはあるが、見たところで構造を真似出来ないものが大半で、

――彦九郎の頭はどうなっているのだ。

と、皆が舌を巻いている。

「では……」

「穴太衆を完膚なきまでに叩き潰す」

彦九郎が凛然と言い放つと、職人たちの頷きが重なった。

「戦まであと僅か。昼夜を問わずの作業となる。皆、励んでくれ」

職人たちは声を揃えて応じ、一斉に作業に戻った。ここからは家に戻る暇すらない。下女たちに命じて職人の食事の世話をして貰う段取りもつけた。

「頭、参陣の依頼があれば如何致しますか」

金槌《かなづち》の音が激しく鳴る中、行右衛門が尋ねて来た。

新しい鉄砲や大筒が実戦に投入される時、扱いが解らないため国友衆に参陣依頼が来る場合がある。戦場に職人自らが赴いて、砲術専門の軍師のような役割を務めるのだ。

「受ける。が、全ては受けられまい。選ぶことになる」

通常ならば戦がそれほど重なることはない。だが此度に関すれば全国各地で戦が行われることが予想され、何処か一つの戦場にしか出られないだろう。

「条件は？」

「穴太衆飛田屋の積んだ石垣の城。これを攻める戦に限る」

「承った」

行右衛門はにたりと不敵に微笑んで持ち場へと戻った。彦九郎は一人になると、すでに出来上がった火縄銃を手に取り、ゆっくりと構えた。

——匡介、待っていろ。

先目当の向こうにその顔を思い浮かべ、彦九郎は火蓋を切って引き金を引いた。

彦九郎の見込み通り、国友衆にかつてないほどの注文が来た。東西どちらにでも売るつもりだったのだが、それは目算が外れた。近江佐和山の石田三成が兵を送りつけ、

——今後は内府、それに与する大名に鉄砲を売ること罷りならん。

と、命じてきたのである。

だが徳川家には上杉討伐に入る前にすでに鉄砲を売ってある。それに西軍だけでも、古今未曽有の量だったから却って助かったというものだ。

「大筒の注文が多いな」

行右衛門から受け取った注文をまとめた紙を見ながら、彦九郎は呟いた。これまでも大筒が実戦に用いられたことはあるが、取り回しが難しいため普及しているとは言い難い。此度の戦で石田三成は、これを進んで用いていくつもりらしい。

「新しい大筒があると返事しておけ」

「例の話、来ましたぞ」

「来たか。当然、西軍だな」

今の国友衆を取り巻く状況から鑑みてそれしか答えはない。

「はい。伏見城攻めです」

「やはりそうなるか」

畿内の大半は西軍に味方している。その中で伏見城には徳川家が残した約二千の兵が籠っているのだ。西軍としてはまずこれを落としにかかると彦九郎も見ていた。

「如何なさる」

「まずはこの城を落とさねば始まらん。他の戦と重なることもなかろう……それに何より伏見城は飛田屋の仕事だ」

最新の鉄砲を西軍に売り込み、自らも参陣することを決めて一月。いよいよ伏見に向かうという段になって、義父の三落から呼び出しがあった。

三落はすでに一線を退いており、少し離れた隠居所でゆるりと余生を送っている。彦九郎も三日に一度は顔を見に行っているのだが、こうして呼ばれることは初めてのことであった。

「義父上《ちちうえ》、お元気そうで何よりです」

ここのところ仕事が忙しく、十日ほど顔を見ていなかった。長年携わってきた鉄砲作りから離れたことで、張り合いをなくしたのだろう。何処か躰が悪いという訳ではないのだが、三落はここ数年ですっかり老け込んでいる。

三落は乾いた咳《しわぶき》を一つして口を開いた。

「彦九郎、伏見には明日発つのだったな」

「はい。行って参ります」

「昨日、甲賀の古い知り合いから、儂の耳に入ったことがある」

「ほう……甲賀の」

形は違えども同じ技を売る者として、三落は甲賀衆とも古くから付き合いがあった。

「まず伏見城に甲賀一団が入ったらしい。気を付けよ」

畿内で東軍に味方する大名はほとんどいない。そこで家康は甲賀衆に、伏見城に籠って欲しいと依頼したらしい。戦場においての敵を攪乱《かくらん》するなどの働きかけを行わせるためである。

「忍びの技は日陰でこそ活きるもの。日向《ひなた》では我らの敵ではござらん。蜂の巣にしてやりましょう」

「ふむ……確かにな。そちらは大した敵にはならぬだろう」

「そちらは……？」

三落の言い回しに含みがあることに気付き、彦九郎は問い返した。

「源斎が入るらしい。『懸』だ」

「何ですと」

彦九郎は思わず身を乗り出した。

「件の甲賀衆から聞いた話だ。間違いない。『塞王』が入城するということで、伏見城の士気も上がっているらしい。今日くらいにはもう入っているやもしれぬ」

「真に……」

伏見城は大軍に取り囲まれることとなり、碌に援軍も期待出来ない状況である。いずれ落ちるのは目に見えている。だがそれは籠城側も重々承知であり、如何に時を稼ぐかが肝要になっている。そのような死地ともいえる城に、飛田屋の当主が入るなど考えてもみなかったのだ。

「義理の息子……何と言ったか……」

「飛田匡介でござる」

「そう、その匡介に頭の座を譲ったとも聞いた」

「……そうですか」

彦九郎は胡坐を掻いた上に載せた拳を握りしめた。戦国の最後に出来した、前代未聞の大戦。そこで互いに当主として激突することは、彦九郎の望んでいたことである。

だがその前に源斎である。歴代の「塞王」の中でも、随一との呼び声高い男。この国で名城と呼ばれる城の大半の礎には、この男が携わっている。

「彦九郎、儂は恨んだものよ。天は儂に才を与えてくれた。だが源斎にはそれ以上の才を与えたのだ」

「何を。義父上も大いに勝ったではありませんか」

二人の戦いは源斎がやや勝ち越したものの、五分といってもよかった。そこまで己を卑下することはないと本気で思っている。

「初めて言うがな。儂が勝てたのは、軍が勝っている時だけよ。五分五分ならば源斎が、六分四分でも落とせなんだ時が数多くある」

遠くを見つめながら語る三落に対し、彦九郎は何も答えなかった。過去の戦を詳しく調べている中で、それは彦九郎も薄々気付いていたことだったのだ。

「なあ、彦九郎」

「はい」

「儂は一人の命を奪うことで、先々の百人、千人の命を救っていると信じてきた。たとえ人殺しと罵られてもな。だがこうして隠居した今、己は正しかったのかと迷うようになった」

穴太衆は人を守る集団として民にありがたがられる。だが国友衆は人殺しの道具である鉄砲を扱うことで、時として恨みを買うこともあった。人の死で飯を食っているなど

と蔑まれることもある。そのような誹謗《ひぼう》の中、

——守るだけでは真の泰平は築けぬ。

三落はその信念のもと一心不乱に鉄砲を作り続けたのだ。

三落は宙を見つめているが、そこに何か見えるように顔を歪めて続けた。

「殺めた中に、儂などよりずっと泰平に役立つ者がいたのではないか。優れた才を持つ者がいたのではないかと……お主のようにな」

「義父上は間違ってなどいません」

彦九郎ははきと言ったが、三落は首を横に振った。

「お主の答えを見つけよ。だがそのためには源斎を超える必要がある……託してよいか？」

「必ずや」

「その時は、お主が『砲仙』を名乗っても誰も文句は言うまい」

彦九郎が力強く頷くと、三落は少し首を捻って尋ねた。

「ところでその匡介とやら。手強いのか」

匡介は泰平の中、幾つかの城を修復しただけである。三落が知らぬのも無理はなかった。

「手強いと思うております」

「そうか。そちらにも、いや、そちらにこそ負けられぬな。お主ならば心配なかろう」

三落は己を納得させるように何度か頷いてみせた。

「国友衆の力を天下に示して参ります」

彦九郎は三落に向け、腹の底から絞り出すように宣言した。


（下巻に続く）

特別対談

物語の命運を背負って――

今村翔吾

北方謙三

「青春と読書」2022年4月号に掲載された、
第166回直木賞受賞後の記念対談に、
新たに未収録の内容を加えた特別版です。

どこかで作家は目をつむって書かなければいけなくなる

今村　節目節目に、北方先生が対談を受けてくださって感謝しています。初めてお目にかかったのは二〇一六年三月の九州さが大衆文学賞の授賞式ですから、六年前（収録時点／以下同）ですね。

北方　あのとき会って、ちゃんと話しておいて、よかったよなあ。

今村　ほんま、そうなんですよ。あのときは緊張していてとても訊《き》けなかったので、今日初めて伺うんですけど、北方先生は、祥伝社の編集者に長編を書かせてみるといいとおっしゃってくださったわけですが、なんでそう思われたんですか。受賞作の「狐《きつね》の城」は短編で、しかもへたくそでしたから……。

北方　小説の言葉の選び方には、短編の言葉の選び方と長編の言葉の選び方とがあって、あれを読んで、明確に長編の言葉の選び方だと思った。そういう言葉を選んでいけば、必ず長編が書けるだろうし、この人の資質は長編にあるなと思ったんだよ。

今村　北方先生、あのとき脅してきたんですよね。「作家を本気で目指すならば、一作に半年も掛けていてはいけない。三ヶ月ほどで書きあげないと。できるか？」って（笑）。

北方　そしたら、「ひと月で充分です」って答えてさ。

今村　それでほんとにその一ヶ月で書き上げたのがデビュー作になった文庫書き下ろし『火喰鳥《ひくいどり》　羽州《うしゅう》ぼろ鳶《とび》組』なんです。正直、家に帰ってから余計なことといったなあと後悔したんですけど、一ヶ月、ほんと、死ぬ気で書きました。

北方　そういうのが糧になるんだよ。いま、どのくらい書いてるの？

今村　原稿用紙、月に五百枚くらいです。

北方　五百か。それ、年齢的にはあと十年続けられるよ。俺がそうだった。月に五百枚書いて、それで単行本一冊。「月刊北方」って感じで書いてたんだけど、そんなときに三ヶ月も海外旅行に行ったりもした。人間のエネルギーって不思議でね、時間がたっぷりあると旅なんか行かないんだけど、時間がないとなんとかして行こうとする。だから締め切りを前倒しして、十二ヶ月分の原稿を九ヶ月で書いたりもした。

今村　それはおいくつくらいのときですか？

北方　四十代かな。

今村　いま振り返ってみたら、その時期って必要でしたか？

北方　わからない。そういうときって、人間の生命力が横溢《おういつ》してるんだよ。そうすると時間がないのに何でもやっちゃう。

今村　『小説現代』（二〇二〇年四月号）の対談のときだったと思いますが、北方先生が

「どこかで作家は目をつむって書かなければいけなくなる」っておっしゃっておられましたよね。迷いながらでも書き続けなくてはならないという意味だとぼくは解釈しました。

北方　特に賞をとったりして仕事の依頼が急に増えてくると、忙しくて目をつむらないと書けなくなる時期が出てくる。もちろん、目をつむっていても自分の頭の中ではきちんと書いていて、そこには覚悟のようなものもあるんだけどね。ところが、そういう時期になぜかみんな傑作を書こうとする。傑作なんて、書こうと思って書けるものじゃなくて、無数に書いてるうちに生まれてくるものだろう。

だから若手の人は、ある時期になったら目をつむらないといけない。傑作を書こうとする瞬間に手が動かなくなって書けなくなってしまう。なんで書かないんだって訊くと、自分が納得できるものが書けませんって。自分が納得する、しないじゃなくて、読者が納得すりゃいいんだよっていうんだけどね。

今村　ぼくも、自分でめっちゃいいと思って書いたものでも反応が悪かったり、いまいちやなと思っても、すごく反応がよかったりというのがよくあります。自分の中でのこだわりと読者の見方とは違うのかもしれない。

北方　全然違いますよ。しかも、読者にこう読んでくれとはいえない。読者は読者でそれぞれ勝手に読む。だから、読者がどう読むかなんてのを作家はいちいち考えずに、とりあえず面白いものを書けばいい。その面白さの中に深いものを感じとってくれる読者もいるし、ただ面白がる読者もいる。

今村　確かに、ぼく自身あんまり意識せずに書いたところでも、読者がそこから意味を拾い上げて、読者の中で勝手に作品が染まっていく瞬間を感じたことが何回かあります。

北方　長いものを書いていくと、意図しないところで「書けちゃった」というときがある。たとえば『塞王の楯』の中で、京極高次が最後に決断を下すときに思わず微笑《ほほえ》む瞬間とか、ああいうのは、書こうと思ったんじゃなくて、書けちゃったんだろうと思う。書けてしまっているのがいっぱいあるのが、いい作品なんだよ。

今村　確かに、あそこ、特に何も考えてなかったかもしれないですね。

北方　京極高次は、あの作品の中でもっとも魅力的な人のひとりだよ。書こうと意図して書いたんじゃなくて、自然の流れで書けたからこそ、魅力的になっている。あんな風に人を魅力的に書けるってのは素晴らしいことだと思うよ。

今村　ほんまですか？　うれしいです。

今村翔吾はすでに一つの塔になっている

今村　でも、なんだかヘンな感じですね。中学校のときに、柴田錬三郎賞をとられた『破軍の星』を初めて読んで、めちゃくちゃおもろいと思って、それ以後「太平記」シリーズを全部読み漁《あさ》って、そこから、「おー、水滸伝《すいこでん》、やるんやあ」みたいな感じで、ずっと北方先生の作品を読み続けてきたわけですから、その先生とこうして面と向かって話しているのがいまだにとても不思議な感じです。

北方　いやいや、もう商売敵どころか、君は俺より上に行っちゃってるじゃないか。

今村　そんなことないですよ!!

北方　だって、現在的な意味では、今村翔吾ってのはすでに一つの塔になっている。それがどこまで続くかはわからないよ。俺はここまで続けてきたけど、あなたがどこまで続くかはわからない。それに砂上の楼閣っていう言葉もあるけどね。

今村　えー、「塔になっている」ってところで、一回切っといてくださいよ（笑）。だけど、ほんとに続くってことが大切なんだろうと思うし、どこまでやれるかっていうか、やらないかんのかなって。

図らずも砂上の楼閣っておっしゃいましたが、仮にいま自分が一つの塔になっていたとして、この先何年も雨風にさらされても保《も》つものなのかそうじゃないのか、自分自身もいまひとつわかってない。それは、あるところまで行かないとたぶんわからないんだろうし、その不安があるからこそ書き続けていくことで、その塔が強くなっていくのだろうと……。

桁外れの山田風太郎

今村　先ほど、意図しすぎたらダメで「書けてしまった」ってのが一番いいんだとおっしゃいましたが、その感覚はいまもありますか？

北方　ある。『大水滸伝』という長いシリーズをどうやって終わらせていいかわからなかったんだけど、『岳飛伝《がくひでん》』の最後の巻のラストで、そばに来た侯真《こうしん》に、「なにが見えますか？」って訊かれた史進《ししん》が、「湖寨《こさい》が」っていった瞬間に、「ああ終わった」と思った。あれもまさに書けてしまった台詞《せりふ》だね。

今村　デビュー五年で、まだシリーズを一つも終わらせたことがないんですけど、ぼくもそんな感じでシリーズを終わらせたいですね。

北方　俺だって、「ブラディ・ドール」シリーズでシリーズものを書き始めて、終えるのに十年かかった。まあ、そのほかに相当な量を書いてたけど、あのシリーズは年に一冊ずつ書いていたからね。

今村　シリーズものの終わりって、一つの作品を終わらすのと、ちょっとちゃうんですよね。北方先生の「太平記」シリーズにもいろんな人物が出てきますよね。たとえば北《きた》畠《ばたけ》顕家《あきいえ》だったら、『悪党の裔《すえ》』にも出てくる。あれは『破軍の星』の顕家とおんなじ人物設定なんですか？

北方　状況が違うから、ちょっと違ったりする。あのときに頭の中にあったのは、後醍《ごだい》醐《ご》天皇を直接書かずに後醍醐天皇をどうやって描くかだった。で、周りの人間を描くことで後醍醐天皇がどういう人だったかを書こうとしたわけだけど、そうすると、いろんな人の要素が出てきて、書いていて面白かった。佐々木道誉《ささきどうよ》なんて、めちゃめちゃ面白かった。

今村　『道誉なり』ですね。実は、この夏辺りから北方先生の書いておられた太平記の後の世代、楠　正行《くすのきまさつら》や後村上《ごむらかみ》天皇のことを書こうと思ってるんです（二〇二二年八月～二〇二四年三月、朝日新聞にて「人よ、花よ」を連載）。

北方　ヘンなところに目をつけるよな。『塞王の楯』も、もうすぐ関ヶ原《せきがはら》だぞと思いながら読んでいると、結局関ヶ原は出てこない。

今村　来週、関ヶ原みたいな感じです（笑）。

北方　だけど、そこで物語が成り立つというのが小説ですよ。それを成り立たせることができるのは、紛れもない物語作家だね。

今村　ほんまですか？

北方　凡百の小説は関ヶ原に行く。行かないとしょうがないと思って行くんだけど、それを行かなくてもいいと思い切る。その意味でも、あなたは物語の作家だね。観念の作家じゃない。

今村　自分の中でもまだまったくわかっていないですし、綺麗《きれい》ごとというわけじゃないけど、ほんとにここから小説って何だろうって考えていかなあかんなと思ってます。直木賞をいただいたことで一つのチェックポイントっていうか、ようやく新人時代が終わったな、っていう感じで、次なにやろう、次どうしていこうというところです。

ただ、直木賞いただいてヘンな感じやなと思ったのは、受賞した翌日から、小説の文体が変わったというか、句読

点の位置が違うことに気づいたんです。いままでちょっと遠慮してたことを出せるようになって、編集者にもそれがすごくいいっていってもらっている。

北方　そうなんだろうなあ。俺、直木賞もらってないからわかんない。

今村　それ、北方先生の「伝家の宝刀」ですよね。賞ってのは、もらうべきときにもらったほうがいいともおっしゃっていました。

北方　賞はあげるときにあげなきゃだめなんだよ。俺を見ろ、こんなに苦労するんだよって（笑）。

今村　ぼくなんかはまだ全然駆け出しですけど、この前、山田風太郎賞の授賞式のときに、新人の方がけっこういて、そのうちの一人がぼくに話しかけるのにめっちゃ緊張してて、なんかそんな緊張せんでええのになあって。そのギャップにまだ戸惑ってます。

北方　山田風太郎賞もらったの？　いいなあ。俺、欲しかったなあ。山田風太郎さんにはずいぶん可愛《かわい》がってもらったんですよ。あんなに可愛がってもらった作家はいない。蓼科《たてしな》に山田風太郎さんの別荘があって、たまに伺ったりしたんだけど、とにかく飯の質がいい。山田さんはテーブルに料理がたくさん並んでないといやなんだね。でも、本人は食わずに、ビールのジョッキにウィスキーを入れてずずずって飲んでいるんだけどね。なにかのときに小説の話になって、「山田先生の小説は、パッと人が出てきて、パッと立ち上がって、スコーン、スコーンと死んでいきますね」っていったら、「めんどくさくなるんだよ」といってた。でも、スコーン、スコーンと死なせるには、やはり相当な思い切りが要ると思う。こいつは主人公になるだろうと思ってた人が突然スコーンと死ぬ。そして、また新しいやつが出てきて、そいつもスコーンと死ぬ。書くものがなくなったときは、人の死にざまを書いて凌《しの》いだ人だからね。

今村　『甲賀忍法帖』や『柳生忍法帖』あたりが注目されるけど、いろいろ書いてはりますよね。

北方　ミステリーも書いている。あの人は、ちょっと桁が外れていた。筒井《つつい》（康隆《やすたか》）さんと山田さんは桁が外れている。

小説は、心が動いてダイナミックになる

北方　『塞王の楯』は、戦線が膠着《こうちゃく》してるのにダイナミックなんだよね。何かといえば、京極の気持ちがどんどん動き、穴太衆《あのうしゅう》の職人と国友衆《くにともしゅう》の職人の気持ちがぶつかったりするところ。要は、実際に人が動いてダイナミックになるんじゃなくて、やっぱり心が動いてダイナミックになる。『チンギス紀』について、「舞台が広いですね」っていわれたことがあるけれど、どんなに広くたって、たかが地球ですよ。もっと他に無限の広さってのがある。どこかっていうと、人の心でしょ。

今村　宇宙みたいな外側のものと人間の内側のものって、イコールな気がするなあと、ぼんやりとは考えていたんです、ほんまに。ただ、うまいこと表現できひんなあと思ったけど、まさにいいたかったのはそれです。

北方　どんな広くったって、俺らが書いてる小説はしょせん地球だよ。

今村　この名言、聞けただけでも、今日はよかった（笑）。

北方　ともかく、ここまで来たら、物語の命運を背負って一生頑張るしかないでしょう。

今村　いやあ、こんな人生になるとは、ほんとに思わなかった。その要所要所で北方先生とお話しさせてもらっていますが、いつか自分も誰かにとっての北方先生のような存在になりたいですね。物語と一緒で、意図せずに（笑）。

構成／増子信一
撮影／島袋智子

集英社文庫　目録（日本文学）

いとうせいこう　鼻に挟み撃ち
いとうせいこう　小説禁止令に賛同する
絲山秋子　ダーティ・ワーク
井戸まさえ　無戸籍の日本人
稲葉稔　国盗り合戦（一）〜（三）
乾ルカ　六月の輝き
乾緑郎　思い出は満たされないまま
犬飼六岐　青藍の峠　幕末疾走録
犬飼六岐　ソロバン・キッド
井上荒野　森のなかのママ
井上荒野　ベーコン
井上荒野　そこへ行くな
井上荒野　夢のなかの魚屋の地図
井上荒野　綴られる愛人
井上荒野　百合中毒
いのうえさきこ　圧縮《ぎゅぎゅっと》！西郷どん

井上ひさし　ある八重子物語
井上ひさし　不忠臣蔵
井上真偽　ベーシックインカムの祈り
井上麻矢　夜中の電話　父・井上ひさし最後の言葉
井上光晴　明日　一九四五年八月八日・長崎
井上夢人　あくむ
井上夢人　パワー・オフ
井上夢人　風が吹いたら桶屋がもうかる
井上夢人　the TEAM　ザ・チーム
井上夢人　the SIX　ザ・シックス
井上理津子　親を送る　その日は必ずやってくる
今邑彩　よもつひらさか
今邑彩　いつもの朝に（上）（下）
今邑彩　鬼
今村翔吾　塞王の楯（上）（下）
伊与原新　博物館のファントム　箕作博士の事件簿

岩井志麻子　邪悪な花鳥風月
岩井志麻子　瞽女《ごぜ》の啼く家
岩井三四二　清佑《せいゆう》、ただいま在庄《ざいしょう》
岩井三四二　むつかしきこと承り候　公事指南控帳
岩井三四二　室町もののけ草紙
岩井三四二　「タ」は夜明けの空を飛んだ
岩井三四二　鶴は戦火の空を舞った
岩城けい　Masato
宇江佐真理　深川恋物語
宇江佐真理　斬られ権佐
宇江佐真理　聞き屋与平　江戸夜咄草
宇江佐真理　なでしこ御用帖
宇江佐真理　糸車
植田いつ子　布・ひと・出逢い　美智子皇后のデザイナー 植田いつ子
上田秀人　辻番奮闘記　危急
上田秀人　辻番奮闘記二　御成

集英社文庫

塞王《さいおう》の楯《たて》 上《じょう》

2024年6月25日　第1刷　　定価はカバーに表示してあります。

著　者　今村翔吾《いまむらしょうご》

発行者　樋口尚也

発行所　株式会社 集英社
東京都千代田区一ツ橋2-5-10　〒101-8050
電話　【編集部】03-3230-6095
【読者係】03-3230-6080
【販売部】03-3230-6393(書店専用)

印　刷　TOPPAN株式会社

製　本　TOPPAN株式会社

フォーマットデザイン　アリヤマデザインストア　　マークデザイン　居山浩二

ISBN978-4-08-744656-2 C0193